Elie Wiesel

Der fünfte Sohn

Roman

Herder

Freiburg · Basel · Wien

Titel der französischen Originalausgabe:
Le cinquième fils
© Editions Grasset & Fasquelle, Paris 1983
Aus dem Französischen übertragen von
Hanns Bücker

Umschlaggrafik von Emil Wachter

Gepriesen sei der Herr, Er sei gepriesen:
Das sind die vier Söhne, von denen in der
Tora die Rede ist: Der eine ist klug, der
andere gottlos, der dritte unschuldig, und
der vierte versteht nicht einmal die Frage.

Passah-Haggada

Sechste Auflage

Alle Rechte vorbehalten – Printed in Germany
© Verlag Herder, Freiburg im Breisgau 1985
Herstellung: Freiburger Graphische Betriebe 1988
ISBN 3-451-20352-9

Briefe Reuwen Tamiroffs

I

Mein lieber Sohn,

da ich Dir alles erzähle, weißt Du bestimmt, daß ich einer erloschenen Rasse, einer ausgestorbenen Art angehöre. Ich habe alle Namen des Tieres aus der Dämmerung, des Tieres aus der Finsternis, beschworen und all seine Gesichter enthüllt, ohne jedoch die Erwartung der Menschen zu kurz kommen zu lassen.

Es gab eine Zeit, da kannte ich nur das Ziel, nicht den Weg; jetzt ist es umgekehrt. Und doch steht dem Menschen mehr als ein Weg offen. Welcher geleitet ihn zu Gott, welcher führt ihn zum Menschen? Ich bin nur ein unsteter Wanderer und suche dennoch. Vielleicht suche ich, um dieser unstete Wanderer zu bleiben.

Alles, was mir bleibt, sind Worte, altmodische, verbrauchte Worte, zu nichts mehr nütze unter ihrer dicken Schminke, fallengelassen über den Friedhöfen der Verbannten. Ich lasse mich von ihnen leiten, damit ich die Dinge im Innern der Dinge umkreise, das Sein über allem Seienden.

Wie lange werde ich Gefangener bleiben? Verlaß mich nicht, mein Sohn!

Dein Vater

II

Lieber Sohn,

Deine Mutter ist krank, und ich bin verzweifelt. Unheilbar, sagen die Ärzte. Sie wird sich nicht mehr erholen. Ich stelle mir die Frau Ijobs ohne Ijob vor und erblicke dann Deine Mutter, die bis in die Tiefen ihrer Seele erloschen ist.

Mit Dir spielte sie noch in jenen letzten Wochen; sie wird nie mehr spielen.

Seit wann ist sie wie eine Tote unter Lebenden und hält sich für eine Tote unter Toten?

Schwer festzustellen, sagen die Spezialisten. Ich weiß es. Sie ist seit langem so. Seit dem Getto, ich will sagen, seit jener Nacht damals im Getto, als der große Bruch geschah. Dieses Wort ist zutreffend für uns: der Bruch zwischen Menschen, zwischen Worten, zwischen zwei Augenblicken.

Nichts bot mehr Halt. Das war unsere Erfahrung im Getto. Alle Berechnungen waren falsch. Die Vermutungen und Illusionen, auch die Gewißheiten waren nur ein kosmischer Irrtum, der sich zwischen Denken und Leben geschoben hatte.

In dieser Nacht hat Deine Mutter sich im ursprünglichen Sinn des Wortes losgerissen und mit uns allen gebrochen, auch mit sich selbst.

Wir sind uns dessen erst später bewußt geworden, erst jetzt.

Ist sie wenigstens Dir näher?

Dein Vater

III

Mein Sohn,

ist Dir bewußt, daß ich Dich ansehe? Ich möchte Dich so gern hören, aber Du schweigst. Solltest Du Angst haben, das Schweigen zu brechen oder vielmehr das Gefühl preiszugeben, das durch das Schweigen geschützt wird? Solltest Du Angst haben, mit mir zu reden; Angst, mich in Schrecken zu versetzen? Aber, mein Sohn, nichts mehr macht mir Angst, sogar der Tod nicht: Er macht mich beklommen, ohne mir Angst einzuflößen. Wenn ich ihn betrachte, bin ich froh, daß er stumm ist. Was täte ich, wenn er anfinge, mit mir zu sprechen, mit mir über Dich zu sprechen?

Ich schaue Dich an, mein Sohn, und suche Dich mit meinem Blick. Deine Augen lassen meine erglänzen, Deine Augen brennen in meinen. Was sehen sie? Eine begrenzte, erbärmliche Zukunft? Eine geschundene und geschändete Ewigkeit? Sprich, und ich werde sprechen.

Von uns beiden hast Du das Recht, alles zu sagen. Du hast die Brüchigkeit der angeblich unumstößlichen Gesetze erfahren, Du hast in den tiefsten Abgrund geblickt. Du hast sie gesehen und ertragen, die Wahrheit der Menschen. Sag, hast Du Gott gesehen?

Ich denke an Dich, mein Sohn, und dabei erfüllt mich mit Besorgnis, daß mein Wissen sich zwischen uns stellt und den Blick verdunkelt. Es erhält mich am Leben, aber Dich drängt es weit fort. Ein Wissen, das keine Zukunft hat? Meine Zukunft bist Du, mein Sohn. „Und meine eigene?" wirst Du mich fragen. Aber Du fragst mich nie etwas. Dein Schweigen stößt mich zurück und zieht mich an; und um Ruhe zu finden, flüchte ich zu meinem Meister, dessen Philosophie Dich zum Lachen brächte.

Wir leben in der Zeit und können nicht vergessen, daß die Ewigkeit sich im Hinblick auf die Zeit noch negativ definiert. Sie ist ein Sieg über die verflossene, wenn nicht gar vergessene Zeit. Sogar dem Gefühl, das uns verbindet, haftet etwas von Vergangenem, Verlorenem an, es lebt nur durch die fortwährende Erneuerung des Dialogs – wenn ich so sagen kann – zwischen ihm und unserem übrigen Bewußtsein; tritt er auf der Stelle, wird er zu nichts führen.

Aber, wirst Du jetzt sagen, ich spreche mit Dir, und gleichwohl ist diese Stunde unseres Dialogs nicht fruchtbar. Sie ist es nicht, weil Dir die andere Dimension der Zeit fehlt. Dir fehlt ihre andere Hälfte, die Zukunft.

Ich dagegen fühle den Wert des in der Zeit stehengebliebenen Nachdenkens; denn über etwas nachdenken bedeutet: dieses Etwas wieder erneuern; aber ich habe Angst. Ich schreibe

Dir und habe Angst. Ich spreche mit Dir und habe Angst. In mir erneuert sich nur die Angst.

Dein Vater

IV

Erkläre mir das Geheimnis des Todes, mein Sohn. Mir gelingt es nicht. Sowenig, wie es mir gelungen ist, das Geheimnis des Überlebens zu ergründen.

Warum ich? Warum Deine Mutter? Als unsere Eltern uns verließen, hätten sie uns eine Botschaft anvertrauen müssen: Ich möchte sie auffangen oder wenigstens orten. Sie zu meiner Botschaft machen, sie zu mir selbst machen.

Ich spreche mit Dir, mein Sohn, um mich zu vergewissern, daß ich noch imstande bin zu sprechen: Das Schweigen in mir lastet zuzeiten so schwer, daß mein Herz zerspringen möchte. Allein, es ist nun einmal so, daß ich nicht danach trachte, mich von diesem Schweigen zu lösen. Ich suche nach einem eigenen, besonderen Weg, der zwischen dem Wort und dem Schweigen verläuft, wie ich auch eine besondere Zeit suche, die nämlich zwischen dem Leben und dem Tod. Nein, ich verbessere mich: zwischen den Lebenden und den Toten.

Ich suche Dich, mein Sohn.

Ich habe doch nie etwas anderes getan, als Dich zu suchen. Ich suche Dich in der Leere, die mich zurückstößt. Ich suche mich in Dir, den ich trotzdem und trotz allem zurückgestoßen habe.

Dein Vater

Dämmerte der Morgen oder sank die Nacht? Im träge und gleichmäßig fallenden Nieselregen wirkte der Ort Reschastadt wie zusammengekauert und völlig unwirklich. Schlief die Stadt bereits, oder dämmerte sie noch schläfrig dahin? Ich existierte nicht für sie. Wenn ich der Überbringer einer Botschaft war, dann wies sie die Rolle des Empfängers zurück.

Am Bahnhof angekommen, wußte ich in meiner Betäubung nicht, ob ich soeben angekommen war oder im Begriffe abzufahren. War ich überhaupt wach? Ich schwebte im Unwirklichen. Wie an jenem Tage, als ich Lisa auf ihrer „Reise" folgte. Die gleiche Panik ergriff mich. Die gleiche Faust schnürte mir die Brust zusammen. Aber an jenem Tage liebte ich Lisa, heute liebe ich sie nicht.

Auf einmal hatte ich einen Augenblick lang das unerklärliche Gefühl, daß mein Vater hinter mir stände. Ich fuhr zusammen und drehte mich um. „Du hättest es nicht dürfen", sagte er mir, während er mit einer Handbewegung auf den Bahnhof, die Straßen, die Stadt und die in der Ferne verschwimmenden Berge wies. „Verzeih mir", stammelte ich. „Verzeih mir, Vater, daß ich dich wieder hierhergebracht habe, aber ich hatte keine Wahl."

Mein Vater schüttelte unzufrieden den Kopf, als wolle er mich richten. Er war nicht da, aber er verurteilte mich. Wie sollte ich es ihm erklären? Er konnte Erklärungen nicht ausstehen. Seine Kopfbewegung sagte: „Nein, nein, du hättest es nicht dürfen."

Da fühlte ich mich wie damals beim Erwachen nach der „Reise" mit Lisa, völlig zerschlagen, von dumpfen Gewissensbissen geplagt, mit wirrem Kopf und einem pelzigen Geschmack im Mund. Ich kam mir selber fremd vor.

Ich begann im Wartesaal auf und ab zu gehen. An den Wänden hingen Werbeplakate. Schöne Mädchen mit ihren Freunden und Liebhabern schwimmen, lachen, trinken, laufen, winken und geben sich einfach nur dem Leben, dem Vergnügen, dem Genuß hin.

Ich versuchte, Klarheit in meine Gedanken zu bringen. Es gelang mir nicht. Im Zug würde es bestimmt besser gehen.

„Du hättest es nicht gedurft", wiederholt mein Vater. Ich könnte ihm mit gleicher Münze heimzahlen: „Und du?" Aber ich sage nichts, ich fühle mich schon schuldig genug und habe doch nichts getan. Ich fühle mich schuldig, weil ich nichts getan habe.

In Zorn geraten ... Wenn ich nur in Zorn, in flammenden Zorn geraten könnte, Gewalt säen und Haß wecken könnte, aber ich kann es nicht ... Ich weiß nicht, ob ich es überhaupt möchte, aber ich weiß wohl, daß ich dazu unfähig bin. Und das bedrückt und ärgert mich, und ich bin der Welt, die so kalt und gefühllos ist, böse und bin meinem Vater böse, der begreift, ohne zu begreifen, daß es überhaupt nichts zu begreifen gibt; denn alles Reden wird zur Qual, die Erinnerung macht wahnsinnig, die Zukunft stößt uns von neuem an den Rand des Abgrunds, und der Tod umfängt uns, wiegt uns ein und erstickt uns, und in unserer Ohnmacht können wir weder schreien noch davonlaufen.

Achtung, die Herren Reisenden! Fahren Sie ab? Kommen Sie an? Adieu, Reschastadt, gleich kommt der Zug, der Zug ist schon da. Nächster Halt Frankfurt, dann der Flughafen, dann die Maschine nach New York, und das Abenteuer beginnt von neuem, der Rausch für die Liebenden, das Gefängnis für Bettler. Achtung: Einsteigen, Achtung: Die Fahrkarte bitte. Es ist gefährlich, sich aus dem Fenster zu lehnen.

Ich bitte Sie um Verzeihung, Herr deutscher Schaffner, ich bitte dich um Verzeihung, Vater, Nachkomme Abrahams, Isaaks und Jakobs, du hast recht, ich hätte es nicht gedurft. Warum habe ich mich nach Deutschland begeben, in diese kleine, langweilige, abscheuliche Stadt, die sich einbildet, tadellos dazustehen? Warum an eine in Blut getränkte Vergangenheit anknüpfen? Um ein Vorhaben zu Ende zu bringen, das von Anfang an zum Scheitern verurteilt war? Hatte ich mir wirklich und wahrhaftig eingebildet, einen Mann bezwingen, zertreten und vertilgen zu können?

Ich sehe meinen Vater, wie er mich mißbilligend ansieht. Und doch ist es seine Geschichte, die mich hierher geführt hat, in diesen Zug, der rückwärts statt vorwärts zu fahren scheint. Die Geschichte eines Mannes, der zufällig überlebt und zufällig seine vom Schicksal entstellte und geschändete Frau wiedergefunden hat. Die Geschichte eines Chefs, der auch wieder vom Zufall dazu berufen wurde, eine Rolle zu spielen, die er sich niemals wirklich gewünscht hatte.

Armer Vater, der sich für stark hielt, stärker als den Feind. Es ist an mir, ihm zu sagen: „Du hättest es nicht gedurft ..." Wenn er da wäre, würde ich meinen Kopf an seine Schulter legen. Wenn er da wäre, würde ich weich werden und weinen.

Ich weiß, daß das, was ich über meinen Vater gesagt habe, Sie verwirrt; und was ich jetzt sage, wird Sie vielleicht noch mehr verwirren. Spiele ich ein altes Spiel? Ich liebe meinen Vater. Ich liebe ihn mit all seinen Mängeln. Bin ich fern von ihm, brauche ich ihn mir nur vorzustellen, damit die Dinge ringsum, die Dinge in mir klarwerden, damit die Worte zu brennen, zu schreien beginnen, und ich mir die Ohren zuhalte. Die Stimme meines Vaters dringt aus einer Welt zu mir herüber, aus der ich mich ausgeschlossen, verdrängt fühle.

Gewiß haben wir unsere Streitereien und Meinungsverschiedenheiten gehabt. Gelegentlich brachten sie uns so weit, daß wir uns wie erbitterte Gegner gegenüberstanden. Dann biß ich mich auf die Lippen, um nicht zu schreien. Das ist natürlich und menschlich: Ist die Liebe doch nur eine einzige Folge von Blessuren. „Kein Herz ist so ganz ein Herz wie ein gebrochenes", sagte der berühmte Rabbi Nachman von Brazlaw. Mein Vater hat mir mehr als einmal das Herz gebrochen; und heute noch tut es mir weh, wenn ich davon erzähle.

Das rührt daher, weil mein Vater mich nicht kalt läßt. Kein Mensch hat mich je so durcheinanderbringen noch so tief treffen können. Wenn er mir ernst und lächelnd manchmal im Traum erscheint, dann steigen mir Tränen in die Augen. Ich fühle mich wie von einer fernen Macht ergriffen und befreit zugleich. Jedes Wort und jeder Blick von ihm ist der Punkt, an dem wir für einen Augenblick völlig eins werden. Jeder Kontakt mit ihm wird Spiegelbild und Begegnung. Zwei Exile werden eins, weil der gleiche Ruf sie trifft.

Rein äußerlich hat er allerdings nichts Besonderes an sich. Er ist ein Durchschnittsmensch: durchschnittliche Körpergröße, Durchschnittseinkommen, Durchschnittswohnung in einem Viertel für Durchschnittseinwohner. Ein Flüchtling, wie es so viele in dieser Stadt gibt, deren ethnische Vielfalt ihren berechtigten Stolz ausmacht. Abgesehen davon, daß er nicht das geringste Interesse für Baseball und Fußball hat, hält er sich an die Spielregeln des amerikanischen „way of life": Vitamine, Anzüge von der Stange und die „New York Times". Er fällt weder durch seine Art zu sprechen noch durch sein Schweigen auf. Er sucht die Anonymität. Um ihn überhaupt zu bemerken, muß man ihn ganz aus der Nähe beobachten, und dann kann man sich nicht mehr von ihm losreißen. Seine Augen unter schweren, gleichsam verhangenen Lidern, zwischen Härte und Güte wechselnd, bleiben an den Augen des andern haften. Wer ein Gefühl für menschliche Gesichter hat, kann sich seinem Gesicht nicht entziehen, es läßt an dunkle, namenlose Fernen denken. Aber mein Vater mag keine prüfenden Blicke. Blicke, sagt er, sind lästig, sind aufdringlich. Das ist natürlich nicht der wahre Grund. Der hat meiner Meinung nach mit dem Krieg zu tun. Damals mußte man in Europa in der Menge aufgehen, sich in der Nacht verlieren. Um zu überleben, durfte man nicht existent sein.

Sehr viel später sollte eines Tages im Fernen Osten ein abgeklärter weiser Mann in meinen Handlinien und den Linien meines Gesichts lesen und darin mein ganzes Schicksal erblicken. Völlig bestürzt wiegte er den Kopf hin und her und sagte: „Dein Fall, junger Reisender, verwirrt mich; denn so etwas erlebe ich zum erstenmal. Ich bringe dich unter in der Zeit, die abläuft, und in der Erinnerung, die sie anhält. Ich sehe dich vor den Göttern der Wissenschaft knien und vor den Göttinnen der Leidenschaft und sehe dich aufrecht stehen vor ihren dienstfertigen oder hochmütigen Priestern. Ich erkenne dich unter deinen Freunden und entdecke dich Aug in Auge deinen Feinden gegenüber. Doch ein Wesen fehlt in diesem Bild; ich sehe deinen Vater nicht." Ein unruhiger Glanz trat in seine dunklen Augen, und mit leiser Stimme fügte er hinzu: „Hilf mir, ja, hilf mir, daß ich deinen Vater wiederfinde."

Mein Vater versteht es nämlich, sehr geschickt zu verschwinden. Sie sprechen mit ihm, er scheint Ihnen auch zuzuhören, aber auf einmal, mitten in einem Satz, stellen Sie fest, daß er nicht mehr da ist. Bei Hochbetrieb in der U-Bahn rempeln ihn die Leute an, sehen ihn aber nicht. Aus übersteigerter Zurückhaltung oder Schüchternheit fürchtet er zu stören, einen unheilvollen Einfluß auszuüben, Katastrophen hervorzurufen, vielleicht sogar Erdbeben; warum eigentlich auch nicht?

Er ist außerdem ein Einzelgänger. Nur unter toten oder erfundenen Gestalten fühlt er sich wohl, die, in tausend und abertausend Werken eingesperrt oder losgelassen, seine Phantasie beleben. Als Bibliothekar plaudert er mit Homer und Saul, mit Jeremias und Vergil. Als leidenschaftlicher Leser macht er keinen Schritt ohne ein Buch unterm Arm. Ob zu Hause oder im Büro, im Bus oder im Park, immer beginnt oder beendet er gerade eine Studie oder einen Kommentar von dem und dem über den und den oder gegen den und den.

Wir wohnen in Brooklyn, mitten unter chassidischen Juden. Für sie ist das Leben ein ununterbrochener Gesang. Mich stört es nicht, aber ihre nichtjüdischen Nachbarn dürften davon nicht erbaut sein. Wann schlafen diese Chassidim eigentlich? Es ist, wenn man es recht bedenkt, sogar möglich, daß sie auch im Schlaf singen. Das würde auch erklären, weshalb ihre traurigen Gesänge so fröhlich klingen und ihre frohen Lieder so traurig sind, daß man schwermütig werden kann. Nein, das erklärt überhaupt nichts. Doch lassen wir das.

Mein Vater liebt sie. Er liest ihre Flugblätter und kauft sie zu Dutzenden. Sobald er wieder zu Hause ist, breitet er sie auf dem Tisch im Wohnzimmer aus, manchmal auch auf dem Küchentisch, und fängt an, sie schnell und in größter Eile zu überfliegen, als fürchte er, eine Katastrophe könne sie plötzlich verschwinden lassen. Habe ich erwähnt, daß er dabei glänzende Augen und zitternde Lippen bekommt? Man könnte fast meinen, er leide, denn so intensiv ist die Freude, die ihm diese Lektüre bereitet.

Vorher, ich will sagen: vor dem Weggang, vor der Krankheit meiner Mutter, verbrachte er Stunden um Stunden im Halbdunkel seiner Bibliothek, wo die Bücher kunterbunt durcheinander in improvisierten Regalen oder auf dem Fußboden aufgestapelt waren. Jetzt läßt er sich gern im Wohnzimmer nieder, wenn er lesen will. Weil ihn das Licht stört, hat er drei Birnen aus dem schäbigen Leuchter herausgeschraubt. Seltsam, als ob das Halbdunkel zu ihm gehört und ihn wie ein Gebetsschal einhüllt. Wenn ich ihn so der Welt entrückt und verwundbar in seiner Einsamkeit vor mir sehe, möchte ich mich ihm von hinten nähern, meine Arme um seine Schultern legen und ihm Kraft geben, möchte ihm meine Jugend und meine Sonne, meinen Sonnenhunger schenken. Zum Glück schäme ich mich jedesmal und ziehe mich zurück in der Hoffnung, daß er mich nicht bemerkt hat.

Um mich nicht in Verlegenheit zu bringen, tut er so, als habe er nichts gesehen. Aber mich kann er nicht täuschen. Ich weiß, daß er alles sieht und über alles im Bilde ist, daß ihm nichts entgeht.

Was interessiert ihn eigentlich? Ich weiß es nicht. Manchmal scheint es ihm völlig gleichgültig zu sein, was rings um ihn vorgeht. Habe ich gleichgültig gesagt? Sagen wir lieber, er ist unzugänglich dafür, ist abwesend... Nein, ich verbessere mich ein zweites Mal: er scheint anderswo zu sein.

Anderswo? Ich weiß es, glaube es zu wissen oder mir wenigstens vorstellen zu können. Es ist ein fremdartiges und reales Reich, das in seiner Fremdartigkeit real ist, wo alle Werte auf den Kopf gestellt sind, das Reich der gewalttätigen Träume, des irren und stummen Gelächters. Ein Reich, wo ewig gestorben, ewig geschwiegen wird; denn der Sturm, der dort tobt, ist ein Sturm aus Asche.

Mein Vater hat dort gelebt. Meine Mutter auch. Wie haben sie es angestellt zu überleben? Ich weiß es nicht, und sie selber auch nicht. Das absolut Böse und das Gute, das nicht gut war, standen sich gegenüber, darin liegt das Drama. „Du wirst es nicht verstehen", murmelte mein Vater, „niemand wird es je verstehen." Und ganz zu Anfang stimmte meine Mutter mit ein: „Für mich ist es Gott, den ich nicht verstehe." Worauf mein Vater ihr erwiderte: „Und wer sagt dir, daß Er, daß Gott es versteht?"

Ich wünsche sehr, daß er sich endlich bereit erklärt, meinem

Gedächtnis seine Erinnerungen anzuvertrauen. Ich gäbe alles, was ich besitze, wenn ich ihm auf seinen düsteren Pfaden folgen könnte, wenn er endlich spräche und ich ihm mit meinem ganzen Wesen zuhörte, sogar wenn es mich schmerzte um seinet- und um unseretwillen ... Doch er spricht nicht. Er will nicht sprechen. Vielleicht kann er es nicht ...

Wenn er sich schon einmal an mich wendet, geschieht es meistens, um über seinen Lieblingsautor zu sprechen, Paritus, den Einäugigen, dessen „Meditationen" das religiöse und antireligiöse Denken mehr als eines mittelalterlichen Philosophen beeinflußt haben. Wenn er ihn zitiert, streicht er sich zärtlich über Stirn und Wangen, wird verträumt, gütig, geradezu schön. Und plötzlich fange auch ich an, Paritus zu lieben, weil er mir meinen Vater wiedergab.

Als Kind, als Heranwachsender konnte ich auf seine Gegenwart, seine Traurigkeit nicht verzichten. Abend für Abend, zwischen Schule und Schlafengehen, ging ich ihm nach auf Schritt und Tritt, folgte den Spuren seiner Erinnerungen, seiner Gesichte, die wie eingemauert waren. Eines Tages, so sagte ich mir, werde ich seine Heimatstadt besuchen, werde in Davarowsk auftauchen, der Stadt zwischen Kolomei und Kamenetz-Bokrotai, im Schatten der Karpaten. Ich werde den Himmel bestaunen, unter dem er geboren wurde, und die Dächer, auf die er hinaufgeklettert sein muß, und die Bäume, von denen er die Früchte geschüttelt hat. Ich werde den Rauch der Kamine einatmen und den Duft der Felder, werde den silbern glitzernden Bach betrachten und die blinden Fenster der Zufluchtsstätten, aus denen ewiges Seufzen dringt. Ja, und eines Tages werde ich in der Geisterstadt Davarowsk aufwachen und rufen: „Komm, Vater, schau, du mußt nicht mehr allein durch diese verfluchte und verdammte Stadt irren, ich stehe hinter dir, wir haben gesiegt."

Das wird nicht leicht sein, denn mein Vater ist vorsichtig. Er bewegt sich nur auf sicherem Terrain vorwärts und stets allein und als Einzelgänger. Nur nicht an seine Türe pochen! Er sagt nur, was er zu sagen wünscht, und sagt manches nur, um damit etwas anderes zu verheimlichen. Es ist nicht möglich, ihn herauszufordern oder unsicher zu machen. Sobald jemand auch nur das geringste Zeichen unpassender Neugierde zeigt, zieht er sich in sein Schneckenhaus zurück.

Natürlich war ich manchmal böse auf ihn. Es schmerzte mich, mit ansehen und erkennen zu müssen, daß er im Kampf gegen die unsichtbar auf ihn zustürmenden Feinde völlig allein und hilflos war. Ich brannte darauf, ihm zur Hilfe zu eilen, an seiner Seite zu kämpfen. Ich begann zu reden, berührte die Frage, drang auf eine Erklärung – aber vergrößerte so nur seine Qual.

Ich erinnere mich, daß ich einmal als Student der Philosophie, intensiv mit dem Problem des Leidens befaßt und den Kopf mit Buddhismus, Schopenhauer und dem Prediger Salomo vollgestopft, mein Wissen, mein angebliches Wissen, gegen ihn ins Feld führte. Es war an einem Winterabend. Mißgelaunt und von Liebeskummer verzehrt (wegen Lisa, doch davon später), stellte ich ihn zur Rede und warf ihm sein Leiden vor.

„Begreifst du denn nicht, daß die Annahme des Leidens gefährlich und unheilvoll ist? Es bedeutet, sich für einen Defekt und gegen den Frieden zu entscheiden ... Für das Schicksal und gegen sich selbst."

Er schien nicht überrascht zu sein, nur traurig. Er tat so, als beende er den Satz, den er gerade las, dann hob er den Blick und schaute mich an. Es war ein sehr lebensvoller Blick, aus dem ein ernstes und würdiges, klares und abgeklärtes Bewußtsein sprach. Es war ein Blick, der sich selbst anblickte, ein Bewußtsein, das sich seiner selbst bewußt war, und dann erlosch dieser Blick, die Welt verfinsterte sich, und ich sagte mir: Hier beginnt das Mysterium.

Und ich sagte mir auch: So ist er. Ich kann nichts tun, er ist außer Reichweite. Man kann nichts anderes tun als warten und seine Freiheit respektieren. Wie jeder Mensch kann er frei über seine Vergangenheit verfügen, ganz nach Gutdünken. Er ist frei, sich als Gefangener oder als Unabhängiger zu fühlen, zu resignieren oder aufzubegehren, Freund der Toten oder Verbündeter der Lebenden zu sein. Frei, auf seine Freiheit zu verzichten. So legte ich es mir zurecht.

Nicht daß er die Gesellschaft fliehen würde, aber er mißtraut ihr. Man kann nie wissen, ob nicht ein ungebetener Gast seine Nase dort hineinsteckt, wo es nicht erlaubt ist. Als Kind wünschte ich zum Beispiel, daß er mich zur Schule brächte. Nein, meine Mutter, meine arme Mutter mußte mich dorthin begleiten. Die Kinder machten sich lustig über mich: „He, dein Vater schämt sich wohl, hier aufzutauchen." – „Mein Vater", gab ich dann zurück, „ist zu stolz, um sich hier zu zeigen. Er hat Besseres zu tun."

Einmal hatte mir meine Mutter einen Schokoladenkuchen gebacken; es war zu meinem vierten oder fünften Geburtstag. Nach dem Essen schnitt sie ihn an und seufzte dabei: „Wir hätten seine kleinen Kameraden einladen müssen." Darauf zog mein Vater den Kopf ein, war verdrossen und unfreundlich, ja abweisend. Ich verstand nichts, ich hatte doch nichts Böses getan und meine Mutter auch nicht. Wir standen wortlos vom Tisch auf, ohne den Kuchen anzurühren. Seitdem hat niemand mehr meinen Geburtstag gefeiert. „Sei nicht traurig", sagte meine Mutter zu mir, „dein Vater mag keine Fremden, er liebt nur die Seinen." Eine befriedigende, aber unvollständige Antwort. Es gab noch einen andern, einen geheimen Grund. Mein Vater fürchtete sich vor Kindern. Sie flößten ihm Angst ein, sie erinnerten ihn an die Angst von damals. Auch ich erinnerte ihn daran.

Und natürlich meine Mutter, unglücklicherweise meine Mutter. Er wartet auf ihre Wiederherstellung, auf ihre Rückkehr in die Gesellschaft, ins Leben und kann sich doch leicht ausmalen, daß ihr Gefängnis von besonderer Art ist, ein Gefängnis, das man nie wieder verläßt.

Ich denke oft an meine Mutter, aber ich spreche nicht von ihr aus Furcht, meinen Vater zu verletzen. Wozu seine Wunden wieder aufreißen?

Ich war sechs Jahre, als sie von uns getrennt wurde. Ich erinnere mich. An einen Arzt, der nicht ganz bei der Sache war, an die ungeduldigen Pfleger, an die Ambulanz, die Tragbahre, die Nachbarn auf der Straße, die sich tuschelnd über das Drama, die Tragödie der armen Rahel Tamiroff ausließen, die ... Und an meinen Vater mit seinem blassen Gesicht, den halbgeöffneten, blutleeren Lippen und dem verstörten Blick eines geschlagenen und erniedrigten Menschen, der in der Wohnung keine Ruhe fand. Und an meine geschwächte Mutter, die fortwährend jammerte, daß ihr etwas fehle, daß sie etwas vermisse: „Was fehlt Ihnen denn?" fragte der Arzt sie. „Keine Luft? Geld?" Sie hört ihn nicht. Während die Pfleger sich in ihrem Zimmer zu schaffen machen, murmelt sie weiter, daß ihr etwas fehle, fehle ... Und ich, ich hocke von Schmerz und Scham überwältigt in einer Ecke, schaue zu und werde ganz Blick, fühle, wie mein Blick sich von seinem Ursprung losreißt und mich verläßt, so wie meine Mutter mich in diesem Augenblick verläßt.

Nun ist sie fortgegangen, meine Mutter, ohne daß ich ihr diese Dinge hätte sagen können, die ganz einfach und wahr waren: daß ihre ernste Schönheit mich tief bewegte, daß ihre Herzensangst mir mein eigenes Herz zerriß, daß ihre feinen Hände, ihre langen Wimpern mir wie von einem verschwimmenden Ufer zuwinkten. Wußte sie, weiß sie, daß ich an ihr feines maskenhaftes Gesicht denken muß, wenn ich die lauernden Dämonen besiegen will? Ja, meine Mutter hat sich wegtragen lassen, ohne daß ich sie meiner Liebe zu ihr hätte versichern können.

Nie wird sie etwas von dem zarten und starken Gefühl wissen, das ihr Anblick mir einflößte. Sicher war ich damals noch klein, aber ich war fähig zu lieben und hatte ein gutes Gedächtnis.

Mit dem Rücken zum Fenster, das auf die laute Avenue ging, und die Ellenbogen auf den Tisch im großen Wohnzimmer gestützt, zeigte sie sich erstaunlich geschickt beim Instandsetzen zerrissener Kleider, zerbrochener Leuchter, oder falsch gehender Uhren. Sie konnte sich auf das, was sie tat, ganz konzentrieren, bis sie ganz unvermittelt wie unter einem Peitschenhieb erstarrte. Dann lief mir ein Frösteln über den Rücken.

Dennoch beobachtete ich sie gern. Ohne daß sie es merkte, betrachtete ich unruhig und gespannt aus einiger Entfernung ihre Hände, heftete meine Blicke auf ihren Nacken. Bisweilen lächelte sie, und dann stockte mein Herz. Wem lächelte sie zu?

Wenn ich dann mit ihr sprach, errötete ich. Aus Angst, mich zu verraten, wurde ich linkisch und fahrig. Es war zu dumm, ich verfolgte sie und floh vor ihr. Sie schüchterte mich ein, und seltsamerweise schien auch ich, ein Junge von fünf oder sechs Jahren, sie einzuschüchtern. Wir wandten, wenn unsere Augen sich trafen, den Kopf zur Seite, als hätten wir ein schlechtes Gewissen. Wenn sie zärtlich zu mir sein oder ich ihr meine Liebe zeigen wollte, bedurfte es eines Vorwandes, eines Alibis. Sie küßte mich nur, wenn ich krank war. Seit sie fort ist, bin ich nicht mehr so oft krank.

Jetzt ist sie es, die krank ist. Ich kenne die Ursache des Leidens nicht, das sie verzehrt. Ich weiß nur, daß sie in Behandlung ist, daß Besuche bei ihr verboten und die Ärzte pessimistisch sind. – Oh, ich weiß vieles darüber: ich weiß, daß ihre Jahre in mir vergehen, und spüre, wie sie meinen Jahren hinzugefügt werden; mein Vater weiß es übrigens auch, aber wie aufgrund einer gemeinsamen Absprache ziehen wir es vor, nicht darüber zu sprechen.

Aus welchem Grund eigentlich? Einfach aus Rücksicht auf sie? Aus Angst, ihr Zustand könnte sich dadurch verschlimmern? Dunkel fühle ich, daß meines Vaters Schweigen etwas mit mir zu tun hat. Möglich, daß ich mich irre, daß ich übertreibe; daß ich sogar Fehler für mich erfinde, damit ich mich bestrafen und wenigstens von fern Anteil an seiner Qual nehmen kann. Eines Tages jedenfalls habe ich meinem Vater die Frage gestellt:

„Seit wann hat sie diese Krankheit?"

Und er hat geantwortet:

„Nicht erst seit heute und nicht seit gestern."

Und nach einem Moment peinlichen Schweigens blätterte er wieder in den „Meditationen" seines geliebten Paritus. Ich besaß die Frechheit weiterzubohren:

„Verzeihung, Vater, aber könntest du nicht ein bißchen genauer sein?"

Als er schließlich seine Augen auf mich heftete, las ich in ihnen so viele qualvolle Gedanken, daß es besser war, den Kopf zu senken und sich zufriedenzugeben.

Ich erinnere mich allerdings an eine sicher nicht sehr aufschlußreiche Begebenheit, die aber im Grunde einen ersten Fingerzeig geben könnte: Meine Mutter schaut mich an und sieht mich nicht; sie sieht mich nicht, aber sie spricht mit mir. Das kommt mir höchst seltsam vor, aber es ist so, und das Bild haftet ganz deutlich in meinem Kopf.

Eines Freitagabends ist Vater im Bethaus nebenan. Er wird uns an diesem Abend schon nicht warten lassen. Das Wohnzimmer ist hell erleuchtet und wirkt sehr einladend. Das Weiß des Sabbats ... Die Herrlichkeit des Sabbats ... Und vor allem der Sabbatfriede ... Meine Mutter, die den Segen über die Kerzen gesprochen hat, setzt sich und starrt in die kleinen flackernden Flammen. Von einem unbekannten Gefühl überwältigt, wage ich nicht, mich zu rühren. Ich lehne mich an die Wand. Ich bewundere das Haar meiner Mutter, das Kleid meiner Mutter, die Liebe meiner Mutter. In meinem tiefsten Innern bin ich mir bewußt, daß ihre Schönheit und Zufriedenheit aus ihrer Liebe stammen, aus ihrer Liebe zu mir. Und ich mache einen Schritt auf sie zu und noch einen und setze mich zu ihrer Rechten, lege meinen Arm auf ihren Arm und will, daß sie mich ansieht. Sie schaut mich auch an, spricht mit mir, sagt mir Worte, die mich glücklich machen müßten, so liebevoll und zärtlich sind sie, aber sie rufen eine namenlose Trauer in mir hervor, denn ich fühle und bin sicher, daß sie mich nicht sieht ...

Ich bin nahe daran loszuheulen, als sich die Tür öffnet und mein Vater eintritt. Lächelnd grüßt er uns und wünscht uns wie üblich einen „Guten Sabbat". Wir geben keine Antwort. Als er meine Mutter sieht, die immer noch mit den flackernden Kerzen spricht, verändert sich mit einem Schlag der Ausdruck seines Gesichts, und er sagt mit leiser Stimme zu mir: „Geh in dein Zimmer, ich muß einen Augenblick mit deiner Mutter allein bleiben." Eine Stunde später holt er mich. Während des Essens lasse ich meine Mutter nicht aus den Augen. Sie betrachtet nicht mehr die Kerzen, aber sie blickt uns auch nicht an. Sie erblickt nichts. Seither ist sie blicklos.

Ich brauche nicht zu betonen, in welchem Maß ihr „Weggang" mich bedrückte. War er wirklich unumgänglich? Kein Ereignis hat mich so tief getroffen. Wie ein Flüchtling irrte ich durch die Wohnung, von einem Zimmer ins andere, beschäftigte mich mit tausend Dingen, verkroch mich in eine Ecke, versteckte mich unterm Tisch und duldete nicht, daß mein Vater mich auch nur einen Augenblick allein ließ. Ich folgte ihm wie ein Schatten in die Bibliothek, in den Supermarkt, ins Studienhaus. Ich half ihm bei der Hausarbeit, beim Ordnen seiner Bücher. Der Gedanke, mich plötzlich allein und verlassen zu finden, versetzte mich in Panik.

Der „Weggang" meiner Mutter wurde dadurch noch schlimmer, weil er mit dem Passah-Fest zusammenfiel. Brooklyn in Erwartung des Frühlings erinnert an ein Orchester, das seine Instrumente stimmt. Alles gerät in Bewegung, alles verändert sich, die ganze Straße ist ein einziges herzliches Lachen. Doch diesmal nicht und nicht für mich. Kaum war ich draußen, zog ich meinen Vater schon ganz atemlos am Arm: „Laß uns schnell heimgehen. Vielleicht werden wir erwartet ..."

Dieses Passah-Fest werde ich nie vergessen. Mein Vater und ich hatten zusammen den Wein und die besonderen Speisen eingekauft. Die Einladungen der Nachbarn hatten wir abgelehnt und uns entschlossen, den Seder zu Hause zu feiern. Eine leise, nicht zum Schweigen zu bringende Stimme hatte mir gesagt: „Sie wird kommen und uns nicht antreffen." Wie jedes Jahr und bei allen Festen hatte sich auch diesmal der Freund meines Vaters, Simha der Finstere, bei uns eingefunden, um mit uns das Festmahl zu teilen.

Bevor mein Vater den Wein segnete, blickte er mir tief in die Augen und legte mir die Hände auf die Schultern:

„Das Gesetz gebietet uns, dies Fest in Freude zu feiern", sagte er. „Gib dir Mühe."

„Und ... Mama?"

„Tu es ihr zuliebe."

„Aber sie ...? Was macht sie in diesem Augenblick? Versprich mir, daß auch sie sich während der ganzen kommenden Woche freuen wird."

Mein Vater seufzte tief auf und schwieg. An seiner Stelle sagte Simha der Finstere:

„Deine Mutter ist eine gute Jüdin und kennt die Gesetze. Sie weiß, daß wir nicht das Recht haben, uns der Freude zu verschließen; denn sie geht unserem Dasein voraus und mengt sich zu den Ursprüngen unserer Geschichte."

„Ich verstehe nicht", gab ich mit tränenerstickter Stimme zurück.

„Das macht nichts", sagte Simha der Finstere, „das Gesetz verlangt von uns nicht, daß wir verstehen, sondern daß wir in der Freude leben."

„Ich verstehe immer noch nicht."

„Stell dir vor", fuhr Simha der Finstere fort, „stell dir eine Freude vor, die seit fast viertausend Jahren darauf wartet, daß du sie bei dir aufnimmst; ohne dich würde sie umherirren wie eine Waise, die Schutz sucht."

„Ich kann mir das nicht vorstellen", sagte ich. „Sobald ich es mir vorstellen kann, sehe ich Mama, sehe nur sie."

„Wir wollen den Kiddusch sprechen", nahm mein Vater das Wort.

Danach war ich an der Reihe, die traditionellen „vier Fragen" zu stellen: Worin unterscheidet sich die Passah-Nacht von den andern Nächten des Jahres? Mein Vater las die Antwort aus der Haggada: Weil wir einst in Ägypten Sklaven waren. Aber das war nicht die wahre Antwort. Ich kannte die wahre Antwort: Diese Nacht unterschied sich von den anderen, weil meine Mutter sich in einem fernen Exil befand. Und Simha, Simha der Finstere, schüttelte den Kopf:

„Ja, du hast recht. Deine Mutter ist im Exil. Wie auch die Schekina im Exil ist. Und deshalb ist deine Freude nicht vollkommen und die unsere auch nicht. Auch die unseres Vaters nicht."

Traditionsgemäß hatte mein Vater über den Exodus unseres Volkes in die Freiheit zu berichten, doch Simha wollte zunächst lieber eine andere Geschichte erzählen:

„Die Schekina ist eine schöne traurige Frau, von Schatten und Licht umflossen. Um Mitternacht trifft man sie überall dort, wo die Kinder Israels sie anrufen, damit sie die Kranken heile und die Unglücklichen tröste. Ein römischer Offizier erblickte sie eines Tages in den Ruinen von Jerusalem. Von ihrer Schönheit geblendet, verliebte er sich in sie. Er ging auf sie zu, war aber nicht imstande, näher an sie heranzukommen. Als trete er auf der Stelle, so sah er sie immer nur von weitem. Darüber brach ihm das Herz, und da, da erst schenkte sie ihm ein Lächeln. Wegen dieses Lächelns blieb er in Jerusalem bis an sein Lebensende. Den Seinen erklärte er: ‚Da diese Frau mir unerreichbar bleibt, werde ich mich mit ihrem Schatten zufriedengeben.'"

Wenn Simha sich über sein Lieblingsthema ausläßt, rührt er an das Erhabenste, und ich könnte ihm vom Morgen bis zum Abend zuhören. Wenn er erzählt, beginnen seine Augen zu leuchten und bekommen einen eigenartigen, beunruhigenden Glanz. Sein Vortrag ist bedächtig und hat etwas Magisches an sich; er wirft die Worte hin, als seien sie unreife Früchte, liebkost sie und erwärmt sie dann, bevor er sich von ihnen trennt.

„Kennst du die Geschichte vom großen Rabbi Chajjim Gedalja von Uschpitzin?" fragte er mich an einem anderen Abend. „Er verwandte sich bei Gott für einen Schankwirt, der wegen seiner zahlreichen Sünden bekannt war. Der Ewige sprach: ‚Es sei, ich verzeihe ihm', und der Rabbi fing nun an, weitere Sünder zu suchen, um sie dort oben zu verteidigen. Doch diesmal fand er keine Erhörung. Von seinem Gewissen geplagt, fastete der Rabbi sechsmal sechs Tage und fragte den Himmel, warum er in Ungnade gefallen sei. ‚Es war nicht recht von dir zu suchen', sagte eine himmlische Stimme zu ihm. ‚Wenn Gott sich entscheidet, seinen Blick abzuwenden, hast du es ebenso zu tun.' Und der Rabbi begriff, daß manche Dinge im Schatten bleiben müssen, denn auch der Schatten ist von Gott gewollt."

Guter Simha. Denkt er wirklich, daß ich an seine Schattengeschichten glaube? Ich bin kein Kind mehr, aber in seiner Gegenwart fühle ich mich ganz klein. Noch heute komme ich mir wie ein kleiner Junge vor, wenn er mit mir spricht oder mir zuhört. Mit meinem Vater ist das anders; denn angesichts meines Vaters fühle ich mich manchmal alt, sehr alt sogar und – lachen Sie bitte nicht – sogar älter als er.

Und auch wie einer, der resigniert hat.

Wie jetzt zum Beispiel auf diesem deutschen Bahnhof und später in diesem deutschen Zug, in dem ich sitze und ihn beschwöre, ihn zum Zeugen anrufe und mit ihm von gleich zu gleich spreche:

„Ich bin dir trotz allem ähnlich. Bin ebenso ungeschickt wie du. Zu nichts gut. Trage den Kopf in den Wolken. Bin unfähig, eine Tat bis zum Ende auszuführen. Unfähig, der Tat einen erlösenden Sinn zuzuschreiben. Sage mir nicht, ich hätte nicht kommen dürfen. Das weiß ich ja. Hast du niemals Dinge getan, die du nicht hättest tun dürfen? Hast du nie sinnlose Reisen unternommen, die dich nach Nirgendwohin führten? Hast du nie diesen Weg, den gleichen Weg zurückgelegt, Vater? Gib es zu, gib's doch zu ohne Furcht und Scham: Wir sind zusammen gescheitert. Zusammen spüren wir den bitteren Geschmack der Niederlage."

Der Zug erhöht die Geschwindigkeit. Geräusche von klappernden Fenstern, sich öffnenden Türen, von Fliehenden, die zusammengeschlagen werden: Das ist die Flucht, die Flucht aus der Knechtschaft, das Rennen in die Freiheit. Auf einmal vergesse ich den Zug und sehe mich neben meinem Vater, wie er mit gebeugtem Rücken atemlos vorwärtsrennt, und frage ihn nach Mama, frage wo Mama ist, ich will es wissen, muß es wissen, aber ich erfahre nichts. Das Bild wechselt von neuem: Abend des Passah-Festes, am Tisch, wir erzählen und singen die alte Geschichte vom Auszug der Vorfahren, von dem kopflosen, überstürzten Rennen, ich suche Moses, und Moses sucht uns, und die ägyptischen Soldaten verfolgen uns und stoßen uns ins Meer, folgen uns ins Meer, und das ist der Sieg. Und wie die Engel möchte ich singen und wie die Engel mir von Gott den Verweis erteilen lassen, daß man nicht angesichts des Todes singt und nicht den Tod besingt, und ich sage Gott Dank, Dank dem Herrn, daß er unsere Feinde getötet hat. Dank, daß Du selbst sie getötet und uns diese Rolle erspart hast, und Gott antwortet, daß man nicht angesichts des Todes dankt und nicht dem Tod dankt.

Aber wann, Vater, sagt man dann Dank? Und wem?

Ich erinnere mich an ein anderes Passah-Fest. Auch diesmal rezitierten wir zu zweit die Haggada, während Simha der Finstere sich wider seine sonstige Gewohnheit in Schweigen hüllte. Plötzlich unterbrach er uns:

„Reuwen", sagte er zu meinem Vater, „erfülle deine Pflicht als jüdischer Vater."

Mein Vater maß ihn mit einem überraschten Blick, erwiderte aber nichts.

„Die Haggada", fuhr Simha fort, „erzählt uns von vier Söhnen und von ihrer Haltung der ‚Frage' gegenüber. Der erste kennt sie und nimmt sie auf sich, der zweite kennt sie und lehnt sie ab, der dritte erträgt sie mit Gleichgültigkeit, und der vierte kennt sie nicht einmal. Natürlich gibt es auch einen fünften, aber er kommt in dem Bericht nicht vor; denn er lebt nicht mehr. Also bezieht sich die Pflicht des jüdischen Vaters auf die Lebenden. Wann begreifst du denn endlich, Reuwen, daß die Toten nicht zur Haggada gehören?"

„Und was ist mit dir?" sagte mein Vater. „Wann werden deine Ohren nicht mehr hören, was dein Mund spricht?"

„Bei mir ist es etwas anderes", sagte Simha, „Hanna lebt in meinen Gedanken, aber sie hat nicht vollständig von mir Besitz ergriffen. Und noch etwas, Reuwen, du weißt sehr wohl, daß ich kein Vater bin."

Mein Vater sah ihn immer noch durchdringenden Blickes an und setzte, ohne ihm etwas zu entgegnen, die Lesung der Gebete und Gedichte fort, als sei er überhaupt nicht unterbrochen worden.

Nach dem Essen wandte er sich an seinen Freund und sagte zu ihm:

„Vielleicht hast du recht."

Und zu mir sagte er:

„Ich möchte dir etwas von meiner Jugend erzählen."

„Zu Anfang war ich wie der erste Sohn, war der jüdischen Tradition treu und folgte mit Begeisterung ihren Gesetzen. Ich kannte nur ein Verlangen, meinem Vater ähnlich zu werden, einem einfachen, aufrechten Mann, der von einer Rechtschaffenheit ohne Wenn und Aber war. Dann kam der Dämon über mich, der mich verführte, und wie der zweite Sohn lehnte ich mich auf gegen unser Volk. Genau wie er sagte ich: Eure Geschichte geht mich nichts an. Genau wie er hörte ich auf den ägyptischen Prinzen im ‚Ulysses' von James Joyce, der Moses eindringlich beschwört, doch nicht auf das üppige Leben zu verzichten, auf die glänzenden Abenteuer und die Kultur, die das Pharaonenreich seinen gebildeten und privilegierten Bürgern bot. Was wollte er denn bei diesem armen Stamm in der endlosen mörderischen Wüste suchen? Ein logisches, ein überzeugendes Argument, das von Moses kühn zurückgewiesen wurde. Jedoch nicht von mir, für mich hatte es eine große Anziehungskraft. Ja, mein Sohn, die Juden sind aus Ägypten gezogen, ich aber zog es vor, ihnen nicht zu folgen. Ich folgte einem emanzipierten Freund, der unser Dorf verlassen hatte, um in Davarowsk zu studieren.

Dieser Freund faszinierte mich. Mit seinen eigenwilligen und gotteslästerlichen Theorien brachte er es fertig, alles niederzureißen und alles zu erklären. Er vertrat mit Nachdruck die Meinung, daß der Jude das Recht und die Pflicht habe, seine von den Vorvätern stammenden Bindungen aufzugeben. Man muß sich assimilieren, um alles zu vergessen, und alles vergessen, um sich zu assimilieren, so lautete sein Slogan. Er beachtete kein Gebot, hielt sich an kein Verbot, feierte kein einziges Fest. Napoleon und Mendelssohn hatten Moses und Josua für ihn entthront: Nieder mit den religiösen Dogmen, es lebe die Emanzipation! Pragmatiker und Opportunist, der er war, ließ er sich taufen und versuchte, auch mich soweit zu bringen. Ein junger Missionar unterstützte ihn darin, aber sie scheiterten. Das Bild meiner Eltern schützte mich. Der Demütigung und dem Schmerz, den ich ihnen antun konnte, war eine Grenze gesetzt. Ich verstand mich als Agnostiker. In der Hoffnung, mich doch noch für sich zu gewinnen und zu bekehren, war mir der junge Missionar behilflich, die Zulassung zum Studium an der Universität von Davarowsk zu erhalten. Ich stürzte mich auf die klassischen Studien, entdeckte Paritus den Einäugigen und verschrieb mich ihm mit Leib und Seele. Kurzum, man sagte mir eine glänzende Universitätslaufbahn voraus. Meine Studie über Paritus erregte Aufsehen in der

Hauptstadt und wurde in der Presse besprochen. Die jüdische Gemeinde war stolz darauf, daß ich die Taufe abgelehnt hatte, man sprach von mir in den Geschäften, in den Restaurants, in den Talmudschulen. Wenn man mich doch nur in den Schoß des Judentums zurückführen könnte. Wortgewandte Emissäre und erbärmliche Agenten wurden mir ins Haus geschickt. Die einen kamen mir theologisch, die anderen politisch. Es gab sogar solche, die mit bedeutenden Summen lockten oder mir ihre Töchter zur Frau anboten. Vergebene Liebesmüh'! Höflich, aber sehr bestimmt geleitete ich sie hinaus, ohne es überhaupt für nötig zu erachten, ihnen die Absurdität ihres Vorgehens klarzumachen.

Da lud Rabbi Aaron Ascher, der Enkel des großen Predigers gleichen Namens, mich ein, ihn zu besuchen. Noch nie war es vorgekommen, daß jemand eine solche Ehre ablehnte. Ich lieferte also einen Präzedenzfall, der, wie du dir denken kannst, allgemeine Empörung hervorrief. Die Metzger erklärten sich bereit, mich Mores zu lehren, und die Tischler schlossen sich ihnen an, schlugen allerdings vor, noch bis zum Abend damit zu warten. Hätte der Rabbi nicht eingegriffen, hätte mir mit Recht die Prügelstrafe gedroht. Er machte sich nämlich die Mühe, mich in Begleitung seines Assistenten aufzusuchen und bei mir anzuklopfen. Ich wußte noch nicht, daß er mir durch sein Erscheinen das Leben gerettet hatte; so allerdings stürzte seine Geste mich in einige Verwirrung.

‚Ich habe mit dir zu reden, Reuwen Tamiroff. Kann ich eintreten?'

Ich führte ihn in mein Arbeitszimmer und bot ihm einen Sessel an:

‚Setzen Sie sich, Sie werden es dort bequemer haben.'

‚Es geht mir nicht darum, es bequem zu haben!'

Aufrecht stehend überragte er mich um Haupteslänge.

‚Ich höre Ihnen zu', sagte ich.

Mit seinen vierzig Jahren, seinen breiten Schultern, seinem energischen Gesicht mit den klaren, durchdringenden Augen, war der Rabbi die Autorität in Person. Wenn er redete, mußte man zuhören. Er sprach in kurzen, sehr bestimmten Sätzen, sein Gedankengang war klar und präzise und unwiderlegbar.

‚Es hat den Anschein', begann er, ‚daß du darauf bestehst, dich von der Gemeinde zu trennen. Aus welchem Grund?'
‚Ich kenne den Grund nicht.'
Das war nicht gelogen; ich hätte in seiner Gegenwart auch gar nicht lügen können. Ich hatte ganz einfach die Argumente vergessen, die mein bekehrter Freund ins Feld geführt hatte, um mich in seine Netze zu ziehen.
‚Du hast gewiß auf fremde Stimmen gehört', sagte der Rabbi, ‚warum hörst du nicht auf deine eigene? Die Erinnerung, die in mir lebendig ist, unterscheidet sich nicht von deiner Erinnerung, die Worte, die sich mir auf die Lippen drängen, könntest du mit der gleichen Autorität aussprechen. Warum versuchst du, dich von dir selber zu entfernen? Erfinde keine Entschuldigungen und keine Alibis! Sage mir nicht, es sei leichter, sei bequemer. Für einen Juden wie dich ist es schwieriger, belastender, gefährlicher. Kennst du die Geschichte von dem Talmudgelehrten und den Fischen? Während der Zeit der Verfolgungen durch die Römer gab der Gouverneur von Judäa dem weisen Juden den Rat, um des Lebens und Überlebens willen von der Tora abzulassen, worauf der Weise mit dem folgenden Gleichnis antwortete: Eines Tages wandte der Fuchs sich an die Fische und riet ihnen folgendes: »Ihr habt doch alle Angst vor den Fischern und ihren Netzen, warum verlaßt ihr nicht das Meer und geht ans trockene Land?« – »Du bist ein Dummkopf«, gaben die Fische zurück. »Unsere einzige Chance zu überleben, liegt im Wasser...« – »Und mit der Tora verhält es sich nicht anders«, fügte der Weise hinzu. Und mit dir, Reuwen Tamiroff, ist es das gleiche. Die einzige Überlebenschance für dich liegt in der Gemeinde, sie braucht dich, und du brauchst sie.'
Schwer atmend hielt er inne und kam mit seinem wuchtigen Kopf immer näher an mich heran, mit einer Bewegung, aus der etwas Wildes, ja Zerstörerisches sprach. Obwohl ich kaum ein Wort gesprochen hatte, ging auch mein Atem schneller.
‚Ich habe Angst', sagte ich geradezu mit Widerwillen, ‚ich habe Angst vor den Fischern.'
‚Dann komm! Halte dich fest an mir, an uns, und ich werde

dir helfen. Ich werde dir helfen, den Tod und sogar die Furcht vor dem Tod zu besiegen!'

In seinem Eifer fand Rabbi Aaron Ascher immer neue Anknüpfungspunkte, berief sich auf die Heilige Schrift, auf die Propheten, auf Abraham und Isaak, auf den Talmud und seine Meister, auf das schon viele Jahrhunderte währende Leiden unseres Volkes und seine Verfolgung. Als fürchte er, seine Kraft zu verlieren, sobald er aufhörte, redete er sicher zwei Stunden lang.

‚Natürlich macht es dem Tod Spaß, in unseren Reihen zu wüten, natürlich erleiden wir zu viele Verfolgungen in zu vielen Ländern und aus zu vielen Gründen, aber was bedeutet das? Es bedeutet, daß wir dem Tod zum Trotz leben, daß wir trotz des Todes leben, daß wir den Tod überleben! Es bedeutet, daß unsere Geschichte, unsere erstaunliche Geschichte, eine fortwährende Herausforderung für die Vernunft und für den Fanatismus ist, für die Henker und ihre Macht. Und aus dieser Geschichte möchtest du desertieren?'

Ich weiß nicht, wer an diesem Tage der Sieger war. Ich weiß lediglich noch, daß ich oft genug den Kopf geschüttelt habe. Ja, ich verstand, ich erfaßte den Sinn der jüdischen Tradition, aber ich versprach nichts und wollte mir auch keine Blöße geben. Ich war kein Mann, der spontan handelte. Ich wollte überlegen, analysieren, den Weg prüfen, der sich auftat.

Das besagt, und ich muß es zugeben: Wenn ich nicht der zweite Sohn aus der Haggada geblieben bin, dann dank meines Meisters und Freundes, des Enkels vom großen Prediger Rabbi Aaron Ascher."

Mein Vater schwieg. Das Licht der Kerze erhellte sein zerfurchtes, kantiges Gesicht. Tief bewegt schwieg auch ich. Zum erstenmal hatte mein Vater von seinem früheren Leben, von damals gesprochen. Ich wollte ihm dafür danken, aber Simha kam mir zuvor:

„Und der fünfte Sohn, Reuwen? Wann erzählst du ihm vom fünften Sohn?"

Da senkte mein Vater, von Trauer überwältigt, den Kopf, als brenne ihm etwas auf der Seele, für das es keine Worte gab.

Briefe Reuwen Tamiroffs

Mein Sohn,
   heute abend bist Du gekommen, um mir zu sagen, daß ... (einige unleserliche Worte). Du hast traurige Dinge gesagt, aber Deine Art, sie zu sagen, ließ mich trotzdem lächeln.
   Ich liebe Dich, wenn du mich lächeln läßt.
Dein Vater

Lieber Sohn,
   Deine Gegenwart bedeutet mir unendlich viel. Ich spüre sie im Schlaf und finde sie wieder, wenn ich die Augen aufschlage. Aber du weißt, was das Leben aus uns gemacht hat.
   Das letzte Passah-Fest, damals im Getto ... Alle Gäste saßen bei Tisch, bekannte und unbekannte Gesichter. Freudengesänge mischten sich mit ängstlichen Seufzern. Simha stimmte ein ernstes und schönes Lied an: „Seit je und überall erhebt sich der Feind und droht uns zu vernichten, aber seit je und überall kommt der Herr, gelobt sei Er, zu unserer Hilfe, uns zu retten." Wir singen mit. Deine Mutter preßt die Lippen zusammen und hält nur mit Mühe ihre Tränen zurück. Ich sage zu ihr: „Schau auf deinen Sohn, sieh ihn dir an, und deine Traurigkeit wird vergehen." Sie betrachtet dich und fängt an zu schluchzen. Da sage ich ihr ... (unleserliche Worte).
   An diesem Abend war ich stolz auf dich, mein Sohn.
   Ich bin es heute noch.
   Und dennoch.
Dein Vater

PS: Ich denke an das Lied, das ich gerade zitiert habe. Ist es wahr, daß Gott immer eingreift? Hat er unsere Generation gerettet? Mich, mich hat er gerettet. Ist das ein Grund für mich, Ihn meiner Dankbarkeit zu versichern? „Die Toten singen nicht den Ruhm des Allerhöchsten", sagt König David. Sollten die Toten von der Dankbarkeit ausgeschlossen sein? Und umgekehrt, müßten die Lebenden tot sein, wenn sie zur Dankbarkeit unfähig wären? Was bin ich dir gegenüber, mein Sohn?

Ich habe mich nach Deutschland begeben müssen, in jene kleine, graue und versehentlich aus ihrem Schlaf geweckte Stadt, um das Geheimnis zu ergründen, das zwischen mir und meinem Vater stand. Hier erblicke ich mich selbst und begreife ihn besser. Wie er habe ich keine Lust zu sprechen, wie er hege ich Mißtrauen.

Warum mißtraute er mir eigentlich? Was hatte ich ihm getan? Wodurch hatte ich ihn verärgert? Er freundete sich selten mit jemandem an, wie ich bereits erwähnt habe, sprach wenig oder fast gar nicht, genauer gesagt, nur stoßweise und auf eine unerwartete und bestürzende Art, und dabei ging es um alltägliche und belanglose Dinge: „Hast du in der Zeitung gelesen, daß ... Du wirst doch nicht vergessen, zu ...?" Manchmal, wenn ich darauf bestand, offerierte er mir etwas: ein paar Brosamen aus seiner Kindheit, einen etwas größeren Brocken aus seinem Knabenalter, eine Episode aus seinem Studentenleben. Doch sobald wir das verbotene Thema Krieg streiften, räusperte er sich und machte ein schrecklich verängstigtes oder erschöpftes Gesicht: Es ist schon spät, sagte er dann. Zeit zum Schlafengehen, zum Essen, zu einem Vortrag in der Stadt. Zeit, plötzlich dringlich gewordene Akten vorzubereiten. Dann war es witzlos zu insistieren. Er rührte sich nicht mehr, war wie in weite Fernen entrückt und wurde von einer großen, aus früheren Zeiten stammenden Traurigkeit überwältigt, die sich jetzt mit einer namenlosen Angst verband. Klar, daß ich sofort aufhörte. Ich wechselte das Thema und dachte, das nächste Mal werde ich es wieder versuchen.

Heute weiß ich, was ihn mit Angst erfüllte. Ich weiß, daß er sich schuldig fühlte, und weiß auch, daß es falsch war. Woher ich es weiß? Bei Gott, ich habe es von mir. Ich trage seine Vergangenheit und sein Geheimnis in mir. Die Alten haben recht: Alles ist im eigenen Ich, und mich befrage ich, um meinen Vater zu verstehen.

Ernsthaft, und damit will ich sagen: ausführlich und ohne Umschweife, von Mann zu Mann, wie zwei Erwachsene, zwei Verbündete hat er nur am Vorabend meiner Bar-Mizwa mit mir gesprochen. Sie sollte am nächsten Morgen feierlich begangen werden, und zwar innerhalb des Sabbatgottesdienstes in einem chassidischen Studienhaus, wo wir offiziell vollberechtigte Mitglieder waren. Auch andere Emigranten und Flüchtlinge aus Davarowsk fanden sich dort ein, und der Rabbi war der Neffe von Rabbi Aaron Ascher von Davarowsk.

Diese Zeremonie hat etwas Fröhliches und Feierliches an sich, sie bezeichnet die Aufnahme eines neuen Mitgliedes in den Schoß der Gemeinde. Der Junge, der morgens noch ein Knabe und abends bereits ein Erwachsener ist, wird sich plötzlich der Pflichten bewußt, die ihn an das Kollektivschicksal Israels binden. Um ihm Mut zu machen, ihm Glück zu wünschen, daß sein Stern am blauen Firmament eines gottes- und ewigkeitstrunkenen Volkes erstrahlt, singen alle für ihn und trinken mit ihm. Aber weder mein Vater noch ich waren in der Stimmung, zu trinken oder zu singen. Ich dachte an meine arme Mutter und spürte, wie meine Augen sich umflorten.

„Bist du bereit?" fragte mein Vater mich.

Natürlich war ich es, war so bereit, wie ein Junge meines Alters nur sein konnte. Bereit für die Zeremonie und ihren ganzen Verlauf, der nun auf mich zukam.

„Die Segenssprüche?"

„Ich kenne sie auswendig."

Ebenso wie ich in der Jeschiwa die heiligen Texte und verschiedenen Kommentare studiert hatte, hatte ich auch die Melodien der Bibellesung und der prophetischen Haftara gelernt.

„Hast du eine Rede vorbereitet?"

„Nein."

„Bei uns benutzten früher die Jungen die Gelegenheit, um

einen Kiddusch, eine originelle Idee darzulegen, eine entsprechende Einsicht, die mit einem Thema aus dem Talmud zusammenhing. Dadurch konnte der Schüler seinen Meistern beweisen, daß ihr Vertrauen auf ihn gerechtfertigt war."

„Nicht in Amerika", sagte ich. „In Amerika, das weißt du genau, Vater, ist die Zeremonie Nebensache, was zählt, ist das Fest, sind Essen und Trinken."

In Wirklichkeit hatte ich einen anderen Grund, keine Rede halten zu müssen, ich fürchtete nämlich, mich nicht beherrschen zu können und in Tränen auszubrechen. Instinktiv verstand mich mein Vater und bemühte sich, ein Lächeln zu zeigen.

„Kennst du das Wort des großen Rabbi Mendel von Kozk? Die schönste Rede ist die, die man nicht hält."

An jenem Freitagabend vor den drei brennenden Kerzen fühlte ich mich noch niedergeschlagener als sonst. Im Geiste zog ich Bilanz und fand sie äußerst kläglich. Ich hatte meine Jugend vertan, hatte – schlimmer noch – mein Leben vertan. Ich sah mich wieder als Kind, verloren in Labyrinthen voller Gespenster. In der Schule hielt ich mich abseits von den andern. Manche Eltern bedauerten mich: „Der Arme, er muß ohne Mutter aufwachsen..." Andere argwöhnten, daß ich einen störrischen Charakter besäße. Während ihre Kinder Fußball und Baseball spielten oder Süßigkeiten und Geschenke austauschten, überspielte ich, so gut ich konnte, meine Verlegenheit und legte Gleichgültigkeit an den Tag. Ich wandte den anderen den Rücken zu, träumte vor mich hin oder blätterte in langweiligen Büchern herum. Ich gab mir den Anschein, als sei ich reifer, fleißiger und ernsthafter als meine älteren Mitschüler. „Der da", sagten diese und zeigten mit dem Finger auf mich, „der ist ein sonderbarer Vogel." Das war ich, ich war sonderbar, weil ich anders war. Ich hielt mich für bestraft und verdammt. In dem Maße, wie ich mich isolierte, wurde mein Kummer, der so gar nicht zu meinem Alter paßte, nur noch tiefer und größer. Ich litt, ohne zu wissen warum. In meiner Verschlossenheit und meinem Pessimismus machte ich den Eindruck, als zürne ich der ganzen Welt. Stimmte das? Ich ging mit mir ins Gericht, ich verurteilte mich, und das machte mich vor der Zeit alt. Es gab kaum etwas, das mich in Erstaunen setzte, ich kannte keine Streiche oder Heldentaten, auch keine Freundschaften und Abenteuer, die die Kindheit so reich machen. Und dabei war in Brooklyn Gelegenheit genug dazu. Es gab Parks und Museen, Schwimmbäder und Karussells, Ausflüge ins Gebirge, ausgelassene Feste und gemeinsame Spiele, es gab den Hafen mit Kriegsschiffen und großen Segelschiffen oder ganz einfach den Drugstore an der Ecke mit Coca Cola und Kartoffelchips, mit Schokoriegeln und Kaugummi. Für einen Schüler hält die Straße tausend Abenteuer bereit. Er macht Bekanntschaften, kauft ein Taschenmesser, verkauft einen Ball, bekommt Streit und schließt wieder Frieden. Für mich gab es keine Kämpfe zwischen Cliquen und Banden mit Sieg und Niederlage.

„Ach ja", sagte mein Vater, „nichts geht über das Schweigen. Allerdings..."

Er unterbrach sich und wartete eine Sekunde, bevor er fortfuhr:

„... kann man es auch zu weit treiben, weißt du das? Schweigen ist etwas Zerbrechliches."

Nein, das wußte ich nicht. Ich wußte überhaupt nichts. So sah das Ergebnis der wichtigsten Periode meines Lebens aus. Hatte ich denn nichts gelernt in der Schule, nichts erfaßt?

Wie stand es um meinen Glauben, um den Glauben an Gott? Ich besuchte eine orthodox-religiöse Schule – in Brooklyn kommt man unmöglich darum herum – und fing an, mir Fragen zu stellen über Probleme, wie sie Kinder meines Alters beschäftigen. Das Gute und das Böse, das Endliche und das Unendliche, der Sinn des Lebens und der Schöpfung oder, warum der Gerechte leiden muß. Ich hatte einen Blick in den „Führer der Unschlüssigen" von Maimonides geworfen, ohne etwas davon zu verstehen. „Du bist noch zu jung für die Philosophie", hatte mir mein Tutor gesagt; diesem Bedauernswerten fehlte der große Schwung. „Bis Vierzig muß man warten", versuchte er mir klarzumachen. „Auf die Antworten?" – „Nein, auf die Fragen." Ich machte mich auf die Suche nach einem anderen Tutor und stöberte einen alten Junggesellen auf, der es sich in den Kopf setzte, mich in die Astrologie einzuweihen. Ein anderer wollte mich nach Nepal schicken. Simha, der Freund meines Vaters, brachte es immer fertig, mich auf den rechten Weg zurückzuführen. Eines Tages machte ich ihn zum Mitwisser meiner Zweifel und fragte ihn, wie es zu erklären sei, daß der Schöpfer sich um diesen menschlichen Staub kümmert, der ihn anbetet oder ihm trotzt? Gott ist Gott, und die Welt ist arm und öde. Die Trennungslinie geht durch jedes menschliche Wesen, durch jedes Gewissen. Der Sinn von alledem, Simha, wo liegt der Sinn von alledem? Simha hörte mir mit Ausdauer und Geduld zu, und sein Gesicht glänzte vor Stolz, als er sagte: „Ich liebe deine Fragen." – „Und die Antworten, Simha?" – „Es gibt sie, und sie haben nichts mit deinen Fragen zu tun."

An diesem Freitagabend nun sagte ich mir, daß ich mich vielleicht meinem Vater anvertrauen, ihm gestehen müsse, in welche Panik ich angesichts der unwandelbaren und wandelbaren Gesetze der Schöpfung geraten sei. Ihn sollte ich um Hilfe bitten. Wenn morgen ein besonderer Tag war, dann verdiente ich auch besondere Aufmerksamkeit. Aber mein Vater war noch trübsinniger als sonst. Deshalb zog ich es vor, abzuwarten und ruhig zu sein.

Bei Tisch sangen wir die üblichen Lieder zu Ehren des Sabbats, aber das Herz war nicht dabei. Unsere Gedanken wanderten weit fort, und wir sehnten uns danach, ihnen zu folgen. Von Zeit zu Zeit gab ich mir einen Ruck und starrte auf die Kerzen, deren gelborange und bläulich schimmernde Flammen flackerten und tanzten.

„Du denkst an deine Mutter."

„Ja", rief ich ganz überrascht.

Selten erwähnten wir in unseren Gesprächen meine Mutter, meine arme, kranke Mutter. Sie war gegenwärtig, aber zerbrechlich wie aus Filigran, wie ein Schemen.

„Das ist gut", sagte mein Vater. „Heute abend tust du gut daran, an deine Mutter zu denken."

„Ich denke oft an sie", sagte ich, „nicht nur heute abend. Beinahe die ganze Zeit."

„Das ist gut", sagte mein Vater in Gedanken versunken. „Das ist sehr gut."

„Ich denke auch an andere Dinge."

In seiner Zerstreutheit hörte er mich nicht beim ersten Mal. Ich mußte es ein zweites Mal sagen:

„Ich habe gesagt, daß ich trotzdem auch noch an andere Dinge denke."

„Ach ja", gab er zurück, „woran denkst du denn so?"

„Oh, an Vieles."

„Ich auch."

Dachten wir aber an dieselben Dinge? Eine Frage mehr, die sich zu den anderen gesellte, die mir an diesem Freitagabend, der meiner Bar-Mizwa voranging, auf der Seele lagen. Einmal mehr wurde mir bewußt, wie wenig ich von meinem Vater und seiner Vergangenheit wußte. Wie oft hatte ich ihn gebeten, mir von meinen Großeltern zu erzählen, von seiner Tätigkeit vor dem Kriege. „Du bist zu jung." Immer war ich zu jung. Doch jetzt, jetzt war ich es nicht mehr, mit dreizehn Jahren wird ein Junge reif, wird erwachsen, so will es die jüdische Tradition. Mit dreizehn Jahren hatte ich die Pflicht und demnach auch das Recht, es zu wissen.

„Vater...", richtete ich das Wort an ihn.

Er hatte mich nicht gehört. Er weilte in einer fernen Welt. Wo war mein Platz in ihr? Ich wollte an ihr teilhaben.

„Vater", wiederholte ich, „sprich mit mir."

„Du bist..."

„Sage mir nicht, daß ich zu jung bin. Morgen werde ich die Pflichten des jüdischen Mannes gegenüber Israel und dem Gott Israels auf mich nehmen, ich verdiene dein Vertrauen, Vater. Rede mit mir."

Die Kerzenflammen setzten ihren Tanz fort, auch die Schatten tanzten an den Wänden, und meine Gedanken tanzten wie sie. All das schien sich auf dem blassen, knochigen Gesicht meines Vaters widerzuspiegeln. Auf einmal ging sein Atem schneller, ich befürchtete einen Herzanfall. Schon bedauerte ich, die Kühnheit gehabt zu haben, ihn herauszufordern, aber ich konnte es nicht ungeschehen machen.

„Manchmal spüre ich Gewissensbisse", sagte mein Vater mit fast unhörbarer Stimme.

„Gewissensbisse?" rief ich, „weshalb denn?"

„Wegen vieler Dinge", gab er zurück.

Immer noch bei Tisch sitzend, hatten wir noch nicht das Tischgebet gesprochen. Die Kerzen flackerten nicht mehr so stark, und die Schatten wurden ruhiger, aus der Nachbarwohnung drang ein Sabbatlied zu uns herüber. Angst stieg in mir hoch und schlug über mir zusammen. Hier war der Platz meiner Mutter, sie hätte es verdient, an diesem Ereignis teilzunehmen und den Sabbat gemeinsam mit ihrem Mann und ihrem Sohn zu verbringen. Und woran dachte mein Vater?

„Ja", wiederholte er, „wegen vieler Dinge."

„Wegen welcher Dinge?" fragte ich geradeheraus.

Dabei hämmerte eine eiserne Faust in meiner Brust. Ich fühlte, mein Vater würde jetzt endlich den Schleier lüften, und wußte nicht mehr, ob ich es noch wünschte oder nicht. Noch konnte ich den Mechanismus anhalten, der mich an einen schrecklichen, zu Stein gewordenen Ort entführen würde. Ich hätte zum Beispiel nur anfangen müssen, den Tisch abzuräumen, das Dankgebet anzustimmen, an die morgige Zeremonie zu erinnern. Aber ich wollte es wissen.

„Du bist ... du bist zu jung, um es zu wissen", wiederholte mein Vater von neuem.

Er war ganz nahe daran gewesen zu sprechen, aber im letzten Moment hatte er sich anders besonnen. Wann würde die nächste Gelegenheit kommen?

„Du hast von Gewissensbissen gesprochen", sagte ich.

„Das stimmt."

Wieder ging sein Atem schneller. Er öffnete und schloß die Augen in einem fort, als schmerze ihn das Licht, bis er es schließlich aufgab und die Augen gesenkt und die Lider halb geschlossen hielt. Langsam und ernst begann er, mir von seinen ersten Jahren in den Vereinigten Staaten zu erzählen.

Es waren schwere Jahre der Anpassung und Integration gewesen. Er mußte alles vergessen, alles auslöschen, um wieder bei Punkt Null anzufangen. Mittellos und ohne Beziehungen fristete er mehr schlecht als recht sein Leben als Handlungsreisender, als Vertreter, als Versicherungsagent, als Angestellter einer Firma, die Wäsche und Kosmetikartikel herstellte. Überall wurde er eingestellt und dann wieder entlassen wegen seiner krankhaften Schüchternheit, die auch daher kam, daß er sich in der neuen Sprache schlecht ausdrückte, und er drückte sich schlecht aus, weil er zuviel Respekt vor dieser Sprache hatte, jeder Satz, den er sprach, sollte zusammenhängend, gut gebaut, kurzum perfekt sein. Die Leute verloren bald die Geduld und wiesen ihm die Tür. Wenn er anderntags oder eine Woche später wiederkam, hieß es: „Was, schon wieder Sie?" Er bat um Entschuldigung, sagte „Thank you" und zog sich mit schuldbewußtem Gesicht wieder zurück. Abends warf meine Mutter ihm seine ständigen Mißerfolge vor: „Warum bist du nicht wie alle andern? Jedermann nimmt doch finanzielle Hilfe von den Vermittlungsbüros oder den jüdischen Hilfsorganisationen an, aber du, du lehnst alles ab!" – „Ich will keinem zur Last fallen." – „Ist jetzt der richtige Moment, den Stolzen zu spielen?" – „Darum geht es nicht." – „Also worum geht es denn?" – „Es war vielleicht falsch von uns, nach Amerika zu kommen. Hier haben wir niemanden." – „Und drüben?" – „Drüben auch nicht. Aber das ist nicht dasselbe." In diesem Punkt war sich meine Mutter mit ihm einig, es war nicht dasselbe.

„Manchmal", fuhr er fort, „frage ich mich, ob ich recht daran getan habe, uns wieder ein Heim aufzubauen, ob mein Entschluß, ein neues Leben anzufangen, auch wohlüberlegt war. Sicher, als Jude, der an seine Tradition gebunden und in seine Geschichte eingebettet ist, blieb mir keine andere Wahl. Mit welchem Recht hätte ich mich davon gelöst? Der Zweifel hielt sich dennoch hartnäckig in mir. Warum hatte ich nicht einen Strich gezogen und eine neue Seite aufgeschlagen? Es wäre so leicht, so bequem gewesen, mich vom Todesstrom forttragen zu lassen, ins Nichts hinüberzugleiten. Nun, ich habe mich damals festgeklammert. Aus welchem Grund eigentlich? Weil mir daran gelegen war, meinen Namen zu bewahren, den Fortbestand eines alten Stammes zu sichern? Oder weil ich wünschte, meine Verzweiflung zu rechtfertigen, indem ich ihr einen Sinn gab? Worte, nichts als Worte, und nicht einmal meine eigenen! Wenn ich unseren Weisen Glauben schenke, sind wir für unsere endgültige Erlösung selbst verantwortlich. Stelle Simha diese Frage, und er wird es dir bestätigen. Zwar kann keiner von uns den Messias hervorbringen, wohl aber den, der ihn erscheinen läßt. Haben deine Mutter und ich uns deshalb entschlossen, noch ein Kind zu zeugen? Um dir eine messianische Mission anzuvertrauen? Um uns deiner zu bedienen und womöglich auf diese Weise das Leid der Menschen aufzuhalten? Doch wieder nur Worte, nichts als Worte. Wir haben uns als Gatten vereinigt, weil wir unglücklich waren. Wir sind eins geworden und waren immer noch unglücklich. Und du, mein Sohn, was tust du, was könntest du tun, um glücklich zu sein? Ich fürchte, du wirst mir eines Tages meine Naivität zum Vorwurf machen und als Schwäche bezeichnen. War es ein unüberlegter Akt? Glaub mir: Von uns aus war es mehr ein Akt des Vertrauens. Deine Mutter und ich sagten uns, wer kein Leben weitergibt, überläßt dem Feind den Sieg. Warum ihm allein gestatten, sich zu vermehren und fruchtbar zu werden? Abel ist unvermählt gestorben, nicht aber Kain; dieses Unrecht müssen wir wiedergutmachen. Aber wir haben dabei nicht deine Wünsche, dein Urteil, deinen Lebenswillen in Betracht gezogen, und wenn du uns eines Tages sagst, wenn du mir sagst: ‚Es war falsch von euch, mich in dieses Spiel, das ihr offensichtlich mit der Geschichte und dem Schicksal spielen wolltet, hineinzuziehen. Habt ihr denn nichts begriffen? Wußtet ihr nicht, daß diese Erde, daß diese Gesellschaft jüdischen Kindern gegenüber unfreundlich und ungastlich ist? Wußtest du nicht, daß euer Spiel von Anfang an falsch war? Wir haben nicht die geringste Chance, es zu gewinnen. Der Feind ist zu mächtig, und wir sind nicht stark genug. Tausend Kinder vermögen nichts gegen einen bewaffneten Mörder. Für euch ging es also darum, in einem höheren Sinne neu anzufangen, oder ist es nicht so? Gut, aber konntest du nicht neu beginnen ohne mich?' Das ist es, was mich bedrückt, mein Sohn. Dein Urteil über unser Überleben droht streng auszufallen. Wenn du dich zu allem Unglück auch noch der

Verzweiflung anheimgibst, wird meine eigene Verzweiflung noch siebenmal schwärzer werden. Wie soll man das voraussehen oder gar wissen?"

Während er auf diese Weise mit mir sprach, hörte ich ihm mit gesenktem Kopf zu. Ich wagte nicht, seine Blicke zu kreuzen. Ich, den es danach drängte, die Ereignisse, die er verschwieg, mit ihm zu teilen, ich gestand mir jetzt ein, daß sie für meine schwachen Schultern zu schwer waren. Was sollte ich tun? Wie ihm zeigen, daß ich ihn jetzt nur noch mehr liebte? Was sollte ich sagen, um sein Leid zu lindern? Ich schwieg und lauschte, lauschte immer noch, nachdem er seinen Monolog längst beendet hatte.

Tatsächlich gibt mein Vater sich nur bei Simha ganz ungezwungen und spricht ganz offen nur mit ihm, Simha dem Finsteren, seinem Freund und meinem. Seine Gegenwart hat etwas Vertrautes und Beruhigendes an sich. Simha ist der einzige, der es versteht, meinen Vater aus seiner Verkrampfung zu lösen, mit ihm kommt Milde in unser Haus. Er feiert die jüdischen Feste und oft genug auch den Sabbat mit uns. Nie ist er aufdringlich oder lästig, und deshalb gefällt er mir. Ich warte mit fast ängstlicher Spannung auf seine Besuche, die, wenn es nach mir ginge, häufiger stattfinden könnten. Nie kommt er mit leeren Händen. Alles, was ich besitze – Armbanduhr, Füller, Brieftasche –, habe ich von ihm bekommen.

Ich mag ihn auch deshalb, weil ich ihn besser kenne als unsere sogenannten Nächsten. Über ihn weiß ich eine ganze Menge, weiß, daß er verwitwet ist, eine Riesenwohnung hat, die kein Fremder – und das heißt praktisch: niemand – betreten darf; weiß, daß er in den unterschiedlichsten sozialen Schichten verkehrt, daß er ab und zu für ein paar Wochen verschwindet, ohne daß jemand auch nur eine Spur von ihm kennt ... und was sonst noch alles! Natürlich nur das, was ich von ihm selbst erfahren habe. Mein Vater hält ihn für einen Kabbalisten. Er verbringe als Mathematiker und Philosoph, als Spezialist für Zahlentheorie und Wahrscheinlichkeitsrechnung seine freien Nächte damit, die Zeit auszurechnen, die uns noch von der Erlösung durch den Messias trennt.

Woher sein Beiname stammt? Sie dürfen nicht lachen, aber als Nachtmensch, den die Finsternis und ihre Traumgebilde anziehen, nennt Simha sich einen Schattenhändler, einen Mann, der Schatten verkauft. Ich weiß, es mag kindisch klingen, aber das ist seine Beschäftigung, sein Beruf und – Sie mögen es glauben oder nicht – auch sein Broterwerb. Er kauft Schatten ein und verkauft sie wieder. Seine Kunden finden sich in den verschiedensten Schichten der amerikanischen Gesellschaft. Einen Großindustriellen soll man dabei überrascht haben, als er heimlich zu ihm ging, ebenso einen Revuestar, ja sogar einen korrupten, aber noch nicht besserungswilligen bzw. einen besserungswilligen, aber noch nicht korrupten Politiker.

Eines Tages klärte er mich halb ernst, halb ironisch über sein Geschäft auf:

„In Amerika läßt sich eben alles verkaufen, weil alles zu kaufen ist. Es gibt Leute, die können nicht ohne Schatten auskommen, deshalb suchen sie mich auf. Ich habe alles, was sie brauchen, Schatten jeder Art. Große und kleine, dichte und durchsichtige, starke und schwache, ja sogar farbige Schatten habe ich."

Ich muß dabei wohl ein recht dummes Gesicht gemacht haben, denn er sah aus, als verliere er die Geduld.

„Du verstehst das nicht? Was gibt es da schon zu verstehen? Geschäft ist Geschäft. Das ist überall dasselbe. Es gibt doch Unternehmen, die Licht verkaufen, habe ich da nicht das Recht, Schatten zu verkaufen?"

„Absolut", sagte ich.

Warum sollte es Leute geben, die mit Träumen, Einbildungen, Illusionen, ja selbst mit dem Tod Geschäfte machen, und keine Schattenhändler?

Ich wußte immer noch nicht, ob er es ernst meinte oder nicht.

„Logisch", sagte ich, um mich auf eine Stufe mit ihm zu stellen.

„Die meisten Menschen denken, daß die Schatten den Wesen und Dingen folgen, ihnen vorangehen oder sie umgeben. Die Wahrheit aber ist, daß sie auch unsere Worte, Ideen, Wünsche, Handlungen, unser Streben und unsere Erinnerungen umgeben. Auch der inbrünstigste Glaube, auch der feierlichste Gesang haben ihren Schattenteil. Nur Gott allein hat keinen Schatten, und weißt du auch warum? Gott hat keinen Schatten, weil er selber Schatten ist, daher seine Unsterblichkeit. Es besteht nämlich eine alte Vorstellung, wonach der Mensch unzertrennlich und auf Gedeih und Verderb an seinen Schatten gebunden ist. Jeder, der sich von ihm trennt, täte gut daran, sich auf die große Reise vorzubereiten."

Simha und seine Finsternis – Simha und seine Probleme! Eines Tages wollte einer seiner Kunden einen Prozeß gegen ihn anstrengen, weil Simha ihm schlechte Ware verkauft habe. Der Schatten, von schlechter Qualität und bereits kränkelnd, hatte sich nämlich nach kaum einer Woche verflüchtigt.

„Ich habe vorgeschlagen, ihm den Schatten auszuwechseln. Nichts zu machen! Der Kunde hing an seinem Schatten. Er liebte ihn; darauf gebe ich mein Wort. Wie kann man einen verschwundenen, einen toten Schatten lieben? Es gibt wirklich wunderliche Menschen. Mein Kunde besaß die Kühnheit, mir einen Polizeiinspektor auf den Hals zu schicken. ‚Hören Sie mal zu', habe ich dem auf jiddisch gesagt, ‚wenn Sie sich nicht auf der Stelle aus dem Staub machen, dann öffne ich mein Lager und lasse meine Schatten los, und im Nu werden sie sich über der Stadt, über dem Land, über dem Kontinent ausbreiten, und das ist dann das Ende, das Ende der Welt!'"

Die beiden Freunde haben die Gewohnheit, sich regelmäßig am letzten Donnerstag des Monats bei uns im Wohnzimmer zu treffen und sich mit der alten Geschichte oder der unmittelbaren Gegenwart zu befassen. Sie nehmen sich jedesmal eine Episode vor, die ihnen geeignet erscheint, um als Beispiel für das Thema erlaubte Gewalt oder gerechtfertigte Tötung zu dienen. Und jedesmal ist es das gleiche Verfahren, die gleiche Diskussion. Sie setzen alles daran, eine bestimmte Racheaktion gegen einen bestimmten Feind zu rechtfertigen. Wer sie um den großen, mit Dokumenten und Zeitungsausschnitten bedeckten Tisch sitzen sieht, könnte meinen, sie würden ein Komplott schmieden oder einen Staatsstreich planen. Abgeschirmt vom Lärm unseres Stadtviertels, scheinen sie sich in ihrer eigenen Welt, in einer nur ihnen gehörenden Zeit zu bewegen.

„Betrachten wir den Fall des Moses, der unser aller Meister ist", beginnt Simha. „Nehmen wir uns noch einmal den Text vor, ja? Moses ist ein Prinz, aber durch seine Herkunft und in seiner Seele ist er seinen unterdrückten Brüdern verbunden. Eines Tages sieht er, wie ein ägyptischer Aufseher einen jüdischen Sklaven quält. Da übermannt ihn der Zorn, und er tötet ihn. Die Frage, die ich dir nun stelle, Reuwen, kannst du erraten: Mit welchem Recht hat Moses den Aufseher umgebracht? Zugegeben, jener hatte einen Juden geschlagen, aber verdiente dieses Vorgehen die Todesstrafe? Wie denkst du darüber?"

Brav in meiner Ecke unter einer verstaubten mittelalterlichen Landkarte von Jerusalem sitzend, lausche ich begierig auf die Anklage und die Verteidigung, auf das Zitieren desselben Satzes aus Bibel und Talmud, in erster und dritter Instanz, und bin hingerissen. Sie behandeln den Fall so, als habe er sich soeben draußen in der Bedford Avenue abgespielt, oder besser noch, als hätten sie ihn gerade erst entdeckt.

„Was Moses getan hat, hat er unter Zwang getan", behauptet mein Vater. „Du siehst in ihm nur jemanden, der sich als Gesetzgeber, als Dichter und Lehrer des Volkes berufen fühlt. Nun war er aber auch Krieger, Stratege und Feldherr. Ein Held des Widerstands. Ein Befehlshaber der nationalen Befreiungsarmee. Er erwischt einen feindlichen Soldaten dabei, wie dieser sich einen Juden zum Verhör vornimmt; er vernichtet ihn und tut recht daran. Weshalb hat dieser Folterknecht den Juden gequält? Tat er es, um ihm Geheimnisse zu entreißen, um ihn zu demütigen und ein Exempel an ihm zu statuieren? Um den anderen Sklaven Angst einzujagen, damit sie nicht wagen, die Stirn zu erheben, weil ihnen dann das gleiche Schicksal blüht? Wer einmal angefangen hat mit dem Töten, wird wieder töten. Ein Scherge, der heute über mich herfällt, wird morgen über dich herfallen. Anders gesagt: Moses war gezwungen, den Mörder zu töten, um nicht nur das damalige Opfer, sondern auch die künftigen Opfer zu schützen."

Mein Vater geht den Fall ganz logisch an. Er seziert einen Gedanken wie ein Chirurg, der einen Bauch aufschneidet, um ein Übel herauszuholen, das nur er allein erblickt. Eine Methode, die Simha rundweg ablehnt: Jeder lebendige Gedanke enthält notwendigerweise auch seinen Teil an der Krankheit, am Gedankengang also, an den man nicht rühren darf.

„Was mich im vorliegenden Fall stört", sagt mein Vater, „ist die Dreistigkeit, mit der wir uns mit Moses vergleichen. Nichts anderes tun wir hier. Doch was Moses erlaubt ist, ist nur ihm erlaubt. Wenn Moses beschließt, ein übles Subjekt aus dem Wege zu räumen, das obendrein noch gefährlich ist, dann ist das sein Recht, was nicht heißt, daß dasselbe Recht auch uns zusteht."

„Warum denn nicht? Moses' Gesetz ist unser Gesetz. Es gehört uns allen seit Sinai ..."

„Das ist richtig. Seit Sinai macht das Gesetz keinen Unterschied zwischen Moses und einem einfachen namenlosen Menschen. Aber der Fall, den wir hier vor uns haben, hat sich vor Sinai ereignet! Töten war im Ägypten des Pharao kein Verbrechen. Ein Prinz konnte ungestraft töten, und niemand konnte damals ahnen, daß sich das ändern würde."

„Aber wie ist es dann zu verstehen, daß Gott, um sein Gesetz zu verkünden, auf einen Menschen mit Blut an den Händen zurückgegriffen hat?"

„Willst du behaupten, daß Gott Moses verziehen hat, du aber nicht? Du hältst dich für gerechter als Gott?"

„Richtig. Der ‚Mord' des Moses zählt nicht; er hat keine schwerwiegende Bedeutung für die Ereignisse insgesamt, ist in keinen großen Plan eingebettet, weil Moses es ist, der ihn begangen hat. Handelte es sich um dich oder mich, dann hätte Gott uns das in aller Deutlichkeit vor Augen geführt."

„Vorsicht! Der Talmud behauptet, daß Moses deshalb das Gelobte Land nicht erreichen konnte, weil er Blut vergossen hatte. Sogar Moses hatte kein Recht zu töten. Anders gesprochen: Gott hatte keine Verzeihung gewährt, wenigstens keine vollständige. In dem Augenblick allerdings, als der Mord geschah, schien dieser notwendig, ja unerläßlich zu sein und demnach auch gerechtfertigt."

„Gerechtfertigt vielleicht, gerecht niemals."

„Warum nicht?"

„Weil wir – und das ist der wesentliche Punkt – noch nicht die Vorsätzlichkeit bei Moses in Betracht gezogen haben."

„Vorsätzlichkeit? Unmöglich! In den Minuten, die dem Mord vorausgingen, konnte Moses ihn nicht voraussehen. Er wußte nicht einmal, daß er einen Ägypter sehen würde, der seine jüdischen Sklaven mißhandelte."

Das ist also so etwas wie ein Musterbeispiel für ihre Sitzungen, die für sie einen ganz offiziellen Charakter hatten. Sie dauerten bis spät in die Nacht hinein, manchmal sogar bis zum frühen Morgen. Wenn ich sie mir heute wieder ins Gedächtnis zurückrufe, habe ich das Gefühl, in einer fernen, in einem Traum vergrabenen Gegend zu leben, die die Lebenden und ihre Worte entstellt. Ich eile fort, um Zeit und Ort zu wechseln, wenn auch nicht den Traum.

Mit Ausnahme seines Freundes aus Daverowsk verkehrte mein Vater außerhalb seiner vier Wände nur mit wenigen Leuten. In New York ist das leicht. Man lebt zehn Jahre im gleichen Haus und kennt seinen Treppennachbarn nicht. Die Stadt ist wie geschaffen für Misanthropen. Man lebt daheim mit dem Lärm aus dem Radio, mit den Fernsehstars, die für uns denken und handeln und schließlich aus unserem Leben nicht mehr wegzudenken sind. Woher rührt diese Angst vor der Stille bei so vielen Menschen? Worauf ist ihre Furcht vor der Einsamkeit zurückzuführen? Jahrelang leben Paare nebeneinander her, ohne miteinander zu reden, und starren auf den kleinen Bildschirm. Mein Vater tut das natürlich nicht; wir gehören zu der seltenen Spezies von Bürgern, die ihr Leben außerhalb der Fernsehwelt leben.

Wenn wir Zerstreuung suchen, schauen wir zum Fenster hinaus. Freitagabends gehen wir zu unserem Nachbarn, um an seiner Sabbatfeier teilzunehmen. Der Rabbi hat, wie ich finde, etwas Anziehendes an sich. Mir gefallen sein Bart und seine buschigen Brauen. Sein ganzes Wesen strahlt Güte aus. Er ist als sanftmütiger, aber unbeugsamer Mann bekannt. Sein Königreich ist begrenzt, aber voller Sonne und Heiterkeit.

Die Anziehungskraft, die er auf meinen Vater ausübt, ist dadurch zu erklären, daß er ihn an frühere Zeiten, an die Welt von damals erinnert. Freitagabends taucht mein Vater, von den Gebeten fortgetragen, wieder ein in seine Kindheit. Dagegen bete ich nicht, ich bin Gebet.

Abwechselnd betrachte ich den Rabbi und meinen Vater und suche bei beiden nach einem Zeichen, einem Zeichen, das nur für mich bestimmt ist, einzig und allein für mich.

Ja, ich beobachte den Rabbi gerne. Unbeweglich und aufrecht wie ein Pfeiler steht er da. Wenn er seinen Körper hin- und herwiegt, ist er wie ein besorgter Vater, der sein müde gewordenes Kind tröstet.

Seine Anhänger lieben und respektieren ihn, obwohl er Ansprüche an sie stellt. Er will sie nicht um jeden Preis zur Heiligkeit oder Vollkommenheit führen, sondern Glaubensbegeisterung in ihnen wecken. Eines Abends machte er folgende Bemerkung:

„Was ich von euch erlangen möchte, wünsche ich mit euch gemeinsam zu erlangen, ich will euch vereint sehen, damit wir uns gemeinsam zu Gott erheben."

Dabei senkte er den Kopf, überlegte einen Augenblick und richtete sich dann wieder auf:

„Ihr werdet mich fragen, wie es möglich und wozu es gut ist, daß wir uns zu Gott erheben, der doch überall und nicht einzig und allein in den himmlischen Höhen ist. Nun, die Antwort darauf kenne ich nicht, aber ich werde euch weiterhin dazu drängen."

Ich erinnere mich, daß ich damals ebensosehr durch seine Demut wie durch seine Entschlossenheit beeindruckt war. Ich erinnere mich auch daran, daß er diesen Gedanken mehr als einmal geäußert hat. Und wenn ich auch sonst Wiederholungen hasse, bei ihm störten sie mich überhaupt nicht.

Neben meinem Vater liebte ich ihn am meisten. War es wegen seiner Frömmigkeit, wegen seiner Weisheit? Sicher, aber auch wegen seines Humors. Am Abend eines Festes hörte ich ihn über Leid und Elend sprechen:

„Der Herr, gepriesen sei Er, ist so etwas wie ein Bankier; dem einen nimmt er etwas, um es dem anderen zu leihen, außer wenn es sich um Sorgen und Mühen oder um Krankheiten handelt, davon hat jedermann selbst genug."

Ein andermal erklärte er die Bibelstelle: Und deinen Nächsten sollst du lieben wie dich selbst; denn ich bin dein Herr und Gott:

„Auf den ersten Blick", sagte er, „ist der Satz schlecht gebaut. Wo ist der Zusammenhang zwischen Satzanfang und Satzende? Diese Frage hat sich bereits der große Rabbi Israel von Rižin gestellt und hat statt einer Antwort eine Geschichte erzählt. Im zaristischen Rußland lebten zwei Juden, die sich ewige Freundschaft bis zum Tode geschworen hatten. Als der eine wegen subversiver Tätigkeit angeklagt wurde, hatte der andere nichts Eiligeres zu tun, als ihn von der Anklage reinzuwaschen, indem er die Verantwortung dafür auf sich nahm. Klar, daß sich dann beide im Gefängnis wiedertrafen. Die Richter waren völlig verwirrt und machten auch kein Hehl daraus: Wie konnten sie zwei Männer für ein und dasselbe Verbrechen verurteilen? Der Fall kam auch dem Zaren zu Ohren. Er befahl, ihm die beiden Juden vorzuführen, und sagte zu ihnen: ‚Fürchtet nichts, ihr könnt versichert sein, daß ich euch die Freiheit schenken werde. Ich habe nur deshalb verlangt, euch zu sehen, weil ich den innigen Wunsch hatte, zwei Männern zu begegnen, die eine so tiefe Freundschaft füreinander hegen. Und jetzt', fügte der Zar noch hinzu, ‚möchte ich euch um einen Gefallen bitten. Nehmt mich als Dritten auf in euern Bund.' Darin liegt die tiefe und wunderbare Bedeutung dieser Bibelstelle; sagte der Rabbi von Rižin, wenn zwei Menschen sich lieben, wird Gott zu ihrem Verbündeten."

Ich erinnere mich, daß ich damals, als ich diese Anekdote hörte, noch ein Junge war, und ich sagte mir, wenn ich groß bin, will ich Ihn lieben wie mich selbst. Sogar noch mehr, falls das möglich ist.

„Vater, darf ich dir eine Frage stellen?"
„Natürlich."
„Die meisten meiner Schulkameraden haben Großeltern. Ich nicht. Wo sind sie?"
„Tot", sagt mein Vater.
„Warum?"
„Weil sie Juden waren."
„Ich sehe den Zusammenhang nicht."
„Ich auch nicht", sagt mein Vater.

Gut. Also wieder eine Frage, die offenbleibt. Mein Vater arbeitet, ich will ihn nicht länger stören. Ich wende mich zum Gehen und drehe mich noch einmal um:
„Hast du Fotos von ihnen?"
„Von wem?"
„Von meinen toten jüdischen Großeltern."
„Nein", sagt mein Vater.

Also gut. Ich will jetzt hinausgehen, zögere aber noch:
„Willst du mir eine Freude machen?"
„Ich kann's versuchen."
„Erzähl mir, wie sie waren."
Vaters Gesicht wird nachdenklich:
„Sehr verschieden", sagt er. „Sie waren völlig verschieden."

„Aber du hast mir doch gerade gesagt, daß sie Juden waren, demnach gab es keinen Unterschied zwischen ihnen. Wenn sie verschieden waren, wären sie doch nicht alle tot. Willst du mir einreden, daß es Unterschiede zwischen toten Juden gibt?"

„Sie unterschieden sich voneinander durch ihre Lebensweise. Meine Eltern waren von großer Herzlichkeit, geradezu überschwenglich; die Eltern deiner Mutter waren eher zurückhaltend. Meine Eltern sprachen jiddisch, die deiner Mutter polnisch und deutsch. Meine Eltern hatten den lieben langen Tag Psalmen auf den Lippen, die deiner Mutter kannten nicht einmal das Aleph-beth. Meine Eltern waren bemüht, bessere Juden zu werden, die deiner Mutter mochten die Juden nicht, das heißt, sie mochten das Jüdische in sich nicht. Um die Wahrheit zu sagen, sie waren über die Wahl ihrer Tochter nicht glücklich. Sie hätten einem vollständig assimilierten Rechtsanwalt den Vorzug gegeben oder sogar einem Nichtjuden aus guter Familie. Mache ihnen keinen Vorwurf daraus, sie waren nicht die einzigen. Zu der Zeit sagten Leute wie sie: Die Welt toleriert das jüdische Volk nicht und wird es eines Tages ausrotten. Damit wir weiterexistieren können, müssen wir das, was uns die zweitausend Jahre Exil überleben ließ, aufgeben. Ich selber hatte, wie ich dir bereits gesagt habe, eine Zeitlang ebenfalls diese Neigung, war von dem Gedanken der Assimilierung geblendet. Aber es genügte, daß ich mich an das Gesicht meines Vaters erinnerte, mir seinen Schmerz vorstellte, um das Unwiderrufliche nicht zu tun."

Also gut. Ich verschwinde jetzt und ziehe aus dem Gehörten den Schluß, daß ich Großeltern hatte, die Juden sein wollten, und Großeltern, die es nicht sein wollten. Aber alle sind umgebracht worden, weil sie Juden waren. Trotzdem stelle ich noch eine allerletzte Frage:

„Wir sind doch auch Juden, wie kommt es dann, daß wir nicht tot sind?"

„Weil es in uns etwas gibt, das stärker ist als der Feind, der sich für so stark hält wie der Tod."

„Demnach müssen wir stärker sein als der Tod?"

„Das hoffe ich."

Meine Großeltern väterlicherseits waren einfache, biedere Bauern und wohnten in Kamenetz-Bokrotai, einem Dorf in der Nähe von Davarowsk. Sie waren natürlich stolz auf ihren Sohn, aber seine Erfolge machten ihnen trotzdem Angst. Würden sie ihm nicht den Kopf verdrehen und sein Herz leer machen? Schon wurden die Abstände zwischen seinen Besuchen immer größer. Schämte er sich ihrer Armut? Die Zeit sei schuld daran, sagte er. Er hatte eben keine Zeit. Das war der Fluch des Erfolgs, der Preis, der für solche Siege zu zahlen war: Man konnte sie nicht genießen. Er machte tatsächlich einen deprimierten Eindruck, schien von heimlichen Sorgen gequält zu sein. Wozu sollte man ihm dann wünschen, daß er Erfolg hatte, wenn der Erfolg ihn nur krank machte? Gleichwohl beteten meine Großeltern für ihn, beteten, daß der Stern ihres Sohnes steigen und glänzen und alle anderen überstrahlen möge, auch wenn diese noch so eifersüchtig waren.

Als mein Vater kam, um ihnen seinen Entschluß zu heiraten mitzuteilen, hatte er seine Verlobte nicht mitgebracht. „Sie heißt Rahel." Das war die erste Lüge, ihr Name war nämlich Regine. „Bist du sicher, daß sie die richtige für dich ist, daß sie dir bestimmt war? Wir hätten dir so gerne eine Frau ausgesucht, die deiner würdig ist, denn nach der Tradition sind die Eltern zu dieser Wahl verpflichtet, wie dir bekannt ist." Das war die erste Kränkung, die er ihnen zufügte, andere sollten folgen. So beriet er sich nicht mit ihnen über Zeit und Ort der Hochzeit und unternahm nichts, um sie mit seinen künftigen Schwiegereltern bekannt zu machen. „Aber wer sind sie?" – „Hochstehende Leute." – „Das interessiert uns nicht; sind es gute Menschen?" – „Ja." – „Praktizierende Juden?" – „Es sind Juden." Was soll's, sagten sich meine Großeltern schließlich, Hauptsache, ihr Sohn war glücklich... „Bist du glücklich, Reuwen?" Er war es, wenigstens bestätigte er es ihnen. Wenn er doch wenigstens als Brücke zwischen zwei Welten, zwischen zwei Lebensformen dienen könnte, zwischen zwei Familien, die so unendlich weit voneinander entfernt waren. Er stellte sich vor, wie unmöglich, ja geradezu unvorstellbar eine Unterhaltung zwischen seinem Vater und seiner Schwiegermutter sein würde. Nein, es war besser, gar nicht daran zu denken.

„Wir werden alle Schwierigkeiten schon überwinden, nicht wahr, Regine?" – „Welche Schwierigkeiten?" – „Ich habe meinen Eltern gesagt, daß du Rahel heißt." – „Warum hast du gelogen?" – „Um ihnen nicht weh zu tun." – „Was können sie gegen Regine haben?"

Kennengelernt hatten sie sich an der geisteswissenschaftlichen Fakultät. Weil sie zu einer diskriminierten Minderheit gehörten, sprachen sie miteinander, verkehrten miteinander, liebten sich. Regines Eltern waren gegen diese Heirat. Ihnen wäre ein vermögenderer junger Mann lieber gewesen und vor allem einer, der nicht so jüdisch war, d. h. aus einer passenderen Familie stammte. Dickköpfig wie sie war, verteidigte Regine ihre Sache; mit größtem Geschick besorgte Reuwen das übrige.

Am festgesetzten Tag, kurz vor Beginn der Hochzeitszeremonie, nahm mein Großvater väterlicherseits seinen Sohn beiseite:

„Kann ich ein paar Minuten mit dir reden?"

„Ausgerechnet heute? Und jetzt sofort?"

„Jetzt."

„Ist es denn so dringend?"

„Es ist vielleicht die einzige und letzte Gelegenheit für mich."

Mein Vater gab sich geschlagen und machte eine Handbewegung, als wolle er sagen: „Na gut, fang schon an."

„Höre, mein Sohn. Du begibst dich in eine Welt, die nicht die meine ist, ich komme mir hier wie ein Eindringling vor. Das macht nichts, sage ich mir, er wird glücklich sein, wird ohne mich und weit von mir entfernt glücklich sein. Aber diese eine Bitte habe ich an dich, mein Sohn: Suche dein Glück nicht zu weit von uns, das könnten deine Mutter und ich nicht ertragen. Schau, wo sind deine Brüder, Schwestern, Onkel, Vettern? Überlege doch einmal: Es wird bei uns gefeiert, und die Unsern sind nicht dabei! Das hat doch etwas zu bedeuten, Sohn, sage mir, was es ist. Ich habe nicht genug gelernt, um alles verstehen zu können, erklär du es mir."

Während mein Großvater so sprach, hatte er seine Hand auf

die Schulter seines Sohnes gelegt und hob sie dann zu seinem Gesicht empor, um es ein letztes Mal zu streicheln.

„Erklär es mir ... Du kannst es nicht? Willst du damit sagen, daß es Dinge gibt, die man nicht erklären kann? So wie die Liebe? Und wie das Glück? Mag sein, das mußt du besser wissen als ich. Aber jetzt noch etwas ganz anderes, keine Frage, bloß eine Bitte: Versuche, Jude zu bleiben. Ich sage dir nicht, daß du dir einen Bart wachsen lassen mußt, oder daß du den 613 Geboten des heiligen Gesetzes gehorchen sollst, ich bitte dich nur um das eine, immer innerhalb dieses Gesetzes zu bleiben. Erinnere dich daran, Reuwen. Denke an uns, erinnere dich vor allem daran, wenn du fern von uns bist."

Das hat mein Vater nie vergessen.

Als Kind und auch noch als Heranwachsender begleitete ich meinen Vater zu seinem Arbeitsplatz, einer Bibliothek in unserm Stadtviertel, die dem Netz der städtischen Bibliotheken angeschlossen war und ihren Sitz in der 42. Straße hatte, in der Nähe des Times Square. Ich blätterte dann gern in den zahlreichen illustrierten Geographiebüchern oder in der Science-fiction-Literatur, spazierte durch die Jahrhunderte und bewegte mich im Kreis bedeutender Persönlichkeiten, als sei ich offziell von ihnen eingeladen worden. Um ihnen meinen Dank abzustatten, half ich meinem Vater, die Bücher abzustauben.

Eines Tages war ich Zeuge einer Szene, die einen tiefen Eindruck auf mich machte. Ein kräftiger, resolut wirkender Mann pflanzte sich vor meinem Vater auf und schrie:

„Mensch, Reuwen!"

„Pscht!"

„Reuwen, wir sind doch hier nicht auf dem Friedhof, verdammt noch mal! Da finde ich dich endlich wieder, bin glücklich, und du möchtest, daß ich Pscht mache!"

„Wenn du nicht leiser bist, wird man mich vor die Tür setzen."

„Daraus brauchst du dir nichts zu machen, dann arbeitest du eben für mich."

Mein Vater schloß die Akten, mit denen er sich gerade beschäftigt hatte, und machte mir ein Zeichen näherzukommen:

„Ich gehe für ein paar Minuten hinaus, warte hier, bis ich zurückkomme."
„Ist das dein Sohn?"
„Ja."
„Das habe ich gar nicht gewußt."
„Das konntest du auch nicht wissen."
Ich konnte mir die Aufregung nicht erklären, in die mich das harmlose Geplänkel der beiden versetzte und warf einen prüfenden Blick auf den Besucher. An ihm war alles rechteckig, die Schultern, das Kinn, der Mund, sogar seine Bewegungen wirkten eckig.
„Ich möchte aber nicht allein bleiben", sagte ich.
„Aber du bist doch nicht allein."
„Doch, ohne dich bin ich allein."
„Laß ihn doch mitkommen", sagte der Besucher und streckte mir eine schwere, heiße Hand entgegen:
„Ich heiße Bontscheck. Dein Vater und ich sind alte Freunde. Seit Jahren haben wir uns nicht mehr gesehen. Stimmt's?"
„Ja."
Sie taten so vertraut miteinander, daß ich mir überflüssig vorkam und einige Schritte hinter ihnen zurückblieb, obwohl ich zu gern gehört hätte, was sie sich zu erzählen hatten. Ab und zu schnappte ich ein paar unzusammenhängende Brocken auf: „Erinnerst du dich noch an jene Zusammenkunft, wo ..." – „Und an den Tag, als dieser Idiot von ..." Wie sollte ich mir daraus etwas zusammenreimen. Das besorgte Bontscheck für mich; denn in der Folgezeit sah ich ihn oft. Er kam zu uns nach Haus. Er kannte auch Simha den Finsteren. An unseren monatlichen Treffen nahm er jedoch aus mir noch unbekannten Gründen nicht teil. Er tauchte immer ganz unverhofft auf, nahm mich mit ins jiddische Theater oder in Konzerte mit liturgischen Gesängen, für die er bedeutende Summen investierte, er verwöhnte mich mit Süßigkeiten und anderen Leckereien, unterhielt sich mit mir, erzählte mir von Davarowsk, wie es vor dem Kriege gewesen war, von der versunkenen jüdischen Provinz, von Gärten im Sommer, von Bergen im Winter. Durch seine Schilderungen wurde vor meinen Augen

eine ganze Gesellschaft lebendig, mit ihren Helden und Übeltätern, ihren Riesen und Zwergen. Von ihm erfuhr ich auch alle Einzelheiten über die Hochzeit meiner Eltern.
Und was danach geschah.

Dann kam der Krieg, kam die Trennung. Krieg bedeutet zuerst und vor allem Trennung. Paare gehen auseinander, Schwüre werden gebrochen. „Wirst du mich bis zum Ende deiner Tage lieben?" – „Bestimmt werde ich dich bis an mein Lebensende lieben." – „Wirst du auch gut auf dich achtgeben?" – „Ich werde schon aufpassen." Der Zug verläßt den Bahnhof, und auf einmal ergreift ein neuer Rhythmus von dir Besitz. Nichts ist mehr wie vorher. Jetzt heißt es, dem Unteroffizier zu gefallen, die Kunst der Orientierung bei Nacht zu erlernen, es geht darum zu überleben.

Reuwen Tamiroff wird eingezogen und kommt zur Armee. Gewohnt, in vorderster Linie zu stehen, will er nun den Helden spielen. Er kennt keine Müdigkeit und kein Ausruhen. Seine Offizierskameraden belächeln ihn anfangs: „Sieh nur einer an, dieser Rabbinersohn will uns eine Lektion in Patriotismus geben!" Später werden sie gnädiger und meinen: „Vergessen wir, was ihn dazu treibt, er ist wenigstens kein Feigling wie seine Glaubensbrüder." Manche bieten ihm schließlich ihre Freundschaft an.

Die polnische Armee schlägt sich mannhaft und tapfer, opfert ihre besten Soldaten und ihre hervorragende Kavallerie. Aber mit ihrer Ausrüstung ist sie einen oder gar zwei Kriege im Rückstand. Der eindringende Feind zermalmt sie unter dem Stahlgewicht seiner Panzer. Städte und Festungen fallen, eine nach der anderen, überall Rückzug, Niederlage, Schmerz, Trauer und Demütigung.

Einen Monat Gefangenschaft in ständiger Angst, dann gelingt die Flucht. Reuwen Tamiroff mit zwei militärischen Auszeichnungen im Rucksack kommt nach Davarowsk zurück, rennt nach Hause und findet die Wohnung leer. Wo ist Regine? Er rast zur Villa seiner Schwiegereltern, die ob seiner wunderbaren Heimkehr wie erstarrt dastehen. Sie gratulieren ihm zu seiner Tapferkeit auf dem Schlachtfeld, fordern ihn aber nicht einmal auf, Platz zu nehmen. Er würde wirklich besser daran tun, nach Bokrotai zu seinen Eltern zu eilen, wo sich auch Regine befindet.

Auf nach Bokrotai! Aber das ist leichter gesagt als getan. Die Besatzungsarmee hat sämtliche Autos und Pferde beschlagnahmt. Reuwen stöbert ein Fahrrad auf, und bereits eine Stunde später stößt er erschöpft die Tür seines Geburtshauses auf. Die Mutter weint, der Vater spricht ein Gebet, Regine ist zunächst wie vor den Kopf geschlagen, ergreift dann seinen Arm und zieht ihn in den Garten hinaus, wo sie mit einer Heftigkeit, die beide überrascht, einander in die Arme fallen.

„Weshalb bist du nicht zu Hause geblieben?"

„Ich hatte Angst!"

„Vor wem? Um wen?"

„Ich hatte einfach Angst."

„Du hättest doch nur zu deinen Eltern in die Villa ziehen müssen."

„Ich habe es vorgezogen, bei deinen Eltern zu leben."

Und dann erklärt Regine, warum, schämt sich, es zu erklären, aber sie muß es, sie kann nicht anders.

„Es war nicht schön, aber es ist die Wahrheit. Bevor die Deutschen kamen, hatte ich meinen Eltern den Vorschlag gemacht, deine Eltern zu sich einzuladen und ihnen eine sichere Bleibe anzubieten. Mein Gott, die Villa ist doch groß genug, als daß wir uns nicht alle hätten darin wohl fühlen können. Mein Vater maß mich mit einem Blick, als sei ich übergeschnappt, als hätte ich verlangt, sie sollten ihr Vermögen an die Armen verteilen, oder darauf bestanden, in ein Kloster einzutreten. ‚Du redest Unsinn', sagte er mit seiner üblichen gravitätischen Feierlichkeit, ‚du stellst dir vor, daß wir mit diesen Leuten verkehren?' – ‚Aber diese Leute sind meine Familie, und sie sind in Gefahr!' – ‚Du brauchst Ruhe', beendete mein Vater das Gespräch, ‚geh zu Bett, morgen wird dir wohler sein.' Da geriet ich in Zorn, schlug die Tür hinter mir zu und verließ die Villa. Und jetzt bin ich hier. Ein Fußmarsch hat noch niemandem geschadet."

Mein Vater fühlt sich tief beschämt. In seiner Verwirrung ist er unfähig, die richtigen Worte zu finden. Er liebt seine Frau mehr denn je. Er liebt sie mit einer Liebe, die mehr ist als körperliche Liebe. Er möchte sie mehr in seinem tiefsten Innern als in seinen Armen halten.

„Sei stolz auf deine Rahel", sagt mein Großvater zu ihm. „Wir sind es."

Und nach einer Pause fährt er fort:

„Nach unserer Tradition ist es die Frau, die die Kontinuität sichert, sie trägt und plant die Zukunft des Volkes. Und es ist gut, daß es so ist. Denkst du nicht auch so?"

„Ja, ich denke es. Die Frau marschiert besser als der Mann."

Mir kommt eine Erinnerung. Mein Vater, in einen dicken Pullover gehüllt, sitzt da und arbeitet. Gerührt betrachte ich ihn und beobachte, wie er Randbemerkungen in sein geliebtes Werk kritzelt. Plötzlich überkommt mich völlig grundlos die Lust, deswegen eine spitze Bemerkung zu machen.

„Du hast es wiederentdeckt und hast es neu übersetzt. Sehr gut! Aber du lehrst nicht mehr alte Literatur! Du bist nicht mehr in Davarowsk. Gib schon zu, daß es recht eigenartig ist, daß du mitten in Brooklyn, im chassidischen Weltzentrum, lebst und in Paritus immer noch einen Führer und Meister siehst."

Meine Bemerkung war nicht böse gemeint, aber mein Vater verliert die Fassung:

„Sämtliche Ideen spiegeln die gleiche Idee wider, die gleiche Idee der Idee: Jedes Leben bezeugt den gleichen Schöpfer. Es steht dir frei, Ideen miteinander zu kreuzen, und du bist frei, ihren Kreuzungspunkt zu leben. Denn jeder Punkt ist ein Ausgangspunkt, wie Paritus sagt."

„Warum sich aber zweier Wege bedienen, wenn es nur darum geht, zum selben Ort zu gelangen?"

„Du hast meinen Gedanken schlecht begriffen. Ich möchte nicht ankommen, und ich möchte auch nicht zurückkehren. Aber ich möchte unterwegs sein."

Und mit gesenkten Blicken fügte er hinzu:

„Wie deine Mutter."

Dein Vater hat sich verändert", sagte Bontscheck zu mir. „Wir haben uns alle verändert. Zum einen waren wir damals natürlich jünger, aber es gibt noch einen anderen Grund: Wir erlebten ein großes, schreckliches Abenteuer, das ewige Heil und die Verdammnis wohnten in einem jeden von uns unmittelbar nebeneinander und am stärksten in deinem Vater. Er war unser Führer. Das wußtest du nicht, nicht wahr? Gib zu, daß du es nicht gewußt hast! Aber es ist die Wahrheit, Kleiner, dein Vater, Spezialist für antike Texte, wachte eines schönen Morgens auf und erhielt von der Geschichte den Auftrag, sein Volk zu führen und ihm einen Tod zu ersparen, den die moderne Wissenschaft in einem bis dahin noch nie erreichten Maße perfektioniert hatte.

Ich erinnere mich noch genau, als ich ihn zum erstenmal in dieser Rolle sah. Wir waren zum Militärkommandanten von Davarowsk, Richard Lander, bestellt worden, der den Beinamen *Der Engel* trug. Es ging ihm darum, uns seine Pläne für die Zukunft – oder Nichtzukunft – unserer Gemeinde mitzuteilen. So standen wir zwölf Männer denn vor einem höheren SS-Offizier und fragten uns, ob wir unsere Angehörigen wohl noch einmal wiedersehen würden. Wir wußten nämlich, daß „die" in einem Nachbardorf vierundzwanzig angesehene Juden ebenfalls zu einer Arbeitsbesprechung hatten antreten lassen, und am nächsten Morgen waren ihre Leichen gegen Zahlung von hunderttausend Mark der Gemeinde zurückgegeben worden. Nach welchen Gesichtspunkten waren wir ausgesucht worden? Niemand hatte eine Ahnung. Ich war z. B. Vertreter einer Jugendbewegung. Aber auch der Direktor des jüdischen Hospitals war da und der Gemeindevorsteher. Ebenso der Vertreter vom amerikanischen ‚Joint' * und Rabbi Aaron Ascher. Und natürlich dein Vater. Habe ich ‚natürlich' gesagt? Ich wollte das Gegenteil sagen; denn sein Platz war nicht bei uns, er war nicht aktiv tätig in der Gemeinde; ich weiß nicht einmal, ob er zu ihr gehörte, will sagen, ob er auf unseren Listen stand. Aber er war bekannt, war eine bekannte Persönlichkeit.

---

* „Joint Distribution Comitee": Hilfsorganisation für die bedrohten Juden in der Welt.

Trotz seiner Jugend hatte er durch seine Forschungen über einen unbekannten lateinischen Philosophen Berühmtheit erlangt. Dessen Name ist mir wieder entfallen, und zum Glück komme ich auch heute nicht darauf. Kurz gesagt, der Offizier hielt uns eine Rede, bei der es uns kalt über den Rücken lief. Im Namen der deutschen Besatzungsmacht überbrachte er uns Befehle, die wir ohne Widerspruch auszuführen hatten. Jeder Verstoß gegen diese Aufgabe würde die Todesstrafe für alle nach sich ziehen.
Von dieser Stunde an bildeten wir nämlich einen Judenrat, der eine Art Selbstverwaltung für die jüdischen Bewohner von Davarowsk darstellte. Einer von uns wagte es, um Entbindung von dieser Aufgabe zu ersuchen; es war, wenn ich mich recht erinnere, der Vertreter vom ‚Joint'. Der Kommandant fragte ihn höflich, aber kalt wie ein Engel nach dem Grund. ‚Weil meine offiziellen Funktionen, Herr Kommandant, mich dazu zwingen; denn ich bin schließlich der Vertreter einer ausländischen Organisation.' – ‚Ach so', sagte der Offizier ganz ruhig, ‚stimmt ja.'
Er griff nicht zu seinem Revolver, sondern sah den Mann nur ganz scharf an, als wolle er seine Meinung so darlegen, daß jedes Mißverständnis ausgeschlossen war: ‚Hier', sagte er so leise, daß wir uns anstrengen mußten, ihn zu verstehen, ‚hier scheidet niemand ohne meine Genehmigung aus. Hier geschieht nichts ohne meine ausdrückliche Genehmigung. Ich entscheide bei euch über Leben und Tod, damit das klar ist. Euer Verstand, euer Denken, eure Hoffnung, eure Haltung, euer Begehren, eure Eifersucht, eure Angst, das bin ich, und ich allein bestimme, in welchem Maße und wie lange. Verstanden?" Der Vertreter der ‚Joint', der sich durch seine Beziehung zum mächtigen Amerika stark fühlte, wollte sich dazu äußern, aber ich zog ihn am Ärmel und habe ihm auf diese Weise vielleicht das Leben gerettet. ‚Gut', sagte der Kommandant, ‚und jetzt brauchen wir einen Präsidenten.' Da niemand sich rührte, fuhr er fort: ‚Ein Rat kann ohne einen Präsidenten nicht funktionieren.' Klar, daß keiner von uns den Arm hob. Lieber wären wir gestorben. Instinktiv spürten wir, was das nach sich ziehen würde. Ein Präsident, der von Feindes Gnaden eingesetzt ist,

wird am Ende versuchen müssen, in dessen Auge Gnade zu finden, und so tief wollte niemand von uns sinken.

‚Wenn das so ist', sagte der Kommandant, ‚Dann werde eben ich entscheiden müssen. Du', sagte er und wies mit dem Finger auf Rabbi Aaron Ascher, ‚du bist Rabbiner und weißt dir Respekt zu verschaffen.' Ein drückendes Schweigen lastete auf uns. Der SS-Offizier sah den Rabbi an, wir aber starrten nur auf den schwarzen Revolver, der in Reichweite seiner Hand auf dem Tisch lag. Der Rabbi würde ablehnen, das war vorauszusehen, und seine Weigerung würde ihn und uns teuer zu stehen kommen, vielleicht sogar das Leben kosten. ‚Wenn ich bloß nicht dauernd die Zukunft vor mir sähe', dachte ich voller Wut, ‚wenn ich doch nur meine Phantasie ersticken könnte.' In Gedanken sah ich die Szene schon vor mir, die sich gleich abspielen würde. Der Rabbi sagt nein, und der Offizier, ohne sich aus seiner schrecklichen Ruhe bringen zu lassen, tötet ihn, so wie er dasteht, auf der Stelle. Der Rabbi sagte wirklich nein, d. h., er schüttelte seinen schönen ausdrucksvollen Kopf, von dem zugleich Milde und Kraft ausgingen. ‚Du wagst es?' sagte der Offizier. ‚Ich habe dich zum Präsidenten ernannt, und du hast die Stirn, diese Ehre zurückzuweisen? Ist dir bewußt, daß du in meiner Person und aufgrund meiner Stellung soeben die Armee des Dritten Reiches und seinen geliebten Führer beleidigt hast?'

Seine Stimme war immer noch nicht lauter geworden. Für mich war das ein Zeichen, daß dieser Hund ein Profi war, der eiskalt tötete, treffsicher und genau zielend und ohne Haß, ich würde sogar behaupten, ohne eine Regung von Leidenschaft. Begriff der Rabbi das denn nicht? Warum akzeptierte er nicht den Befehl, wenn auch nur, um sich nachher dieser blöden Präsidentschaft wieder zu entledigen? ‚Ich möchte für meine Ablehnung eine Erklärung abgeben', sagte er, ‚aber ich spreche nicht deutsch.' Der Direktor des jüdischen Hospitals erbot sich, aus dem Jiddischen zu übersetzen. Wortlos gab der Offizier sein Einverständnis. ‚Der Herr Kommandant sagte, ich könne mir Respekt verschaffen. Das stimmt. Aber um mir diesen Respekt zu verschaffen, brauche ich keinen neuen Titel. Der, den ich trage, genügt mir. Ich verspreche Ihnen, davon guten Gebrauch zu machen. Damit will ich sagen, daß ich mit Verlaub, Herr Kommandant, Ihre Aufmerksamkeit auf folgende Tatsache lenken möchte: In meiner Eigenschaft als Rabbi übe ich meine Autorität nur bei den religiösen Juden aus, nicht aber bei den anderen. Sie brauchen also – Verzeihung: Wir brauchen also jemanden, bei dem keine Gruppe der Gemeinde sich ablehnend verhalten kann.' Es klingt seltsam, aber der Offizier schluckte das Argument, und so wurde dein Vater, der berühmte Interpret des lateinischen Philosophen mit dem unaussprechlichen Namen, zum Führer seiner Gemeinde ernannt.

Beim Verlassen des zur Kommandantur gewordenen Rathauses stellte dein Vater den Rabbi mit den heftigsten Worten zur Rede, was ich nur zu gut verstand. ‚Was Sie, Herr Rabbiner, da gemacht haben, ist alles andere als schön', sagte er. ‚Sie haben sich aus der Affäre gezogen in vollem Bewußtsein, daß dadurch ein anderer für den Ihnen zugedachten Posten ernannt werden würde. Sie, Herr Rabbiner, hatten nicht den Mut, Ihre Pflicht zu erfüllen, und darüber bin ich enttäuscht. Ich hatte gedacht, Sie seien ein Ehrenmann, der klug, intellektuell, ehrlich und integer ist. Ich habe Sie falsch eingeschätzt, Sie suchen nur den bequemen Weg, den Komfort, es gefällt Ihnen, daß ein anderer an Ihrer Stelle und für Sie die Drecksarbeit macht, damit Sie sich ganz Gott widmen können. Ich hoffe nur, daß Gott Sie zurückweisen wird, daß er keinen Scheinheiligen will, wie Sie einer sind.' Oh, dein Vater ließ ein solches Donnerwetter über ihn ergehen, daß wir alle Mund und Augen aufrissen. Bleich, aber ungebeugt drehte der Rabbi ihm weder den Rücken zu, noch unterbrach er ihn. Im Gegenteil, bis zum Schluß hörte er ihm mit wachsender und schmerzlicher Aufmerksamkeit zu. Dann antwortete er ihm: ‚Ich verstehe Ihren Ärger, junger Freund, Sie sitzen über mich zu Gericht und sind sehr streng. Erlauben Sie, daß ich Ihnen eine Erklärung gebe? Ich verspreche Ihnen, mich kurz zu fassen. Um die Gemeinde zu verschonen, hätte ich den Posten freiwillig übernommen. Wenn ich ihn abgelehnt habe, so deshalb – und das können Sie mir glauben –, weil ich als Rabbi, als Rabbiner also, bei Ausübung dieser Funktion eingeschränkt gewesen wäre. Ich hätte von morgens bis abends die Bücher der Halacha zu Rate ziehen müssen, wegen jeder kleinen Einzelheit, aber ich weiß doch, daß wir nie dagewesene Zeiten erleben und Situationen gegenüberstehen werden, von denen in unseren Büchern nie die Rede ist. Jeder einzelne aus unserem Kreis ist besser als ich geeignet, diese Aufgabe zu erfüllen, eben weil er kein Rabbi ist. Aber ich werde Ihnen helfen, dazu verpflichte ich mich feierlich. Ich werde an Ihrer Seite bleiben. Bis zum Ende.' Er unterbrach sich, als wolle er die Worte, die er soeben gesprochen hatte, noch einmal abwägen:

,Bis zum Ende', wiederholte er."

„Du erinnerst dich, Reuwen?" fragte Bontscheck weiter. „Wir erlebten ein Wunder nach dem anderen. Du überquertest die Straße, ohne abgeknallt zu werden. Ein Wunder. Du begegnetest einem SS-Mann und durftest unbehelligt nach Hause gehen. Ein noch größeres Wunder. Gott verbarg sich und verschwand hinter seinen Wundern. Der *Engel* verlangte zweihundertfünfzig Pelze. Nur die Hälfte war vorhanden. Doch zur festgesetzten Stunde wurden ihm alle zweihundertfünfzig gebracht. Und die Geldkästen, die Dollars, die Napoleondors. Wie hast du es nur gemacht, Reuwen, so viele Wunder zu vollbringen, du, der doch wenigstens damals nicht daran glaubte?"

„Schweig", sagte mein Vater, plötzlich verdüstert.

„Aber dein Partner, Rabbi Aaron Ascher, der Enkel des berühmten gleichnamigen Predigers, er glaubte daran."

„Schweig doch", wiederholte mein Vater. „Der Rabbi war ein heiliger Mann. Kein Mensch hat das Recht, einen heiligen Mann, der nicht mehr auf dieser Erde weilt, lächerlich zu machen."

„Hat er dich denn nicht zum Glauben zurückgeführt? Ich habe also doch recht, zu behaupten, daß er Wunder vollbracht hat!"

Es war Freitagabend. Wir saßen zu viert um den Tisch. Simha und mein Vater machten einen merkwürdig zurückhaltenden Eindruck. Simha, der eine gute Stimme hatte, lehnte es ab, die üblichen Gesänge vorzutragen. Mein Vater rührte kaum das Essen an. Nur Bontschek, der leicht angetrunken war, zeigte sich guter Laune.

„Du erinnerst dich an den *Engel*? Sag, Reuwen, erinnerst du dich?"

„Wer war das?" fragte ich.

„Richard Lander", sagte Simha. „Der Militärkommandant, das weißt du doch ..."

„Ein schöner Mann, oder nicht?" feixte Bontscheck und erhob sich von seinem Stuhl. „Immer elegant, gut frisiert, scharf ausrasiertes Gesicht, intelligentes Lächeln, Handschuhe an den Händen, ha, und welche Erziehung! Meint ihr nicht auch, daß so etwas ungerecht ist? Mörder müßten doch Angst einjagen, unser *Engel* dagegen flößte Vertrauen ein."

„Schweig, Bontscheck", sagte mein Vater, „das ist keine Unterhaltung für den Sabbat."

„Ist es vielleicht eine für Donnerstagabend? Warum lädst du mich dann nicht einfach für den nächsten Donnerstagabend ein?"

Mein Vater und Simha warfen sich betretene Blicke zu und sagten kein Wort.

„Ich finde nämlich, daß das Thema ausgezeichnet in die Sabbatstimmung paßt", sagte Bontscheck. „Schließlich handelt es sich doch um einen *Engel,* und was wäre denn der Sabbat ohne die Sabbat-Engel? Du siehst, Reuwen, davon verstehe ich was. Ich bin zwar kein Rabbiner, aber ich weiß doch so manches."

„Wie wäre es, wenn wir jetzt zu den Chassidim gingen", schlug mein Vater vor, um dem Gespräch eine andere Wendung zu geben.

„Eine gute Idee", sagte Simha. „Es scheint mir, daß der Rabbi von Belz aus Jerusalem gekommen ist und hier zu Besuch weilt. Ich möchte gern sehen, wie er Hof hält."

„Seine Gläubigen sollen mit großer Geschwindigkeit beten. Der Grund dafür ist, daß sie dem Teufel einen Strich durch die Rechnung machen wollen, wenn er sich an den jüdischen Gebeten vergreifen will, um zu verhindern, daß sie den himmlischen Thron erreichen. Es geht darum, mit dem Beten zu Ende zu kommen, bevor er erscheint."

„Ihr seid wohl bereits im Himmel", rief Bontscheck. „Ich für meinen Teil bin immer noch im Getto."

„Wir wollen gehen", sagte Simha. „Also auf zu Belz. Unterwegs können wir bei Lubawitsch oder Wischnitz anhalten. Ich liebe ihren Gesang."

„Ich bleibe hier", sagte Bontscheck.

„Ich auch", sagte ich.

„Du willst nicht mit uns kommen?" fragte mein Vater. „Sonst gehst du doch am Freitagabend so gern spazieren."

Das stimmte. Für gewöhnlich tat ich das auch. Freitagabend in Brooklyn, da schlendert man durch eine friedliche und harmonische Welt, so daß man fast glauben könnte, sich in Mitteleuropa vor der Katastrophe zu befinden.

„Heute abend nicht", wiederholte ich und blieb allein mit Bontscheck zurück, der mir die Tore zum Getto von Davarowsk öffnete, wo der *Engel* als unumschränkter Herrscher regierte.

„Willst du, daß ich dir die Geschichte von Anfang an erzähle? Der Kommandant Richard Lander erschien eines Tages ganz unverhofft in der Sitzung des Judenrates und verkündete uns folgende Neuigkeit: ‚Berlin hat mich beauftragt, eine Maßnahme zu treffen, die ich für sehr nützlich halte. Schenkt ihr mir dabei euer Vertrauen?' Welche Frage! Natürlich vertrauten ihm die jüdischen Räte und die jüdischen Einwohner von Davarowsk. Er war doch unser Beschützer, unser *Schutzengel*. ‚Es tut mir unendlich leid, euch so völlig unvorbereitet auf etwas aufmerksam machen zu müssen, aber ich sage es ganz offen, die Leute hier verhalten sich euch gegenüber nicht gerade wohlwollend. Ihr habt ja keine Ahnung, wie verbreitet und groß ihr Haß ist. Wären wir nicht hier, um sie zurückzuhalten, dann könnte man euch nur noch bedauern. Glaubt es mir.'

Natürlich glaubten wir es. Wir glaubten es allen Ernstes. Von den Besatzern gedeckt, ließen unsere ehemaligen Nachbarn jetzt ihre Masken fallen und spuckten uns an. Darüber ließ sich der *Engel* in einem gelehrten Vortrag aus, der sich mit den Ursachen des Antisemitismus befaßte. ‚Der Haß, den alle Völker einem einzigen Volk gegenüber an den Tag legen, ist in der Tat bedauerlich, aber er kann dennoch nicht geleugnet werden. Worauf ist er zurückzuführen? Wie soll man ihn erklären? Geldgier und Machtstreben, deformierte und fossile Werke, entartete sexuelle Triebe, Hang zum Okkulten, zur Lüge, zum Ritualmord ...' Es fehlte nichts. Der *Engel* war in Form, zitierte religiöse Texte und moderne Slogans. Je länger er sprach – und seine Rede dauerte lange, an die zwei Stunden –, desto stärker spürte ich Angst in mir aufsteigen, als käme ein drohendes Unheil auf uns zu. ‚Zu euerm Schutz', zog der *Engel* die Schlußfolgerung, ‚wurde an höchster Stelle beschlossen, eine Spezialzone einzurichten, wo eure Feinde euch nicht verfolgen können. Diese Zone trägt einen alten, beklemmenden Namen: Getto.' Endlich erhellte ein Lächeln sein Gesicht, er hatte die Wirkung dieses wie versehentlich benutzten Wortes feststellen können. Ich fror am ganzen Körper. Es lief mir eiskalt über den Rücken. ‚Ich sehe, daß ihr zufrieden seid', sagte der *Engel*. ‚Das beweist mir, daß ich es mit intelligenten und umsichtigen Menschen zu tun habe. Bravo! Ihr werdet glücklichen und vor allem ungestörten Tagen entgegengehen. Ich verspreche euch, ihr werdet ganz unter euch sein, in euerm kleinen unabhängigen Reich. Von der euch feindlichen Außenwelt werdet ihr nur einen einzigen Menschen sehen, mich, euern Mittelsmann, euern treuen Freund, euern Schutzengel.' So kam er zu seinem Spitznamen *Der Engel*. Der *Engel* des ungewissen Morgen. Der *Engel* des Schreckens. Der *Engel* des Todes. Denn jeder von uns kannte die wahre Bedeutung des Wortes Getto, kannte die unheimliche, zerstörerische Macht, die von ihm ausging, seit tausend Jahren war unser Kollektivgedächtnis davon geprägt. Getto bedeutete Einsamkeit, Isolation, Verbannung, Hunger, Elend und Pest.

‚Wann?' fragte dein Vater mit einer Haltung, straffer denn je. ‚Wann wird das Getto eingerichtet? Wann findet die Verlegung, wann der Austausch der Bevölkerung statt?' Er hatte diese Fragen ruckartig hervorgestoßen und dabei den Akzent immer auf das Wort ‚Wann' gelegt. Das war eindrucksvoll, glaube es mir. ‚In einer Woche', erwiderte der Militärkommandant. ‚Meine Dienststelle hat die Pläne vorbereitet. Das Getto wird neun Straßen umfassen. – ‚Welche?' – ‚Die Straßen, die zum Kleinen Markt führen. Dort wohnen bereits Juden, das erleichtert die Sache.' – ‚Und die andern? Wo gedenken Sie all jene unterzubringen, die in den anderen Stadtvierteln wohnen?' – ‚Ihr werdet ein wenig zusammenrücken, werdet ganz en famille sein. Etwas eng, meint ihr? Na, wenn schon! Das wird ein reizender Aspekt des Gettos sein; wenn man sich liebt, stört das enge Durcheinander niemanden, im Gegenteil.' Der *Engel* spielte seine Rolle ausgezeichnet. Kein Muskel seines Gesichts verriet die Ironie, die in seinen Worten lag. Bevor er die Sitzung aufhob, wandte er sich an deinen Vater und sagte zu ihm: ‚Du wirst der König sein in diesem Reich Davids.' Und zu Rabbi Aaron: ‚Und du der Hohepriester.' Dann schüttelte er sich vor Lachen. Und blöderweise, das schwöre ich dir, beruhigte mich sein Lachen.

Kaum hatte er den Raum verlassen, da entfuhr mir lauthals die Bemerkung, daß man die Dinge nicht so schwarz sehen dürfe. Die Aussichten auf ein jüdisches Leben innerhalb eines eigenen jüdischen Systems enthielten doch auch positive Aspekte; denn ... Ein Blick deines Vaters bewirkte, daß ich den Rest meiner Rede hinunterschluckte. ‚Was wollen wir tun?' fragte er. Die jüdischen Räte waren noch völlig benommen und reagierten überhaupt nicht. Dein Vater wollte gerade seine Frage wiederholen, als ein Sekretär hereinkam und ihm ins Ohr flüsterte, daß eine bedeutende Persönlichkeit draußen auf ihn warte. ‚Ich habe zu tun.' – ‚Das habe ich ihm schon gesagt, aber er läßt sich nicht abweisen.' – ‚Wer ist es? Ein Deutscher?' – ‚Nein, es ist Ihr Schwiegervater.' Dein Vater ging hinaus. Als er die angewiderte Miene deines Großvaters mütterlicherseits sah, der sich voller Ekel ein Taschentuch vor den Mund hielt, konnte dein Vater sich nicht enthalten, eine spitze Bemerkung zu machen: ‚Wahrhaftig, es geschehen noch Zeichen und Wunder! Sie hier?' – ‚Ich hätte nie im Leben daran gedacht, auch nur einen Fuß über eure Schwelle zu setzen! Dieser Gestank! Diese Häßlichkeit! Wie schaffen Sie es nur, verehrter Schwiegersohn, das zu ertragen?' – Dein Vater wurde ungeduldig: ‚Sie wollten mich dringend sprechen, um was handelt es sich?' – ‚Ich habe aus zuverlässiger Quelle erfahren, daß die Besatzungsmacht ein Getto einrichten und uns zwingen will, mit ... mit solchen Leuten zusammenzuwohnen. Ich habe deshalb den Entschluß gefaßt, daß wir uns in der Hauptstadt niederlassen, wo ich auf Unterstützung einflußreicher Kreise rechnen kann. Kommen Sie mit uns!' Und mit einem tiefen Seufzer, der ihn sichtlich Überwindung kostete, fuhr er fort: ‚Und nehmen Sie auch Ihre Eltern mit. Sie sehen, ich bin gar nicht so schlimm, wie Sie denken.' Dein Vater, das weiß ich, weil er es mir selbst gesagt hat, fühlte, wie ihm das Blut zu Kopfe stieg. Verschiedene Wörter und Wortfetzen hämmerten in seinen Schläfen: Getto und Kaddisch, Königreich und Friedhof, Heil und Flucht. War die Wahl so einfach? Wenn sein Schwiegervater recht hatte, war das jüdische Volk verloren. Die wahren Juden würden untergehen, und nur Renegaten wie er übrigbleiben. ‚Ich danke Ihnen', sagte er, ‚aber ich kann nicht.' – ‚Sie können nicht?' – ‚Ich trage Verantwortung, Verantwortung für Seelen.' – ‚Und Ihre Familie?' – ‚Sprechen Sie mit Ihrer Tochter. Sie ist frei.' – ‚Ich habe mit ihr gesprochen, sie lehnt es ab, sich von Ihnen zu trennen.' Dein Vater lächelte melancholisch, als ob er sagen wollte: ‚Sehen Sie: so sind wir.' – ‚Sie sind verrückt', sagte sein Schwiegervater, ‚verrückt, sich solchen, völlig unnötigen Risiken auszusetzen. Verrückt, nicht an die Zukunft zu denken, an die künftigen Generationen.' – ‚Verrückt? Schon möglich. Doch wenn Sie eines Tages meinem Meister und Freund Rabbi Aaron Ascher begegnen, dann bitten Sie ihn, Ihnen die Geschichte von den Fischen und dem Fuchs zu erzählen.' Der Schwiegervater machte eine verärgerte und verdrossene Geste, gab seinem Schwiegersohn die Hand und verschwand wieder. Dein Vater hatte gedacht, er würde ihn nie mehr wiedersehen, aber er hatte sich getäuscht. Zwei oder drei Monate später brachte die Polizei deine Großeltern mütterlicherseits aus der Hauptstadt zurück. Obwohl sie Juden wider Willen waren, fielen sie doch unter die antijüdischen Gesetze und bekamen einen Platz im Gestank und Elend des Gettos.

Aber ich schweife ab. Vergessen wir nicht den *Engel*; denn heute abend ist Sabbat. Er kam regelmäßig, um sein Reich zu inspizieren. Er schien sich an der Armut, am Schmutz und an den Leiden zu ergötzen. Sein Blick glitt über die Gassen, die vollgepfropften Höfe, die Unterkünfte und die Scheunen, die als Lager oder als Unterschlupf dienten. Er betrachtete sein Werk und fand es ganz nach seinem Geschmack. Für gewöhnlich erschien er allein und ging auch wieder allein, das war ihm am liebsten, während er außerhalb des Gettos kaum einen Schritt ohne ein ganzes Gefolge von Leutnants, Experten, Adjutanten und SS-Ordonnanzen machte. Innerhalb der Gettomauern begleitete ihn niemand. Er spazierte herum, blieb dann und wann stehen, wie um nachzudenken, klopfte an eine Tür und bat höflich um Erlaubnis, eintreten zu dürfen. ‚Ach, da wohnen aber eine ganze Menge Leute in diesem Zimmer.' Bejahten die Leute das, dann liefen sie Gefahr, einige von den Ihren zu verlieren; sagten sie, daß sie genügend Platz hätten, wurden weitere zu ihnen gelegt. Gewöhnlich zog man sich so aus der Affäre, daß man ihm respektvoll erwiderte, er möge sich selber ein Urteil über die Situation bilden. Eine Variation zum gleichen Thema gab es im Hospital: ‚„Seid ihr auch wirklich sicher, daß es nicht besser ist, einige Schwerkranke in ein besser ausgerüstetes Krankenhaus zu verlegen?' Seinen großen Auftritt sparte er jedoch auf für uns, für den Judenrat. Dann hielt er eine Rede über öffentliche Ordnung oder über die Herrschaft der Macht bzw., um das Gleichgewicht zu wahren, über die Macht der Herrschaft. Er beklagte sich über den Egoismus der Masse, die den Autoritätskult nicht genügend zu schätzen weiß und über die Dummheit des Individuums, das lieber kuscht als herrscht, der *Engel* des Gettos redete gern und hörte sich gern reden. Und wir horchten mit einer schmerzlichen, ja geradezu grotesken Intensität auf jedes Wort und jeden Ton, weil wir wußten, daß davon Verschwinden oder Überleben der Unsern abhing. ‚Im Augenblick laufen die Dinge gar nicht so schlecht', lautete der Kommentar Rabbi Aaron Aschers, wenn er wieder fort war, ‚er redet, und wir hören zu, er unterrichtet, und wir lernen, das ist weder ein Verbrechen noch ist es Sünde. Unsere Aufgabe ist es, wachsam zu sein. Sobald wir eine Änderung spüren, sind wir gewarnt. Nie werden wir uns zu Werkzeugen in den Händen des Feindes machen lassen. Aber eines Tages wird der *Engel* aufhören zu spielen und wir auch. Dann beginnt die wahre Prüfung.'"

„Es war ein Fehler von dir, uns nicht zu begleiten", sagte mein Vater, als er von Belz zurückkam. „Du hättest eine unvergeßliche Stunde erlebt. Dieser Sabbat ist anders als die anderen."

Aber ich sehe Rabbi Aaron Ascher vor mir, lausche seinen ernsten beruhigenden Worten, ich folge ihm durch die vollgepfropften Gassen des Gettos von Davarowsk, dessen Herz im ersterbenden Gewimmer der Kranken schlägt, und sage:

„Ja, Vater. Dieser Sabbat ist anders als die andern."

Es gab eine Zeit, da hatte ich Angst vor dem Alleinsein. Ich hatte das Gefühl, böse Geister umschlichen mich und lauerten nur darauf, bis ich allein war, um mich dann zu packen und zu entführen. Natürlich erzählte ich kein Sterbenswörtchen meinem Vater davon, wußte es aber immer so einzurichten, daß er nie außer Sichtweite war. Ich begleitete ihn überallhin. Wenn ich keine Schule hatte, begleitete ich ihn in die Bibliothek.

„Wirst du dich auch nicht langweilen?"

„Nein."

„Bestimmt nicht?"

„Mach dir meinetwegen keine Sorgen. Ich werde lesen."

In Wirklichkeit wollte ich nur Leute beobachten.

Waren all diese Abonnenten, die regelmäßig in die Bibliothek kamen, sich dessen bewußt, daß ich sie beobachtete? Ich verfolgte jede ihrer Bewegungen, achtete auf jede spontane oder beabsichtigte Geste, als hätte ich den polizeilichen Auftrag, sie zu überwachen. Ich sagte mir, je mehr ich über sie weiß, desto mehr werde ich auch über meinen Vater wissen. Die Zehn-Dollar-Scheine, die mir der Direktor jeden Monat großzügig schenkte, weil ich die zurückgebrachten Werke wieder eingereiht hatte, nahm ich natürlich an, wenn auch nur, um den Schein zu wahren. Er wäre nie auf den Gedanken gekommen, daß meine Beweggründe rein persönlicher Art waren und Geld dabei überhaupt keine Rolle spielte.

Unter den treuesten Lesern gab es auch eine ältere, immer noch kokette Frau mit weißem Haar, die immer dasselbe Buch las, einen Roman aus der Zeit um die Jahrhundertwende, und immer ein strahlendes Lächeln zeigte. Von ihrer Ausdauer gerührt, wollte ich es ihr schenken, aber sie wies das Geschenk zurück, und dieser Umstand machte den Tag für sie und für mich bemerkenswert.

„Junger Mann", sagte sie zu mir, „von diesen Dingen verstehen Sie nichts; Sie sind noch zu jung dazu. Glauben Sie etwa, ich käme hierher, um meine Leselust zu befriedigen?"

Ich war blind. Sie kam hierher, nicht weil sie in das fragliche Buch, sondern in meinen Vater verliebt war.

Jeden Mittwoch zur gleichen Zeit, um 14 Uhr 15, erschien ein eleganter Mann mit graumeliertem Haar und Geheimratsecken, der ein Seidenhemd und eine teure Aktentasche trug. Er schlug den erstbesten Band, den ich ihm reichte, auf, brach in Tränen aus und entfernte sich wieder.

Der verrückteste Typ aber war ein unter dem Namen Donadio Ganz bekannter Mann, der vorgab, aus Safed oder Saloniki zu stammen, und aus unverständlichen Gründen trotzdem abstritt, ein sephardischer Jude zu sein. Er kam unregelmäßig und verhielt sich auffällig. Von einer Abteilung zur anderen, von einem Saal zum anderen schlendernd, ließ er einen flüchtigen und etwas hochmütigen Blick über die Buchreihen gleiten, wie ein Feudalherr, der seinen Besitz inspiziert, und sagte dazu auch noch: „Alle diese Werke sind mein." Nicht weil er sie gekauft oder wieder verkauft hätte, gehörten sie ihm, sondern weil, weil er alle diese Bücher – verstehen Sie immer noch nicht? – selber geschrieben hatte! Jawohl, er höchstpersönlich, und zwar alle mit Ausnahme der Kochbücher, wie er verschämt zugab, alle historischen Werke, Romane, alle mittelalterlichen Epen. Und Maimonides und Ronsard, Descartes und Cicero, Cervantes und Bahia Ibn Pekuda waren ganz einfach seine Pseudonyme. Wirklich, ich lüge nicht.

Eines Tages sehe ich ihn allein vor einem Pult sitzen, ganz vertieft in die Lektüre von Ibn Gabirol. Als er immer wieder den Kopf schüttelt und augenscheinlich unzufrieden ist, frage ich ihn, ob ich ihm irgendwie behilflich sein kann.

„Leider nicht", antwortet er. „Es ist mein Fehler. Drei Gesänge muß ich neu schreiben."

Da ich befürchte, er könne plötzlich auf den Gedanken kommen, etwas Verrücktes zu unternehmen, bleibe ich in seiner unmittelbaren Nähe. Ich habe Angst, er könne einige „mißlungene" Seiten einfach herausreißen.

„Ach", seufzt er, „wenn ich doch alles noch einmal von vorn beginnen könnte. Ich habe soviel zu tun, Verzeihung, noch einmal zu tun."

Er zwinkert mir in stillem Einverständnis zu. Wir verstehen uns. Seine friedliche und feierliche Art gefällt mir, ich mag Verrückte. Ich lade ihn dann ein, unten in der Cafeteria etwas zu trinken. Hier oben sei es nicht leicht, ein vernünftiges Gespräch zu führen.

„Du bist Reuwens Sohn", erwidert er. „Deshalb hast du die Ehre verdient, die ich dir durch die Annahme deiner Einladung erweise. Wenn ich nicht so sehr damit beschäftigt wäre, meine ganzen Werke zu korrigieren, schriebe ich ein Buch über ihn. Was für ein Leben hat er hinter sich!"

„Sie kennen sein Leben?"

„Und ob ich es kenne! Wer hat ihn wohl in Philosophie unterrichtet? Und wer in moderner Literatur? Und die Geheimwissenschaften, was glaubst du, wer ihm den Zugang dazu verschafft hat? Warum meinst du, daß er gerade in dieser Bibliothek statt in einer anderen arbeitet? Ich war hier, ich bin nicht umsonst hier."

Welch ein Glück, dachte ich, endlich einen Mann erwischt zu haben, der alles über meinen Vater weiß, und ausgerechnet der muß verrückt sein.

Rings um uns braust der vielsprachige Lärm der Metropole, dieses phantastischen sozialen und ethnischen Schmelztiegels, in den die neuen Einwanderer sich stürzen, um verwandelt wiedergeboren zu werden, und nur noch den Wunsch haben, es mit dem Leben und seinen Schwierigkeiten, mit dem Glück und den Fallen, die es uns stellt, aufzunehmen.

Ich muß an meinen Vater denken, aber auch an meine Mutter. Ich weiß, sie haben dieses Spiel gespielt, mein Vater vor allem, meine Mutter weit weniger. Ich weiß, daß sie Englischkurse für Erwachsene belegt hatten, daß sie die Geschichte, die Sitten und Gebräuche und die Grundgesetze dieser jungen und stolzen gastlichen Nation studiert hatten. Bei seinem Fleiß bestand mein Vater rasch alle Examen, während meine Mutter sich gehen ließ. Das hinderte sie aber nicht, zusammen den Abschluß zu erreichen. Zusammen erhielten sie die ersten Dokumente, zusammen wurden sie Bürger der Vereinigten Staaten. Ich weiß, daß mein Vater sich monatelang nicht von seinem Paß trennte, nicht einmal beim Schlafen.

Ich betrachte die Männer und Frauen um uns, die geschäftig hin und her eilen, und empfinde ein Gefühl der Dankbarkeit meinem Land gegenüber. Nur noch Israel empfängt seine Einwanderer mit soviel Herzlichkeit und Verständnis.

Ein Student von der Jeschiwa-Universität gegenüber hockt in einer Ecke und blättert in einer Hetzschrift. Von Zeit zu Zeit wandern seine Augen unruhig durch den Saal. Keine Gefahr? Nein. Erleichtert öffnet er wieder das kleine Buch, das er unter seiner Hand versteckt hat. Etwas weiter sitzt ein Liebespärchen, ein junger Puertorikaner und ein blondes Mädchen aus Skandinavien. Sie sprechen noch nicht die gleiche Sprache, aber sie wissen, was in dem Fall zu tun ist. Sie küssen sich, damit sie sich nicht mit Worten erklären müssen.

Donadio Ganz ist ein schlechter Beobachter. Er ist zu stark mit seinen eigenen „Arbeiten" beschäftigt und erzählt mir in allen Einzelheiten, wie ihm die Idee gekommen ist, einen „Führer der Unschlüssigen", die „Dialoge" Platons, die „Ethik" Spinozas zu verfassen. Er beschreibt die dämmerige Mansarde, wo er dem pantheistischen Philosophen die Grundzüge seiner Werke diktiert hatte. Anschließend vertraut er mir die wahren Beweggründe für den Selbstmord Gérard de Nervals an. Niemand kennt sie, aber er, Donadio Ganz, hatte es abgelehnt, ihm als „Ghostwriter" zu dienen ... Und weshalb hatte er seine Dienste verweigert? „Ach", sagte er, „das weißt du nicht? Der Dichter war ein Nachtmensch, er liebte schlaflose Nächte, während ich, Donadio, erschöpft war und schlafen wollte ... Ach, da fällt mir gerade ein, daß ich mir ja sein ganzes letztes Gedicht wieder vornehmen will, das bin ich ihm wirklich schuldig ..."

Theodor Herzl sagte irgendwo, daß nichts je so eintrifft, wie man es befürchtet oder erhofft. Auch für das Schicksal der Juden in Davarowsk traf das anfangs zu. Der *Engel* hatte wirklich nicht gelogen. Wohl oder übel, seufzend oder fluchend gewöhnte man sich an das Getto, fand sich damit ab wie mit einer Krankheit, von der man hofft, daß man sie früher oder später übersteht.

„Sei stolz auf deinen Vater", sagte Bontscheck zu mir, „wir waren es alle. Zuerst diente er uns als Schutzschild, aber dann half er uns, nicht zu vergessen, wer wir waren."

Immer wenn Bontscheck ein Loblied auf meinen Vater anstimmt, wird er ganz aufgeregt, und seine warme Stimme zittert vor Rührung:

„Deinem Vater verdanken wir es, daß wir uns unserer historischen Verpflichtung bewußt wurden. Verstehst du, mein Junge? Ich, Bontscheck, Sohn und Enkel jüdischer Trödler aus Polen, habe niemals an mein Leben, meine Arbeit, nicht einmal an meine zionistische Tätigkeit in historischen Begriffen gedacht. Ich wußte nicht, was historische Überlegungen sind. In unserer Bewegung sprachen wir von Politik, von Pfadfindertum, von Landwirtschaft, von ‚illegalen Ausflügen' nach Palästina. Die Geschichte als lebendigen menschlichen Schmelztiegel hat uns dein Vater als erster nahegebracht. ‚Eines Tages werden Bücher über uns geschrieben werden', lautete sein Lieblingssatz, und es gab keinen, der dann gesagt hätte: ‚Glaubst du wirklich, daß mich das interessiert? Eine Stunde Freude oder Vergnügen, ein einziger Augenblick Leben ist mehr wert als alle toten Sätze!' Im Gegenteil! Wir hatten alle das Gefühl, als ob ein uns wohlgesonnener Chronist uns von seinem künftigen Posten herab beobachtete. Wir drückten uns mit größerer Offenheit aus, handelten überlegter, um eine Mission zu erfüllen, um Gewinn aus ihr zu ziehen. Dein Vater diente uns überall und in jeder Hinsicht als Beispiel."

Bontscheck ist inzwischen mein Freund geworden und hat in mir einen treuen und brennend interessierten Zuhörer gefunden. Alles, was mein Vater mir aus Diskretion vorenthält, will er mir entdecken. Mit ihm, hinter ihm wünsche ich das Getto zu betreten und seine stummen oder vor Verzweiflung schreienden Bewohner zu treffen. Ich will an ihrem Ringen mit dem Tode teilnehmen, will mit ihnen den Kampf aufnehmen. Ich will ihre Morgengebete hören, die Theaterstücke besuchen, die von ihrer Kulturgruppe aufgeführt werden, die nächtliche Angst auf mich nehmen und die noch schwerer lastende Angst bei Tagesanbruch. Ich will die Hungrigen begleiten und die Kranken und die Verrückten mit ihren traurigen oder weit aufgerissenen Augen, die stumm gewordenen Greise, die zornigen Totengräber, ich will mich an jedes einzelne Gesicht erinnern, jede Träne und alle nicht gesagten Worte sammeln, will das erleben, was mein Vater erlebt hat, will es noch einmal durchleben. Ohne diese Erfahrung, ohne dieses im nachhinein erworbene Erinnerungsfragment könnte ich ihm nicht näherkommen, das fühle ich, es würde immer etwas Unausgesprochenes zwischen uns bleiben, vielleicht sogar gegen uns stehen.

„Dank deinem Vater", fuhr Bontscheck fort, „haben wir gelernt, die Ereignisse in ihrer Gesamtheit zu empfinden, den täglichen Ärger, die Prüfungen, denen der einzelne oder die ganze Gemeinschaft ausgesetzt war, die Gefahren, die Drohungen, aber auch den Trotz, die Gebete, die Taten von Solidarität und den Widerstand, du kannst dir überhaupt nicht vorstellen, woraus ein solcher Tag bestand. Wenn es ein Problem gab – und es gab unaufhörlich Probleme – oder eine Krise ausbrach – und das geschah die ganze Zeit –, war es dein Vater, der die Sache in die Hand nahm. Er genoß allgemeines Vertrauen. Die Reichen fürchteten ihn, die Gelehrten respektierten ihn, und die Ärmsten der Armen brachten ihm aufrichtige Liebe entgegen und verehrten ihn. Er war ihnen ein neuer, mächtig gewordener Bruder, ein treuer Bruder mit einem großen Herzen. Klar, daß es auch Unzufriedene gab, jene ewigen Meckerer, das ist völlig normal, jedem konnte er es nicht recht machen. War er dem einen gegenüber gerecht, mußte er einem andern gegenüber Strenge walten lassen. Deshalb hieß er im Getto der Gerechte. Er war die personifizierte Rechtschaffenheit. Es gab nicht den kleinsten Vorteil für seine besten Freunde, keine Begünstigung, keine Gefälligkeit, weder für Geld noch gute Worte, es wurden keine Unterschiede gemacht. Seine Eltern, die aus ihrem Dorf in das Getto evakuiert worden waren, waren nicht anders untergebracht als ihre Nachbarn. Seine Schwiegereltern standen wie alle anderen nach den verschiedenen Berechtigungsscheinen an, die Woche für Woche vom Judenrat verteilt wurden. Du hättest diese reichen Typen, die sich jetzt anpassen mußten, einmal sehen müssen, diese hochnäsigen Angeber zwischen lauter in Lumpen gehüllten Flüchtlingen, die sie früher nicht einmal angespuckt hätten. Ich weiß, mein Junge, daß ich damit auch ein Großelternpaar von dir meine. Wenn ich respektlos bin, dann entschuldige bitte. Aber sie waren wirklich erbärmliche Juden. Wir schämten uns ihrer. Nicht so die Eltern deines Vaters, sie waren ein erfreulicher Anblick, das kannst du mir glauben. Sie beklagten sich nie und verlangten nie etwas, auch wenn es ihnen zustand. Nie versuchten sie, ihren Sohn zu ihren Gunsten zu beeinflussen. Wenn ich an sie denke, kommt mir ein Lächeln, ich muß ihnen zulächeln."

Und wo blieb meine Mutter in dieser Geschichte? Warum wurde sie mit Schweigen übergangen? Dunkel ahnte ich, daß ihre Krankheit einen tiefen inneren Zusammenhang mit ihrer Getto-Erfahrung hatte und mit der Weigerung meines Vaters, darüber zu sprechen. Ich fühlte, daß hier der Schlüssel zu ganz bestimmten Geheimnissen lag, nicht nur zu seinen eigenen. Wie konnte ich dahinterkommen? Wie sollte ich mich verhalten, um wenigstens eine erste Spur zu entdecken? Ich konnte doch nicht einen Unbekannten, einen Fremden – wenn es zugegebenermaßen auch kein Unbekannter und kein Fremder mehr war – nach der Vergangenheit meiner Eltern fragen, das wäre nicht anständig gewesen.

Wenn meine Mutter wenigstens gesund wäre, wenn sie gehegt und gepflegt bei uns zu Hause wohnen würde, hätte ich es vielleicht gewagt, in ihrem Leben herumzustöbern, hätte den richtigen Augenblick und einen plausiblen Grund zu finden gewußt. Aber ihre Krankheit verlangte Zurückhaltung, absolute Rücksichtnahme. Man kann bei einer Mutter, die zur Behandlung im Krankenhaus liegt, nicht den Detektiv spielen. Das ginge denn doch zu weit ...

Deshalb entschied ich mich, sorgfältig überlegte Umwege zu gehen. Ich öffnete so manche Tür, zeigte Interesse für tausend Kleinigkeiten, wollte alles über das Leben im Getto wissen; wer sich um die Verteilung der Nahrungsmittel kümmerte, wer mit der Erziehung, wer mit der Unterbringung beauftragt war.

„Wo war", fragte ich Bontscheck zum Beispiel eines Tages ganz beiläufig, „wo war eigentlich mein Vater untergebracht?"

„In einer sehr bescheidenen, um nicht zu sagen schäbigen Wohnung. Obwohl er, merk dir das, mein Kleiner, in seiner Eigenschaft als Präsident des Judenrates Anrecht auf eine Dienstwohnung mit Salon, Badezimmer und allem, was dazugehört, hatte. Das wollte er nicht, er zog ein dreckiges Zimmer vor. Sogar in diesem Punkte wollte dieser Kerl mit seinen Prinzipien und seinem Sinn für Gerechtigkeit ein Beispiel geben. Wenn der Präsident komfortabel wohnte, hätten die großen und kleinen Mitglieder des Rates und ihre Dienststellen es ebenso gehalten und womöglich noch in verstärktem Maße. Nein, dein Vater hatte sich für Bescheidenheit entschieden und für äußerste Kargheit. Er hatte zwar fließendes Wasser, aber kein Bad. Er kam zu uns, um zu duschen wie übrigens alle unsere Kollegen. Warum auch nicht. Eine Ausnahme gab es allerdings, das war unser Rabbi. Er begab sich jeden Morgen in die Mikwa, um seine Tauchbäder und rituellen Waschungen vorzunehmen. Sonst wären, wie er sagte, seine Gebete nicht rein. Du wirst es mir nicht glauben, aber sogar im strengsten Winter bei 20 bis 30 Grad Kälte ging dieser erstaunliche Mann dorthin, tauchte seinen ausgemergelten Körper in das eiskalte Wasser der Mikwa, die wegen Holz- und Kohlemangel nicht geheizt werden konnte. Es ist noch anzumerken, daß er nicht der einzige war. Ein paar Frauen, wenn auch nicht sehr viele, gingen hin, um das biblische Gebot zu erfüllen."

Da er die Frauen erwähnte, ergriff ich die Gelegenheit beim Schopfe:

„Du sprichst nicht von meiner Mutter, war sie ...?"

„Ob sie fromm war? Wo denkst du hin, mein Junge!"

„Aber was tat sie denn im Getto? Womit beschäftigte sie sich?"

„Sie arbeitete. Jeder arbeitete. Für die Besatzungsmacht oder für die Juden, und häufig war nicht leicht zu unterscheiden, für wen. Die Ärzte, die die Kranken betreuten, um sie wieder arbeitsfähig zu machen, halfen sie nicht indirekt und unfreiwillig den Deutschen? Aber trotzdem ... konnten sie den Juden die Pflege vorenthalten? Die Zeiten waren schon kompliziert damals ..."

„Arbeitete meine Mutter auch im Hospital?"

„Auch im Hospital und in der Volksküche und in der Wohnraumvermittlung. Die Leute behandelten sie mit großer Achtung, denn sie war weder eingebildet noch stolz, sie pochte nie auf ihre privilegierte Stellung."

„Sahst du sie oft?"

„Jeden Tag."

„Erzähle."

„Was soll ich dir schon sagen! Sie war ein guter Mensch."

„Und weiter?"

„Genügt dir das nicht?"

„Sag mir alles, was du weißt."

„Im Getto war jeder Tag wie der andere. Jede Nacht glich der anderen, und auch alle Menschen glichen einander. Nur deine Mutter glich keinem."

„War sie denn anders als die andern?"

„Ja."

„Wodurch denn?"

„Sie litt."

„Sie war doch nicht die einzige, die litt? Wodurch unterschied sich ihr Leiden von dem der anderen Gettobewohner?"

Bontscheck runzelte plötzlich die Stirn:

„Jedes Leiden ist anders."

Und wechselte das Thema.

„Daran ist deine Mutter schuld", sagte Lisa mit gezwungenem Lächeln, das kokett und verächtlich zugleich klang.

„Woran ist meine Mutter schuld?"

„An deiner Schüchternheit."

Sie musterte mich mit scheinbar ernstem Gesicht und fuhr dann lachend fort:

„Und an allem anderen auch."

Wir waren im gleichen Kurs im New Yorker City-College. Sie achtzehn und ich weit älter, zwanzig, beinahe schon einundzwanzig. Sie war der brillanteste Schüler der Klasse und ich der scheueste, nach ihren Worten der gehemmteste und verklemmteste. Sie war ein Energiebündel, hatte ein loses Mundwerk und war schnell für etwas begeistert. Immer mußte etwas los sein, ständig war sie auf etwas Neues erpicht, brannte vor Neugierde und Tatendrang, nahm an allen Abenteuern teil, sofern diese nur verrückt genug waren. Ich dagegen? Von mir war nichts zu vermelden. Wie früher bereits im Kindergarten war ich auch in der Schule zufrieden, wenn ich niemandem auffiel. Weder der Professor noch die Studenten wußten, wer ich war, im allgemeinen bemerkten sie meine Anwesenheit gar nicht. Dadurch fühlte ich mich verunsichert und sicher zugleich. Aber da gab es Lisa, und Lisa sah alles, Lisa mischte sich in alles, und Lisa zog mich aus meinem Schneckenhaus wie einen, der etwas auf dem Kerbholz hat.

„Du versteckst dich ja", rief sie triumphierend.

„Aber nein", sagte ich und wurde rot.

„Du wirst rot! Du versteckst dich und wirst rot! Ich traue meinen Augen nicht! Wo kommst du her? Wer bist du? Ich heiße Lisa, Lisa Schreiber, ja ganz richtig, wie der Bankier. Ich bin seine einzige Tochter und keine Jungfrau mehr."

Ihre Verehrer, die uns umdrängten, lachten laut auf. Ich wußte nicht, wohin ich fliehen sollte. Linkisch und ungeschickt stammelte ich unzusammenhängende Worte. Darüber amüsierte sich Lisa nur noch mehr. Warum legte sie es darauf an, mich lächerlich zu machen? Um mich zu besiegen und zu beherrschen. Noch ein Wort von ihr, und ich hätte im nächsten Augenblick losgeheult. Sie mußte es bemerkt haben, denn sie unterbrach die peinliche Szene, nahm mich beim Arm und sagte:

„Komm, wir wollen den Abend gemeinsam verbringen."

Ich konnte mich nicht wehren und folgte ihr einfach. Einige Jungen richteten Fragen an sie, auf die sie lachend oder verärgert antwortete. Als wir draußen waren, fand sie die Straße zu belebt.

„Nehmen wir ein Taxi. Oder bist du blank? Ich nicht. Wenn du mich heiratest, machst du eine gute Partie."

Noch nie war ich einer solchen Frau begegnet, sie war eigenwillig, frech, nicht gerade schön, eher etwas burschikos, eine sinnliche, rothaarige Frau, anziehend und fesselnd durch ihre abrupten Bewegungen. Warum hast du mich verlassen, o Herr?

Sie wohnte „uptown" in einer Art Herrenhaus, 90. Straße, Fifth Avenue, einem vierstöckigen Gebäude, das eine Mischung aus Palast und Museum war, mit Teppichen, Silber und alten Möbeln.

„Keine Sorge", sagte sie, „meine Eltern sind nicht zu Hause. Meine Mutter reist, und mein Vater überwacht seine Investitionen. Ein ideales Paar, er sammelt Millionen und sie Liebhaber. Ich schockiere dich wohl. Aber sag mal, in welchem Jahrhundert lebst du eigentlich?"

Sie schob mich in die Küche, in die Bar, in die Bibliothek, öffnete Flaschen und Dosen und hörte nicht auf zu reden und mich zu provozieren; ein wahrer Wirbelsturm brach über mich herein. Ich folgte ihr ganz mechanisch wie ein Schlafwandler und fragte mich unaufhörlich, was ich eigentlich bei ihr und mit ihr wollte, und warum Gott mich zu diesem Wahnsinn verurteilt hatte, und warum mir das Herz wie wild schlug...

„Und zum Abschluß zeigt der Führer uns jetzt das Allerheiligste: mein Schlafzimmer. Entschuldige bitte das Durcheinander, aber das wollen wir jetzt noch etwas vergrößern. Einverstanden?"

Und ohne mir auch nur eine Verschnaufpause zu gönnen, warf sie mir einen herausfordernden Blick zu:

„Du hast die Wahl. Entweder plaudern wir erst miteinander und gehen dann ins Bett oder umgekehrt. Entscheide dich."

Erde und Himmel stürzten ein, ich fühlte, wie meine Knie zitterten, mein Kopf sich drehte und ich keine Luft mehr bekam. Die ganzen Jahre, die hinter mir lagen, verschwammen, wurden zu etwas Undurchdringlichem, wurden zu einer schweren Last und zermalmten mich.

„Du gefällst mir", sagte Lisa und streichelte mein Gesicht, meinen Nacken und fuhr zärtlich mit ihren Fingern über meine Lippen. „Ich mag dich, weil du so schüchtern bist, und du bist schüchtern, weil deine Mutter dir eine Menge Komplexe mitgegeben hat. Wir wollen jetzt miteinander schlafen, und nachher erzählst du mir von ihr. Nein? Dann erzähl mir von ihr, und wir lieben uns anschließend."

Die Erde und der Himmel wechselten ihren Platz und verschmolzen im gleichen Abgrund.

Bontscheck, der nur widerstrebend von meiner Mutter erzählte, schien von der merkwürdigen Freundschaft fasziniert zu sein, die sich damals zwischen meinem Vater und Rabbi Aaron Ascher von Davarowsk angebahnt hatte.

„Sie waren unzertrennlich. Der Rabbi hatte Wort gehalten. Er war ständig an der Seite seines Schützlings zu finden, führte und unterstützte ihn kraft seiner Autorität. Der Rabbi gab auch den Anstoß dazu, daß dein Vater das Gesetz und die dazu gehörigen Kommentare studierte. ‚Ich bitte dich nicht, die Religion zu praktizieren, sondern bloß, sie kennenzulernen', sagte er ihm. ‚Ist es nicht schon zu spät, um noch damit zu beginnen', fragte dein Vater zurück. ‚Bis zum letzten Seufzer und mit dem letzten Seufzer kann und muß der Jude unaufhörlich lernen', antwortete der Rabbi. ‚Sogar im letzten Augenblick vor seinem Tode kann der Mensch noch alles über die Schöpfung und den Schöpfer entdecken.' Und dein Vater gehorchte und begann die Bibel zu studieren, die Weissagungen und den Midrasch. Kannst du dir das Glück vorstellen, das deine Großeltern darüber empfanden? Als sie erfuhren, ihr Sohn werde an einer Sabbatfeier teilnehmen, rief dein Großvater: ‚Ich will hingehen, ich will ihn sehen, ich will ihn vor allen Leuten umarmen, ich will ihm sagen, daß ich stolz bin.' Deiner Großmutter, einer feinfühligen und klugen Frau, gelang es, ihn davon abzubringen: ‚Wenn unser Sohn beten will, dann laß ihn beten; wenn du hingehst, könntest du ihn leicht in Verlegenheit bringen!' Ein paar Tage später frotzelte ich deinen Vater: ‚Also, Reuwen, du willst wohl Rabbiner werden?' Er schaute mich nicht an, sondern sagte nur mit leiser Stimme: ‚Hier ist weder die Stunde noch der Ort, um dich über den jüdischen Glauben lustig zu machen.' Von da an begann er, regelmäßig die Stätten des Gebets und des Studiums zu besuchen, auch die Gesangs- und Theatergruppen besuchte er und lebte sein Leben als Jude in vielerlei Hinsicht."

Die beiden Freunde gingen oft spazieren und tauschten ihre Gedanken und Eindrücke aus. Da sie sehr verschiedener geistiger Herkunft waren, beleuchteten sie zwar gemeinsam die Situation und analysierten sie tiefschürfend, kamen aber nie zu völliger Übereinstimmung. Die Gewißheit, die der eine hatte, wurde für den anderen zur Ungewißheit und zum Anlaß schmerzlicher Fragen. Ihr gemeinsames Anliegen war es, die jüdische Bevölkerung vor Schmach und Schande ebenso wie vor Verfolgung zu retten, weil beides in einem Kausalzusammenhang stand, und für die Sicherheit, wenn nicht gar für das Überleben möglichst vieler Menschen für eine möglichst lange Zeit zu sorgen.

„Lehren Sie mich", sagte mein Vater, „die notwendige Klarheit und Kraft zu gewinnen. Von welchem Punkt an, jenseits welcher Schwelle muß sich mein Leben in Hingabe und Opfer verwandeln?"

„Unsere Religion verbietet uns zu verzweifeln", antwortete der Rabbi. „Auch wenn das Schwert bereits deinen Hals berührt, richte deine Gedanken auf den Himmel; denn das Eingreifen Gottes erfolgt so schnell wie ein Augenaufschlag."

„Werde ich die Kraft haben zu hoffen, Rabbi?"

„Seit Moses richtet sich unser Gesetz gegen das Menschenopfer, und der Selbstmord zählt auch dazu", sagte der Rabbi. „Unser Gesetz stellt das Leben in den Mittelpunkt und widersetzt sich dem Tod, sogar wenn man ihn aus sogenannten höheren Gründen herbeiruft. Es ist uns untersagt, an Stelle unseres Nächsten zu sterben."

Während sie unter solchen Gesprächen durch das Getto gingen, wo alles unwirklich schien, so gegenwärtig war der Tod, so verknüpft war das Unvergängliche mit der Gegenwart, wo die vorbeikommenden Menschen, die zur Verteilung von irgendwelchen Lebensmitteln eilten, grüßten, da erzählte der

Rabbi meinem Vater eine seltsame Geschichte von Rabbi Akiba und Ben P'tura: „Diese beiden Talmudgelehrten hatten sich über zwei Männer gestritten, die durch die Wüste zogen. Beide hatten Durst, besaßen aber nur einen einzigen Krug mit Wasser, der nur für einen, aber nicht für zwei Männer ausreichte. Was sollten sie tun? Sie sollen teilen, sagte Ben P'tura, Freundschaft ist mehr wert als Wasser, mehr als das Leben. Rabbi Akiba war dagegen der Meinung, daß der Besitzer des Krugs das Wasser trinken und die Wüste durchqueren sollte, um so den Tod zu besiegen. Denn nach Rabbi Akiba lautet das Gesetz: *Chajjekha kodemin* – dein eigenes Leben hat Vorrang vor dem Leben deines Nächsten. Wenn du vor der Frage stehst, ob du in der Wüste ein Leben retten kannst, dann hast du nicht das Recht, dein eigenes Leben dafür zu opfern."

„Ich finde dieses Gesetz schockierend", sagte mein Vater.

„Es fehlt ihm an Großherzigkeit, Mitleid und Brüderlichkeit. Ich erhoffte mir etwas anderes von unserer Tradition."

„Ich will es dir erklären", sagte der Rabbi." *Chajjekha kodemin* besagt ganz einfach, daß dein Leben nicht dir gehört, oder mit andern Worten, Freund, daß du nicht frei darüber verfügen kannst. Darin liegt das Wesentliche unserer Tradition, daß man weder mit dem Leben eines anderen noch mit seinem eigenen spielen kann, weil man nicht mit dem Tod spielt. Und trotzdem kann der Fall eintreten, daß wir den Tod der Schande, der Entsagung vorziehen müssen."

„Lehren Sie es mich", sagte mein Vater.

Der Frühling bricht herein wie eine aufspritzende Pfütze. Durch jagende Wolkenfetzen dringt die Sonne, Straßen und Wege sind aufgeweicht, die Menschen verlieren ihre Hektik, und die Schüler liefern sich keine Schneeballschlachten mehr. Eine Woche noch, und die Winterstürme sind vorbei. Einen Monat noch, und der Central Park ist wieder grün. Ein Jahr noch, und der Jüngling erlebt eine grenzenlose Verzweiflung.

„Sprich, Bontscheck."

Ich friere, aber ihm ist nicht kalt; denn er trinkt, und das macht warm. Ich brauche seine Worte, damit ich aus meiner Erstarrung gerissen werde.

Wir sitzen auf einer feuchten Bank im Park. Nicht weit von uns passen Gouvernanten auf eine Gruppe von Kindern auf, die lauthals etwas in Richtung einer anderen Kindergruppe rufen, die aber aus mir nicht bekannten Gründen nicht darauf reagiert.

Seit unserer ersten Begegnung haben Bontscheck und ich schon viel Zeit miteinander verbracht. Ich vernachlässige meine Studien und meine Schulkameraden. Sollen sie ruhig warten! Nichts ist so dringend wie mein Bedürfnis, die Vergangenheit dieses Menschen kennenzulernen, der die Vergangenheit meines Vaters gekannt hat.

„Erzähle mir, Bontscheck! Wie lebten die Kinder im Getto? Lachten sie? Waren sie lustig? Womit spielten sie?"

Ich denke an meine eigene Kindheit und sehe sie in diesem Augenblick blitzartig vor mir, wie ein Licht, das plötzlich aufleuchtet und sofort wieder erlischt. Gesichter von Lehrerinnen tauchen auf, Stimmen von Lehrern, die laut und heftig gestikulieren, werden hörbar. „Los, los, etwas mehr Eifer könnte euch nicht schaden!" Moses und Washington, Jeremias und Lincoln, Rabbi Akiba und Mobby Dick, Mischna und Algebra. „Sie da, junger Mann, Sie passen nicht auf!" Aber ich passe doch auf. Scholem Aleichem und Mark Twain. „Eure Eltern arbeiten schwer, um eure Studien zu bezahlen, und ihr ..." Ich weiß, ich weiß. Mein Vater schont sich nicht. Er bricht vor Müdigkeit zusammen, er arbeitet und arbeitet von morgens bis abends, weil die Kurse teuer sind, weil die Klinik teuer ist, weil das Leben teuer ist, ich weiß es ja. Das Gymnasium, das College, die Examen, alles, ich weiß, ich weiß.

„Was ist los, Bontscheck? Träumst du? Du sagst ja überhaupt nichts?"

Er nimmt noch einen Schluck aus der Flasche, und man könnte ihn fast für einen Penner halten. Aber wir sind nicht unten auf der Bowery, wir sind im Central Park, im größten, schönsten, grünsten, dunkelsten, dem bestgestalteten, perfektesten Park der Welt, mein Lieber. Wußten Sie das nicht? Sicher weiß Bontscheck das, und schon fängt er wieder an, seine

Erinnerungen auszupacken, unsere gemeinsamen Erinnerungen, sollte ich sagen. Liegt es an seiner Fabulierlust oder an meinem Wissensdurst? Vielleicht auch an meinem Wunsch, ihm nahe zu sein. Ich bin ganz erfüllt von seiner Stimme. Alles, was ringsumher geschieht, dringt nur gedämpft und monoton und unendlich schmerzhaft an Auge und Ohr: die Stadt im Wechsel der Jahreszeiten, die Wolkenkratzer und ihr blendendes Spiegelbild im Wasser, das Leben mit seinem lächerlichen und gefährlichen Kleinkram.

„Ich sehe das Getto wieder vor mir und begreife immer noch nicht, wie wir es fertiggebracht haben, uns seinen Gesetzen zu unterwerfen. Wer es betrat, ließ das 20. Jahrhundert hinter sich. Eigene Meinung und eigene Lebensgewohnheiten, eine Gesellschaftsordnung mit ihren Vorzügen und Zwängen, die Diplome und die Titel, alles blieb zurück auf der anderen Seite der Mauer. Zum erstenmal in unserer Geschichte wurden Bildung und Vermögen gleichermaßen nutzlos, weder an das eine noch an das andere konnte man sich halten. Das nicht vorhersehbare Geschehen ergriff von dir Besitz, und mit einem Schlage lebtest du ein Leben, das realer und zugleich irrealer war als das frühere. Jede Stunde konnte die letzte, konnte der Schlußstrich unter deine Existenz sein. Und jetzt hör gut zu, Kleiner, selbst wenn man nur an die logistische Seite der Sache denkt, dann grenzte das, was wir taten, an ein Wunder oder wenigstens ans Wunderbare. In weniger als einer Woche mußte eine ganze Gemeinde, also eine ganze Stadt, also eine ganze Welt, ausziehen und wieder einziehen. Die Familien, die aus den verschiedensten und unterschiedlichsten sozialen Schichten kamen, fanden sich plötzlich alle im gleichen Haus wieder, was sage ich da, im gleichen Loch! Und weißt du, mein Junge, daß dieses stinkende und muffige Loch binnen eines einzigen Morgens für uns zum Heim wurde, das uns anzog wie ein Magnet? Man klammerte sich daran. Die alte Wohnung war vergessen, ihre Einrichtung und ihr ganzer Komfort aus dem Gedächtnis verschwunden. Die neuen Gesetze und Verordnungen verwandelten das Getto in einen bizarren Ort, an den die Kinder sich sehr rasch gewöhnten. Die Zeit, die wir erlebten, war sehr komprimiert, im Handumdrehen nahmen wir ganz bestimmte Gewohnheiten an. Kaum daß man sich häuslich eingerichtet hatte, fühlte man sich schon als Veteran. Es ist schon merkwürdig, mein Junge, unsere mehrere Jahrhunderte alte Gemeinde wurde von Grund auf in ihrer Struktur und in ihren einzelnen Bestandteilen verändert, und trotzdem wurde, nachdem der erste Schock vorbei war, das Leben wieder normal; die Leute sagten sich Guten Tag, die Frauen kochten das Essen, die Bettler bettelten, die Verrückten grinsten, und die Geschichte ging weiter."

Inzwischen verfolgte Richard Lander seine heimtückischen Pläne weiter. Man nahm uns immer mehr weg, und die Forderungen der Besatzungsmacht verdoppelten und verdreifachten sich. Die Juden hatten nicht mehr das Recht, Wertgegenstände, Devisen und Schmuck zu besitzen, noch war es ihnen gestattet, mit der Außenwelt in Verbindung zu treten. Als nächstes mußten sie sich den Arbeitsbrigaden anschließen. Sie verließen morgens in Hundertergruppen das Getto und marschierten zu den verschiedenen Baustellen, wo sie Eisenbahngleise reparierten, in den Wäldern auf Holzkommando gingen, Holz fällten, Baracken und Lagerräume errichteten und die Kasernen der Wehrmacht sauber machten. „Wir verfolgen damit ein rein pädagogisches Ziel", sagte der Kommandant. „Wir wollen euch beibringen, wie ihr eure Faulheit loswerden könnt. Der Talmud hat euch verdorben, jetzt leistet ihr endlich nützliche Arbeit, tut etwas, das Hand und Fuß hat, macht Dinge, die notwendig und wichtig sind."

Bei der täglichen Lagebesprechung mit seinen Kollegen gab mein Vater sich kaum Mühe, aus seinen Befürchtungen ein Hehl zu machen:

„Wir sitzen in der Falle. Damit wir atmen und leben können, sind wir gezwungen, uns mit dem Feind zu arrangieren, der, wie uns ganz klar ist, die harte körperliche Arbeit nur dazu benutzt, um uns nicht am Leben zu lassen. Genauer ausgedrückt: Um leben zu können, helfen wir dem Feind, uns besser töten zu können ... Aber ..."

Die Mitglieder des Judenrats im Davarowsker Getto, die den Tonfall und die Gedankengänge meines Vaters genau kannten, hielten den Atem an; denn es gab immer ein Aber.

„Aber wenn wir auf der Stelle nein sagten? Wenn wir ihnen entgegenhielten, daß in diesem Kriege Deutsche und Juden nicht auf derselben Seite stehen können? Wenn wir ihnen ganz einfach erklärten, daß wir die Tatsache ihrer physischen und militärischen Überlegenheit über uns anerkennen, daß sie den einzelnen zwingen können, für sie zu arbeiten, daß es ihnen aber nie gelingen wird, uns zu zwingen, daß wir unsere eigenen Brüder zur schändlichen Aufgaben einteilen..."

Mein Vater hatte leidenschaftslos und ohne Emphase gesprochen. Er hatte nur das Problem dargelegt. Eine heftige Diskussion schloß sich an. Manche riefen zur Arbeitsverweigerung und zum Widerstand auf, andere zu vorgetäuschter, vorübergehender Unterwerfung. Das letzte Wort hatte der Rabbi:

„Als unser Stammvater Jakob sich anschickte, seinem feindlichen Bruder Esau gegenüberzutreten", sagte er und strich sich den Bart, wie er es oft machte, wenn er predigte oder lehrte, „gab es drei Möglichkeiten: Geld, Gebet, Krieg, aber der Krieg ist immer das letzte Mittel, das in Betracht kommt. Prüfen wir also die beiden anderen. Die Zwangsarbeit? Daran stirbt man nicht. Im Gegenteil, sie hilft uns Zeit gewinnen, und Zeit brauchen wir. Morgen werden wir klarer sehen."

Da ließ sich eine unbekannte Stimme hören:

„Und das Gebet, Rabbi? Wenn wir es mit Beten versuchten?"

Die Räte sahen einander an, um den vorlauten Kerl zu identifizieren, aber der Rabbi bedeckte seine Augen mit der rechten Hand und sagte leise:

„Das Gebet? Sicher, ja doch, warum nicht? Es fehlt uns nur die Zeit... Und unsere Gebete sind langsam."

Mein Vater bestand auf einem einzigen Prinzip, dem Gleichheitsprinzip angesichts der drohenden Gefahr. Es galt für alle. Auf seine Anregung gingen die Mitglieder des Judenrats freiwillig an die schwersten Arbeiten und kamen am Abend erschöpft, aber stolz wieder zurück.

„Du hättest uns sehen müssen", fuhr Bontscheck fort und strich sich mit dem Handrücken über die Lippen, nachdem er noch ein Glas hinuntergekippt hatte. „Als Holzfäller hättest du uns zum Beispiel sehen müssen, den Direktor des Hospitals, den Rabbi und deinen Vater. Die Deutschen schauten uns zu und lachten sich krank. Ich als Jüngster und Kräftigster war der beste Arbeiter, sage ich dir. Natürlich war das kein ernsthaftes Arbeiten, aber es ging ja darum, so zu tun als ob, das Spielchen zu spielen. Nach zwei oder drei Tagen galten wir als Meister. Für die Deutschen sprang überhaupt kein Gewinn dabei heraus, ich will sagen, kein praktischer, kein konkreter Gewinn – sie haben uns, wie ich meine, bloß auf den Arm genommen. Sie wollten gar nicht unsere Arbeit, sie wollten uns demütigen. Ob es tatsächlich bloß ein Spiel war? Wie dem auch sei, jedenfalls hatten sie die Fäden in der Hand. Sie wollten nur sehen, wie wir den Schein wahrten und uns dabei in Schwindel und Lüge verstrickten. Jedenfalls schickte der *Engel* bereits nach einer Woche die Mitglieder des Rats wieder zu ihrer offiziellen Tätigkeit zurück. Es folgte nun eine – wie soll ich sagen – idyllische Periode. Die Leute machten einen zufriedenen Eindruck. Man sagte sich, es könnte alles noch schlimmer sein, oder auch, mit etwas Glück könnten wir bis zum Ende der Feindseligkeiten durchaus so leben. In den Reihen der von mir ins Leben gerufenen Bewegung versuchte ich, einen ersten Widerstand zu organisieren, aber es war unmöglich, meine Freunde und Kameraden davon zu überzeugen. Sie sagten, Widerstand leisten bedeute das Leben der Gemeinde in Gefahr bringen. Einige wenige waren bereit, mich zu unterstützen und nach geheimen Wegen außerhalb des Gettos und außerhalb des Landes zu suchen, um nach Palästina zu gelangen. Es war mir, so wahr ich hier vor dir stehe, mein Junge, gelungen, Kontakt mit meinen Freunden im Ausland aufzunehmen. Und ebenso wahr ist es, daß ich die erste Gruppe nach Ungarn und von dort nach Rumänien bis zum Hafen von Konstanza begleitet habe. An das Schiff, ein erbärmliches Fischerboot, erinnere ich mich heute noch, und auch an den schmuddeligen Schnurrbart des Kapitäns, an das spöttische Grinsen des Polizisten, den wir geschmiert hatten. Es herrschte schönes Wetter, es muß im Juli oder August gewesen sein, eine frische Morgenbrise wehte, aus der Dunkelheit drangen die

Geräusche des Hafens, und meine Freunde waren im Begriff abzulegen, während ich frierend am Pier stand. Ich zitterte buchstäblich vor Kälte. Was für ein Idiot war ich doch! Ich hätte mit der Gruppe auslaufen können. Sie hatten mich darum gebeten, auch das junge Mädchen, das sich unter ihnen befand, wollte es. Sie hieß Hava, und ich hatte mich in sie verknallt. Ob sie es wußte? Ob sie es spürte? In allerletzter Minute, als wir voneinander Abschied nahmen, zog sie mich an sich und küßte mich auf den Mund. Ich glaubte, einen Schlaganfall zu bekommen, so wild schlug mir das Herz in der Brust. ‚Du bleibst?' fragte sie mich. ‚Du willst also zurückkehren?' Ich war innerlich so aufgewühlt, daß ich ihr nicht antworten konnte. Die Worte versagten mir ihren Dienst und blieben mir im Halse stecken. Willst du trotzdem die Wahrheit wissen, Kleiner? Ich sehnte mich danach, ihr zu folgen und sie nie wieder zu verlassen, ja, dazu hatte ich die größte Lust. Aber ich war damals blöde und naiv. Ich sagte mir, die Kameraden in Davarowsk brauchen mich, der Rat rechnet fest mit mir, dein Vater kann nicht auf mich verzichten. Außerdem dachte ich nicht daran, daß die Dinge eine so schreckliche Wendung nehmen würden. Niemand dachte das. Also fand ich mich wie ein besoffener Husar wieder im Getto ein und berichtete deinem Vater von meinen glorreichen Abenteuern."

Das Getto von Davarowsk kenne ich inzwischen. Ich kenne mich dort gut aus. Ich könnte die grauen Gesichter der Arbeiter und die leeren Augen der Kranken beschreiben, das Büro meines Vaters, das geheime *Stibl* des Rabbi, das offizielle Krankenrevier und das andere unten im Keller, wo die schweren Fälle und die Opfer einer Epidemie versorgt wurden. Es ist, als hätte ich dort gelebt.

Der unerschöpfliche Bontscheck dient mir als Führer und als Meister. Um mich in alles einzuweihen, taucht er wieder in seine eigenen Erinnerungen hinab und holt, leise vor sich hinsummend, schauerliche Bilder, völlig unwirkliche Szenen und Einzelheiten herauf, die nächtelang meiner Phantasie reiche Nahrung bieten.

So spannend er erzählt und so gern er trinkt, so gespannt und gern höre ich ihm zu. Manchmal werde ich ungeduldig und dränge ihn, wenn er sich zu lange bei einem Detail aufhält, das ich nicht besonders interessant finde, oder wenn er umgekehrt zu schnell über eine Episode hinweggeht, bei der ich eine geheimnisvolle Fortsetzung erwarte. Dann wird er ärgerlich und brummt unwirsch: „Wer erzählt hier eigentlich, ich oder du? Wer war denn da unten, du oder ich? Entweder läßt du mich reden, oder ich verschwinde auf der Stelle." Da läßt sich nichts machen. Ich bin ihm ausgeliefert, denn ohne ihn ist mein Vorstellungsvermögen gleich Null.

Er läßt mich auch das Ende wissen, nein, nicht des Gettos, sondern der Präsidentenkarriere meines Vaters.

„Eines Abends im Sommer. Es ist heiß. Wir spielen mit den Sternen und spinnen Träume, lullen uns ein in ihre wohltuende Nostalgie: es ist ein richtiger Sommerabend. Aber auf einmal haben wir das Gefühl, als kündige sich ein Erdbeben an, weil dein Vater uns zu einer außerordentlichen Sitzung zusammenruft. Dein Vater mochte solche außerordentlichen Sitzungen, weil für ihn damals jede Ordnung auf den Kopf gestellt war. War ein Jude geschlagen oder niedergeschlagen worden, trat sofort der Rat zusammen, um darüber zu diskutieren. War eine kranke Frau mitten auf der Straße ohnmächtig geworden, dann hielt dein Vater diesen Fall in der amtlichen Chronik des Gettos fest. Dein Vater war ein Feind jeder Routine. ‚Der Tag, an dem irgendeine menschliche Tragödie von uns wie ein Normalfall, also wie ein ganz gewöhnliches Ereignis behandelt wird, ist ein Tag des Sieges für den Feind', hämmerte uns dein Vater den lieben langen Tag ein. Eine außerordentliche Sitzung hätte uns also nicht über die Maßen aufregen müssen. Aber an diesem Abend hatte er recht. Es handelte sich um ... Paß gut auf, Junge:

Es handelte sich darum, daß eine Arbeitsgruppe von etwa fünfzig Leuten nicht ins Getto zurückgekehrt war, unter ihnen Yanek und Avrascha der Rote, die beiden Gehilfen des Gemüsehändlers Sruelson, eines Kameraden von mir, mit dem ich nachts, wenn ich Dienst beim Rat hatte, Karten spielte, es waren zwei brave Burschen, die keiner Fliege etwas zuleide taten. Wo waren sie abgeblieben? Hatten sie sich lediglich auf dem Nachhauseweg verspätet? Waren sie verlegt worden? Zum erstenmal stießen wir auf einen solchen Fall plötzlichen Verschwindens. Warum soll ich dich belügen, mein Junge, mir brach damals der Angstschweiß aus. Jemand machte den Vorschlag, einen Kundschafter loszuschicken. Aber wohin? Natürlich in den Wald, zu der Baustelle, wo die Gruppe Arbeiten verrichtete, die weder schwer noch leicht zu nennen waren. Ich kannte ein Mädchen, das blond wie eine Polin oder auch blond wie eine Deutsche war. Sie kannte sich in der Gegend aus, gehörte zu meiner Jugendgruppe. Sie war keine Schönheit, aber geschickt wie tausend Teufel oder, wie ich vielleicht besser sagen sollte, wie tausend Komödianten. Die übernahm den Auftrag, glitt unter dem Stacheldraht durch und entschwand unseren Blicken. Zwei Stunden später kehrte sie unverrichteter Dinge zurück, diese Nachricht ließ Schlimmes ahnen. Sie hatte keinen Menschen getroffen. Es war bereits fast Mitternacht geworden, die Geschichte begann mehr als beunruhigend zu werden. Inzwischen fanden sich auch die Familien der Verschwundenen beim Rat ein, was nur natürlich war. ‚Was ist passiert? Sagt uns was passiert ist', fragten sie, und wir hätten ihnen nur zu gerne Auskunft gegeben. An wen sollten wir uns wenden? Jemand – es war der Vertreter vom ‚Joint' – machte plötzlich die Bemerkung: ‚Ich habe heute morgen eine Gruppe SS-Männer gesehen.' Ganz neue Gesichter. Ich frage mich, ob ihr Auftauchen nicht etwas zu tun haben könnte mit ...' Dein Vater, der ein Feind jeder Panikmache war, unterbrach ihn: ‚Was zu tun haben? Es hat nichts damit zu tun!' Gut, es hatte nichts damit zu tun, aber die fünfzig Juden waren trotzdem verschwunden. Und von uns als Mitgliedern des Rats erwartete man, daß wir Bescheid wußten. Einer schlug deinem Vater vor, mit der Kommandantur Verbindung aufzunehmen, genauer gesagt, mit dem *Engel.* Zu so später Stunde? Warum nicht? Schließlich handelte es sich um ein ungewöhnliches Ereignis, um eine dringende Angelegenheit. Dein Vater erklärte sich einverstanden. Er nahm den Hörer, wählte die Nummer und meldete sich: ‚Hier Dr. Reuwen Tamiroff, Präsident des Judenrats, der um ein Gespräch bittet mit ...' Er konnte seinen Satz nicht beenden, denn am anderen Ende war der Hörer wieder aufgelegt worden. Ungerührt wählte er die Nummer ein zweites Mal. Eine kühle, sachliche Stimme gab ihm zu verstehen, er möge die Kommandantur nicht zu so später Stunde belästigen. Falls er Wert darauf lege, könne er am nächsten Morgen wieder anrufen. Jemand fragte ihn: ‚Solltest du nicht zufällig seine Privatnummer haben?' Nein, er kannte sie nicht. Was tun? Warten. Die ganze Nacht warten? Wenn es sein mußte, auch morgen noch. Keiner von uns ging heim. Statt dessen gesellten sich unsere Frauen und Kinder noch zu uns. Gemeinsam verbrachten wir die Nacht damit, immer neue Möglichkeiten ins Auge zu fassen, gute und schlechte, und gemeinsam blickten wir angestrengt in die Nacht hinaus. Der Himmel war sternenklar und schön, so schön, daß man fast ein Gebet zu ihm hätte hinaufschicken mögen. Warum ist der Himmel jedesmal so blau und so unendlich, wenn eine Tragödie heraufzieht?

Die Sterne erloschen, einer nach dem andern, schließlich verschwanden auch die letzten, als ob sie müde geworden seien, und auf einmal war es finster, finsterer denn je. Und dann brach rotgolden aufflammend wie nie zuvor der Morgen an, und die Umrisse des Gettos traten wie zögernd und widerwillig aus den Schatten der Nacht hervor. Wer konnte auch voraussehen, was der anbrechende, mit Ahnungen beschwerte Tag bringen würde! Würde ich die Kraft und den notwendigen inneren Halt finden, um jene Stunden durchzustehen, die bereits auf einer unsichtbaren Liste verzeichnet waren, wo Gott die Lebenden und die Toten voneinander trennt. Den Kopf in beide Hände gestützt, sitzt Rabbi Aaron Ascher da und liest mit lauter, gebrochener Stimme die Stelle aus der Bibel vor, die bis ins Detail die Strafen und Flüche beschreibt, die unser Volk auf sich nehmen muß, wenn es der Versuchung erliegt, das Gesetz zu übertreten. ‚In der Nacht betest du, daß der Morgen komme, und am Morgen betest du, daß die Nacht hereinbrechen möge ...' Der Morgen ist da, er trägt das Siegel des Schicksals. Das Rot färbt sich purpurn, das Gold sprüht wie Staub auseinander. Dein Vater telefoniert mit den deutschen Dienststellen der Kommandantur: ‚Noch nicht eingetroffen.' Der Kommandant läßt sich Zeit, läßt auf sich warten. Er wird sich bald melden, er hat bereits Verspätung. ‚Rufen Sie später noch einmal an.' Mehrere vom Judenrat eilen zum Gettotor und fragen die Hinausgehenden aus. Ob sie gestern nichts gesehen haben? Nichts Verdächtiges? ‚Haben Sie gestern vielleicht zufällig einen von den Verschwundenen getroffen? Wirklich keinen einzigen?' – ‚Nein.' – ‚Ganz sicher nicht?' Die Stunden schleppen sich in trostloser Dumpfheit dahin, die Stunden verfliegen in nervöser Spannung. Es sind nicht mehr dieselben Stunden. Aber sind wir denn noch dieselben? Und dann diese Kinder mit ihren verschreckten Augen, diese Frauen, die uns anflehen, ihnen ihre Männer und Väter zurückzugeben, als ob es in unserer Macht stände, sie zurückzubringen ... Schließlich erklärt dein Vater, daß er sich nicht länger auf das Telefon verlassen will. Er hat einen Passierschein, mit dem er sich frei in der Stadt bewegen kann. Er zeigt das Papier den Wachen vor, die es ihm wortlos zurückgeben und ihm bedeuten, das Tor zu passieren. Jetzt ist er draußen. Er beschleunigt seine Schritte, eilt direkt zur Kommandantur, wo die Wachtposten ihn in Empfang nehmen und zum Büro des Kommandanten bringen. Der *Engel* empfängt ihn freundlich, fordert ihn auf, Platz zu nehmen, und entschuldigt sich, weil er nicht gewußt habe, daß er ihn bereits gestern abend sprechen wollte. Er spielt seine Rolle gut, aber dein Vater ist nicht dazu aufgelegt, sich das lange anzusehen, er sieht sich gezwungen, etwas zu tun, was er noch nie getan hat und was ihm teuer zu stehen kommen kann: Er fällt ihm ins Wort. ‚Fünfzig Männer sind verschwunden, als wären sie vom Erdboden verschluckt, sind die deutschen Besatzungsbehörden darüber informiert?' Der Kommandant hat die Arme auf der Brust gekreuzt und lächelt verbindlich: ‚Aber natürlich sind wir darüber im Bilde, es ist unsere Pflicht, über alles Bescheid zu wissen.' Er löst seine Arme und stützt sie auf den Schreibtisch, der vor ihm steht. Ach, es tut dem Kommandanten ja so leid, so unendlich leid, daß er nicht daran gedacht hat, den Präsidenten des Judenrats zu benachrichtigen und zu beruhigen. Es ist ein Versäumnis, reine Vergeßlichkeit, er hätte es tun müssen. Aber die Arbeit, lieber Herr Präsident, Sie kennen das ja, der tägliche Kleinkram, immer neue Probleme, der Krieg, Sie verstehen ...' Dein Vater drängt auf Erklärungen. Wo befinden sie sich, die fünfzig Männer? Wie kann man mit ihnen Verbindung aufnehmen? Wann werden sie zurück sein? Gibt es keine Kranken oder Verletzten unter ihnen?

Denk daran, wir befinden uns noch in der ersten Phase der Prüfung. Der Feind trägt die verschiedensten Masken, und wir sind leichtgläubig, wollen es sein. Wenn der *Engel* den Freund und Beschützer spielt, den Beschützer des jüdischen Arbeiters, der sein Bestes tut für die Kriegsanstrengungen des Dritten Reiches, dann werden wir allzuleicht schwach. Und der Kerl ist gerade in Hochform, setzt seinen ganzen Charme ein, seine ganze Beredsamkeit und heuchelt Gefühle, um deinen Vater zu beruhigen. ‚Sie machen sich völlig zu Unrecht Sorgen, mein lieber Herr Präsident', sagt er. ‚Ihre Juden sind vorübergehend verlegt worden, ich schwöre Ihnen, nur vorübergehend, und zwar zu einer neuen Baustelle, einer sehr wichtigen Baustelle, wo sie eine dringende Arbeit auszuführen haben, die noch geheim ist. Verstehen Sie mich? ... Fürchten Sie also nichts. Sobald diese Arbeit beendet ist, kommen sie zurück, das verspreche ich Ihnen. Habe ich Sie denn jemals belogen? Sie werden anschließend wieder bei ihren Familien sein. Also, machen Sie nicht so ein Gesicht. Ihre Rückkehr ist nur eine Frage von Tagen ...' Dein Vater ist nicht dumm und errät, daß das alles überhaupt nicht stimmt, aber er weiß auch, daß es besser ist, sich nichts anmerken zu lassen. Er weiß, daß man unter keinen Umständen einen Lügner, der Macht besitzt und sich für einen guten Lügner hält, entlarven darf, das ist zu gefährlich; denn sobald er sich bloßgestellt sieht, sobald er merkt, daß der Spaß vorbei ist, wird er blutdürstig, grausam und mordgierig. ‚Danke, vielen Dank‘, sagt dein Vater, verabschiedet sich und kehrt ins Büro zurück. Wir hängen an seinen Lippen. ‚Also, was ist los?‘ Dein Vater hat es nicht eilig. Er hat seine Zweifel, und er kann sich noch kein rechtes Bild von der Lage machen. Was wird der morgige Tag bringen? Wir sind unruhig und aufgeregt wie Kranke und suchen fieberhaft in seinen Zügen zu lesen, bemühen uns, sein Schweigen zu brechen, ihm eine Deutung zu geben. ‚Also, erzähle.‘ Kaum merklich senkt er die Stirn, als wolle er seine Blicke verbergen. ‚Es gibt nichts‘, sagt er, ‚wenigstens nichts Genaues, außer daß...‘ Wir bestürmen ihn: ‚Was verschweigst du uns?‘ Manche werden ärgerlich. ‚Ich kann mir darauf noch keinen Reim machen‘, sagt er. ‚Der *Engel* war sehr zuvorkommend. Er behauptet, den fünfzig Männern gehe es gut, und daß sie zurückkommen werden und daß wir uns Dinge in den Kopf setzen... Aber ich habe trotzdem eine seltsame Vorahnung, die mich tief beunruhigt.‘ Wir schreien wie Verrückte: ‚Du und Vorahnungen! Seit wann bist du abergläubisch?‘ Wir bombardieren ihn mit Fragen, aber der Arme kann nur den Kopf schütteln: ‚Ich weiß nicht‘, sagt er, ‚... ich weiß nur eins: Ich habe eine seltsame Vorahnung.‘

Inzwischen geht das Leben weiter, muß weitergehen. Die einzelnen Abteilungen gehen zur Arbeit, die Kinder zur Schule. Ein Tag wie jeder andere vergeht, ein zweiter, ein dritter. Man denkt zwar an die Verschwundenen, spricht aber nicht mehr darüber, das ist ein ungeschriebenes Gesetz im Getto. Man spricht nicht von Dingen, die geeignet sind, das Gleichgewicht zu stören, man erwähnt nichts, was den Schleier, der die Zukunft verhüllt, zerreißen könnte. Innerhalb weniger Stunden hat man sich in der neuen Situation eingerichtet. Die Verschwundenen werden wohl eines schönen Tages plötzlich wieder da sein. Sie sind sicher in einem anderen Getto untergebracht, vielleicht in Kolomei oder in Kamenetz-Podolsk. Sie werden dort ihre Arbeit beenden und dann heimgeschickt, zu uns heimgeschickt werden. Nur Geduld und vor allem keine Panik. Doch, siehst du, mein Junge, die Dinge, die geschehen müssen, geschehen auch; man kann sie nicht mit einer Kopfbewegung beiseite schieben. Wenn sie uns bestimmt sind, nützt es nichts, die Augen vor ihnen zu verschließen ... Eines Abends erfahren wir es, es ist eine tragische Nachricht, ich möchte eher sagen, eine fürchterliche: Die fünfzig Verschwundenen sind gefunden worden. Auf der anderen Seite des Waldes. In einer Schlucht. Erschossen. Kopfschuß. Einem Kameraden von mir, der als Holzfäller arbeitete, war etwas aufgefallen. Ganz in der Nähe, wo er arbeitete, hatte er gesehen, daß der Boden frisch aufgeworfen war. Er ging hin, um nachzusehen, und rutschte aus. Die aufgeschüttete Erde gab nach, er sank ein und befand sich plötzlich zwischen Leichen. Zum Glück war er allein, so gab es keine Panik oder Hysterie. Am Abend kam er zu mir, zitternd wie Espenlaub. ‚Du hast dich wohl erkältet‘, sage ich zu ihm. Er antwortet nicht, er sieht mich nur an. ‚Was hast du denn?‘ frage ich ihn. Er sieht mich nur an, unentwegt sieht er mich an. Wir befanden uns im Büro, und die Leute fingen bereits an, zu uns herüberzuschauen. ‚Gehen wir hinaus‘, sage ich. Mein Kamerad folgt mir auf die Straße. Bei dem allgemeinen Lärm und Durcheinander schenkt uns niemand Beachtung. Man kann sich hier alles erzählen, und er erzählt mir alles. Wie ich reagierte? Ich wollte mich erbrechen. Im Hause hätte ich es getan, aber hier draußen muß ich mich beherrschen. Das ist nicht einfach; denn ich habe das unwiderstehliche Bedürfnis, alles auszukotzen, alles zu erbrechen. ‚Bist du sicher, daß du nicht geträumt hast?‘ frage ich ihn. Er ist ganz sicher. ‚Daß du nichts erfunden hast?‘ Nein, er ist sicher, sicher, sicher, mein Kamerad. Wenn ich ihm nicht glauben will, ist er bereit, mich zu der Stelle zu führen. ‚Nein‘, sage ich, ‚nicht nötig. Wir wollen zum Rat zurückgehen.‘ Dort nehme ich deinen Vater beiseite und sage ihm, daß er gut daran täte, sofort eine seiner außerordentlichen Sitzungen einzuberufen. Dein Vater stellt keine überflüssigen Fragen, er kennt mich und weiß, daß ich nie einfach daherrede. Außerdem mochte er doch, wie ich dir schon gesagt habe, solche Sitzungen. Die Einladungen dazu ergehen zu lassen ist nicht schwierig, denn alle Räte sind hier ständig versammelt außer dem Rabbi, der sich ab und an zurückzieht, um zu studieren, zu beten oder zu unterrichten, aber sein Aufenthaltsort ist bekannt, und in weniger als einer Minute ist er benachrichtigt. Wir befinden uns also im Versammlungsraum. Dein Vater erteilt mir das Wort, und ich sage: ‚Ich möchte euch einen Kameraden von mir vorstellen, hört ihn bitte an!' Seit Moses hat wohl kaum ein Jude aufmerksamere Zuhörer gehabt. Alle Augen füllen sich mit Tränen, alle Gesichter zucken zusammen, werden starr, sind nur noch ein einziger großer Schmerz. Mein Kamerad hat schon eine ganze Weile geendet, aber wir lauschen immer noch. Worauf warten wir? Ich weiß es nicht. Warten wir etwa darauf, daß er unter Lachen und Weinen widerruft, was er soeben gesagt hat, daß er schreit: ‚He, ihr Leute, der Bericht geht weiter, hört die Fortsetzung: Die Toten haben sich alle wieder aus ihrem Grab erhoben und schicken sich an, morgen früh heimzukehren, das Ganze war bloß ein Alptraum!' Vergebliches Warten. Der Zeuge hat Zeugnis abgelegt, jetzt schweigt und wartet auch er. Der Direktor des Hospitals reagiert als erster: ‚Ich begreife nicht', sagt er. Großartig! Danke vielmals dafür! Er begreift nicht! Und ich etwa? Und wir? Wir alle, begreifen wir denn? Dein Vater sucht nach einer Erklärung: ‚Aber warum?' Und seine Frage ist gut. Warum denn? Warum die Lüge und die Komödie? Der Mord an fünfzig Juden? Warum waren wir so naiv? Warum machten wir uns Illusionen? Waren wir vielleicht Komplizen? Warum? Warum ... Der Rabbi sagt: ‚Wir müssen die nächsten Verwandten benachrichtigen, damit sie die Trauer einhalten.' Nur das hat der Rabbi im Kopf: die Religion, die Riten, Gott! Ich habe große Lust, ihm ins Wort zu fallen, aber ich beherrsche mich. Er ist ein guter Mensch, der Rabbi, ich mag ihn, und würde ich mich besser fühlen, wenn ich ihm weh täte? ‚Allerdings', sagt der Rabbi, ‚müssen wir zuvor ganz sicher sein.' Sicher? Wessen sicher? Daß sie tot sind. ‚Aber hören Sie', gebe ich zurück, ‚ist denn das Zeugnis meines Kameraden nicht ausreichend?' Ihm genügt es, aber das jüdische Gesetz verlangt die Zeugenschaft von zwei Personen. Er erklärt: ‚Stellen wir uns einmal vor, eine

Witwe will sich wieder verheiraten. Sie muß dann beweisen, daß ...' Bei allem Respekt, den ich ihm schulde und den ich für ihn empfinde, an dieser Stelle unterbreche ich ihn und erinnere ihn daran, daß jetzt wohl nicht der richtige Moment ist, uns einen Talmudkurs zu geben. Er nimmt es mir nicht übel, das merke ich, er beißt sich nur auf die Lippen und ist völlig niedergeschlagen, aber das sind wir alle. Es herrscht allgemeines Schweigen, ein seltsames Schweigen. Ein dumpfes Summen erfüllt den Raum, als sei ein Bienenschwarm in einem Garten losgelassen worden. Plötzlich wendet dein Vater sich an mich: ‚Um das Gewissen zu beruhigen, hätte ich trotzdem gern eine Bestätigung. Ob du deinen Kameraden wohl begleiten würdest?' Das ist kein Befehl, kaum ein Vorschlag. Aber wie kann ich nein dazu sagen! Gut, ich gehe hin. Mein Kamerad und ich kennen den geheimen Ausgang, wir gehen schweigend, gelangen schweigend zum Wald und durchqueren ihn schweigend. Auf einmal zieht mich mein Kamerad am Ärmel. Hier ist es. Wir machen halt. Wieder steigt mir dieses Würgen in den Hals, aber diesmal reiße ich mich nicht zusammen. Gegen eine Tanne gestützt, erbreche ich mich, kotze meine Nahrung aus, meine Eingeweide, die Erinnerungen an meine Jugend. Ich will nicht mehr leben, ich will nicht mehr die reine Luft atmen, sondern den Pesthauch der Erde. ‚Komm her, sieh es dir an', sagt mein Kamerad. Ich gehorche und sehe hin. Ich hätte besser daran getan, nicht hinzuschauen ...

Wir treten den Rückweg an, aber ich habe immer noch den Eindruck, an diesem Massengrab zu stehen, unentwegt starre ich auf die Leichen meiner Freunde. Wir sind wieder im Getto, und ich sehe sie immer noch vor mir. Wir kommen zum Büro des Rats, und ich sehe sie wieder: kreuz und quer durcheinander liegen sie da, aber nicht entstellt, als ob sie noch lebten, im Tode lebten. Der Rat ist versammelt, um mich anzuhören. Zwei Stunden sind seit unserem Aufbruch vergangen, aber niemand hat sich von der Stelle gerührt oder auch nur ein Wort gesprochen. Unbeweglich und stumm, an ihr Schweigen gekettet, starren sie vor sich hin ins Leere, vielleicht auch in die eigene innere Leere. Haben sie uns überhaupt zurückkommen sehen? Ich gehe zu meinem alten Platz, sinke auf meinen

Stuhl, stehe aber sofort wieder auf. Ich weiß nicht warum, sage mir aber, daß ein Zeuge aufrecht stehend sprechen muß. Doch was soll ich sagen? Wo soll ich anfangen? Tausend Worte hämmern in meiner Brust, tausend Schreie zerreißen sie. ‚Es ist wahr', sage ich mit rauher und mir selbst fremder Stimme, ‚es ist alles wahr.' Ich weiß, daß ich fortfahren, noch mehr sagen oder dasselbe nur mit anderen Worten wiederholen muß, aber mir wird wieder übel, ich fürchte, mich in aller Öffentlichkeit erbrechen zu müssen. Ich setze mich deshalb. Ich spüre die Augen, die auf mich gerichtet sind, die mich ausforschen, mich durchbohren, die gern alles sehen und doch nicht sehen möchten, was ich gesehen habe. Wenn mir jetzt jemand eine Frage stellt, springe ich auf und renne hinaus. Nein, ich habe sie unterschätzt, keiner stellt eine Frage, und ich sage kein weiteres Wort. Wie lange verharrten wir so, ratlos, wehrlos, hilflos? Bis zum ersten Morgenstrahl? Bis zum letzten? Die Sonne geht auf. Es wird ein schöner Tag werden. Dein Vater wirft dem Rabbi einen fragenden Blick zu, und der Rabbi sagt: ‚Ich gehe in die Mikwa, und dann müssen wir das Begräbnis vorbereiten.' Dein Vater nickt zustimmend und sagt dann: ‚Was geschehen ist, kann sich jederzeit wiederholen, morgen wird eine andere Gruppe an der Reihe sein. Sie werden mir sagen, die Spezialeinheit der SS, die mit dem Verbrechen zu tun hatte, werde die Stadt verlassen oder habe sie bereits verlassen. Eine andere wird ihr folgen. Ich ziehe daraus folgende Konsequenz: Was wir wissen, müssen alle unsere Leute wissen. Wenn sie sich dann weigern, für die Deutschen zur Arbeit zu gehen, dürfen wir sie nicht daran hindern. Und was uns hier betrifft, so steht für mich fest, daß der Rat nur noch abdanken kann.' Was die Folge oder besser das Ende der Geschichte war? Die Nachricht von dem Massaker stürzte das Getto in Trauer. Die einen nahmen sie tief bestürzt, die anderen voller Wut auf. Wie ein Kessel unter Dampf, so geriet das Getto immer stärker unter Druck und konnte jeden Augenblick explodieren. Ein Schrei, eine Tat, und die Revolte war da. Oder der Selbstmord. Die Straßen sind voll verstörter Gesichter. Die Kranken haben das Hospital, die Alten ihre Heime verlassen. Jeder wartet, daß etwas passiert, wartet auf das entscheidende Ereignis, das unausweichlich kommen muß. Was können wir tun? Was sollen wir machen? Unbekannte stellen sich gegenseitig Fragen. Fromme Frauen beklagen sich, daß sie nicht zum Friedhof außerhalb des Gettos gehen dürfen, um die Toten zu alarmieren und sie zu bitten, von oben her einzugreifen. Und hier unten wird eine Mauer errichtet, die unser verbotenes Viertel umgibt.

Richard Lander, von seinen Leutnants begleitet, trifft ein. Das harte Gesicht des Offiziers, in dessen Händen unser Schicksal liegt, ist voller Entrüstung, als er sich hastigen Schritts zum Büro des Judenrats begibt. Dein Vater und wir erwarten ihn stehend. Er bleibt auf der Schwelle stehen. Eine Art Grenze, ein Stück Niemandsland trennt beide Lager. ‚Was ist los?' fragt der Kommandant, ohne zu grüßen. ‚Man hat mir gesagt, daß die Brigaden sich weigern, zur Arbeit zu gehen. Kann ich den Grund dafür wissen, Herr Präsident des Judenrats? Sollte der Krieg zu Ende sein? Hat das Dritte Reich bereits gewonnen? Brauchen wir euern Fleiß und eure Fähigkeiten nicht mehr? Von Ihnen, Herr Präsident, wie von Ihren Kollegen hätte ich mit Recht eine vernünftigere und klügere Haltung erwarten können. Ihr Verhalten jedoch betrübt mich ebensosehr, wie es mich in Erstaunen setzt. Sprechen Sie. Ich höre.' Wie in einer antiken Tragödie reicht ihm dein Vater darauf mit der Geste eines königlichen Dulders ein Blatt Papier mit unserer gemeinsamen Rücktrittserklärung. Richard Lander erkennt die Rolle seines Gegners an. Wenn er sich irritiert fühlt, so überspielt er seinen Ärger sehr geschickt. Sein Ton wird gönnerhaft und herzlich, geradezu salbungsvoll: ‚Aber weshalb weigern Sie sich, Ihrer Gemeinde zu dienen, Herr Präsident? Wegen dieses, nun ja, unangenehmen Zwischenfalls auf der Baustelle vier? Sie machen zu Unrecht ein Drama daraus, Herr Präsident. Was geschehen ist, tut mir leid. Ich bedaure es um so mehr, als man es hätte vermeiden können. Möchten Sie die Tatsachen kennenlernen? Vier jüdische Arbeiter benahmen sich den SS-Soldaten, ihren Bewachern, gegenüber sehr herausfordernd. Es gab Krawall und zur Warnung wurde in die Luft geschossen. Die anderen Leute des Arbeitskommandos glaubten, sie würden angegriffen, und mischten sich in das Handgemenge. Die SS-Soldaten gerieten in Panik und waren der

Meinung, ihnen bliebe nichts anderes übrig, als von ihren Schußwaffen Gebrauch zu machen. Nehmen sie zur Kenntnis: Sie haben dafür einen Verweis erhalten und sind strafversetzt worden. Genügt Ihnen diese Erklärung, und ziehen Sie unter diesen Umständen ihre Demissionierung zurück?' Jeder hält den Atem an. Insgeheim hoffe ich, daß dein Vater mit Ja antwortet, daß er bereit ist, es damit bewenden zu lassen, aber ich würde lügen, wenn ich nicht sagte, daß sich gleichzeitig auch ein anderes Gefühl in mir regt. Wie soll ich es sagen, aber ich hoffe, daß dein Vater sich durch diesen dreckigen Schmierenkomödianten nicht täuschen läßt, sonst würde ich mich für ihn schämen, sonst würde ich mich vor all meinen Freunden in jenem Massengrab schämen, die mich immerfort ansehen, als wollten sie mir ihr Ende erzählen, von dem nie jemand etwas erfahren wird. Ich möchte sagen, daß in diesem Augenblick meine eigenen Gedanken und Wünsche nicht so wichtig sind, dein Vater muß entscheiden, und seine Entscheidung hat Größe. Er antwortet nicht, das heißt: er sagt nichts. Er schüttelt lediglich den Kopf, bewegt ihn von rechts nach links, von links nach rechts, ohne die Lippen zu öffnen und ohne mit der Wimper zu zucken. Er zeigt Charakter, dein Vater, ich bewundere ihn, wir alle bewundern ihn, sogar die von uns, die sterben werden und es ahnen, bewundern ihn.

O ja, mein Junge, einigen von uns kam das teuer zu stehen, sie haben für diese Haltung, für diese Herausforderung mit ihrem Leben bezahlt. Der *Engel* beherrschte die Szene und verteilte die Rollen. Er verkörperte die ganze unumschränkte Macht der Welt, und launenhaft wie diese hob er seine Entscheidung bis zur letzten Minute auf. Wie würde sie lauten? Bis zum Schluß glaubte ich, daß es sich sogar für ihn nur um ein Spiel handelte und am Ende der gesunde Menschenverstand die Oberhand gewinnen würde. Ich dachte, dieser Herr über Leben und Tod wird ein paar scharfe, markige Worte sprechen, dein Vater wird auf seine Weise darauf antworten, und jeder denkt, daß das Match weitergeht, bis zur nächsten Machtprobe. Ich weiß nicht mehr, wann genau ich mir meines Irrtums bewußt wurde. Plötzlich straffte sich der deutsche Offizier, nahm Haltung an und erklärte schneidend: ‚Gedachten

Sie etwa, uns eine Lektion zu erteilen, was Würde ist? Das war verlorene Liebesmühe; denn sehen Sie, Herr jüdischer Ratspräsident, wir sind deutsche Offiziere, und unsere Auffassung von Ehre unterscheidet sich von Ihrer. Sie sollen wissen, daß wir nie, weder in dieser noch in jeder anderen Angelegenheit, gewillt sind, von euch Juden Lektionen in Empfang zu nehmen.' Jetzt wußte ich alles, wußte mit einem Schlag, daß das Ende nahe war, drohend und unbarmherzig. Ich spürte es in meinem Magen und spürte es bis in die Fingerspitzen. Ein Zittern lief durch meinen Körper, ich hatte Fieber. Mit gespieltem Bedauern schrieb der deutsche Offizier nun ein paar kurze Zeilen auf die Seiten seines Notizbuches, riß sie heraus und rollte sie zu Papierkugeln zusammen. ‚In meiner Hand habe ich jetzt Ihre zwölf Namen', sagte er mit unbeteiligter Stimme. ‚Sechs davon werfe ich weg, und diese haben Pech; denn sie werden sterben.' Auch jetzt noch glaubte ich es nicht und wiederholte in meinem Kopf wie verrückt den einen Satz: Nein, nein, das wird er nicht tun, das nicht, nein nicht jetzt und nicht einfach so, er will uns bloß Angst einjagen, das ist alles, er treibt einen Scherz mit uns, er macht sich lustig über unsere entsetzten Gesichter. Aber das war kein Scherz. Ich erinnere mich, was ich damals empfunden habe. Es war ein Gefühl, als würde mir der Körper amputiert. Nur eine Hälfte hat überlebt. Rechts von mir Wolf Seligson, neben ihm Tolka Friedman, daneben Rabbi Aaron Ascher, neben ihm Simha und dann dein Vater. Auch daran erinnere ich mich, dein Vater hatte sich verändert. Ein nervöses Zucken läuft über sein abgemagertes Gesicht. Er versucht krampfhaft, es unter Kontrolle zu bringen, und bemüht sich, geradeaus zu schauen und ganz normal zu atmen. Der *Engel* mustert uns verächtlich und wendet sich mit einem scheinheiligen Grinsen an deinen Vater: ‚Sie haben das gute Los gezogen, Herr jüdischer Ratspräsident. Das freut mich für Sie. Um so mehr, als es in Ihrem Falle, und da ich Sie besser kenne, als Sie denken, das schlechte Los ist, das Ihnen zugefallen ist. Von jetzt an hat Ihre Zukunft den Modergeruch des Grabes.'

So, das ist alles. Das ist das Ende, jedenfalls das Ende meiner Verbindung mit deinem Vater. Wir wurden durch einen neuen Rat ersetzt. Die Deutschen jubelten, und ihr Kommandant triumphierte. Das Getto dezimierte sich. Hie und da begann die Idee eines organisierten, bewaffneten Widerstands zu keimen. Geheime Boten aus Bialystock und Warschau ermunterten uns dazu. ‚Das ist der einzige Weg', sagten sie. ‚Kampf oder Tod, Kampf, um dem Tod zu entrinnen.' Ich wurde Untergrundkämpfer. Ich stahl mich heimlich aus dem Getto und kam mit Nachrichten und größeren Geldsummen, die von nahen und fernen Freunden stammten, wieder zurück. Mit einwandfreien Dokumenten versehen, reiste ich bis nach Krakau, bis Kattowitz und Lublin. Einmal kam ich nach Wilna. Eine ziemlich dicke Frau, die aber sehr beweglich und sehr beherzt war, begleitete mich als ihren Mann dorthin. Sie trug Waffen, während ich unbewaffnet war. Deinen Vater sah ich nie mehr. Aber er blieb lebendig in meinem Kopf, vor allem die letzte Szene war mir immer gegenwärtig. An ein überraschendes Detail, das nicht ihn, sondern uns alle anging, sollte ich mich erst später erinnern. In dieser glorreichsten und absurdesten Nacht meines ganzen Lebens war die Zeit rasend schnell entflohen, als sei ihr die Schande auf den Fersen, in nicht einmal zwölf Stunden war das schwarze Haar des Rabbi schneeweiß geworden.

Auszug aus einem Brief Reuwen Tamiroffs an seinen Sohn:

... Mut? Ehre? Würde? Lauter dumme Sprüche. Dir kann ich es ja gestehen: Ich mache mir Vorwürfe, weil ich unserm *Engel* in diesem Augenblick nicht hätte die Stirn bieten dürfen.

Schließlich hatten wir, was die mundtot gemachte Gemeinde betraf, uns nichts zuschulden kommen lassen. Von dem Massaker hatten wir erst hinterher erfahren. Bis dahin wußten wir nichts von der Existenz der Baustelle Nummer vier.

Warum also wollten wir unbedingt die Helden spielen? Um irgendwelche himmlischen oder irdischen Gnaden zu erlangen? Um Eindruck zu machen? Auf wen? Rückblickend sage ich mir heute, daß ich mich, um dem *Engel* die Waffen aus der Hand zu schlagen und seinen Zorn zu besänftigen, hätte zu Boden werfen, zu seinen Füßen kriechen und ihn anflehen müssen, uns zu verschonen. Wir hätten erst später zurücktreten dürfen. Ich hätte den Deutschen sagen müssen: „Wir haben es vorher nicht gewußt, aber jetzt wissen wir es, von nun an werden wir uns für jedes Leben innerhalb der Mauern verantwortlich fühlen, das nächste Mal, wenn ein Jude getötet wird, werden wir Ihre Verbrechen dadurch an den Pranger stellen, daß wir zurücktreten, daß wir lieber den Tod wählen das nächste Mal ..."

O doch, ich fühle mich verantwortlich für den Tod meiner Kollegen vom Judenrat, mein Sohn. Wenn ich fähig gewesen wäre, von meiner Eigenliebe abzusehen, hätten sie noch ein Jahr, einen Monat, einen Tag länger gelebt. Für Menschen, die sterben müssen, ist ein einziger Tag lang, das weißt du nur zu gut; einen Tag zu leben, einen Tag länger zu leben, bedeutet eine Menge Zeit.

Aber ... aber was? Aber ich sagte mir, mich zum Sprecher unserer allgemeinen Überzeugung machend, daß es besser, daß es einfacher und klüger wäre, sofort den Trennungsstrich zu ziehen. Andernfalls wären wir Gefahr gelaufen, uns in das Netz zu verstricken, ins Räderwerk zu geraten. Wer A sagt, muß auch B sagen, und so geht es dann weiter bis T, bis Tod; man wird zum Komplizen des Todes.

Ich habe mich geweigert, B zu sagen. Ich habe vorher aufgehört, und das war falsch. Ich konnte nicht der Versuchung widerstehen, Mut zu beweisen, und habe Freunde und Unbekannte geopfert.

Ich weiß, die jüdischen Führer in den anderen Gettos haben sich anders verhalten. Soll ich sie deswegen bedauern, oder soll ich sie beneiden?

Es ist nun einmal so, daß die jüdische Geschichte meinen Schultern eine zu schwere Last aufgebürdet hatte, ich war darauf nicht vorbereitet.

Hatte der *Engel* recht, als er mir sagte, ich hätte besser sterben sollen? Und dadurch auf dich verzichten sollen? Zum Glück blieb diese Entscheidung mir erspart. Ich war zum Verlierer verdammt.

Bontscheck ist dreimal so alt wie ich, aber oft genug bin ich derjenige, der ihm Halt gibt. Dieser robuste und furchtlose Mann, der unbesiegbaren Mächten die Stirn geboten hat, schlägt im Gespräch mit mir oft genug einen furchtsamen und wehleidigen Ton an. Er, Bontscheck, ist überzeugt, daß mein Vater und Simha ihn ausschließen und etwas gegen ihn im Schilde führen. Ich versuche ihn dann, so gut ich kann, zu beruhigen:

„Das bildest du dir ein, Bontscheck. Mein Vater mag dich wirklich und Simha ebenfalls. Du hast im Augenblick ein Tief und mißtraust jedem..."

Er schüttelt den Kopf. Mein Vater und Simha weisen ihn zurück, sie verachten ihn. Daß sie ihn von ihren Zusammenkünften ausschließen, bedeutet doch, daß sie etwas gegen ihn haben.

„Wir standen uns doch so nahe", beklagt er sich, „so nahe standen wir uns. Wir waren wie Brüder. Du kannst dir das nicht vorstellen, diese ganzen verrückten und völlig überdrehten Ideen, die wir ausgebrütet und wieder begraben haben, das ganze Unglück, das über uns gekommen ist. Wir haben zusammen gekämpft, standen Seite an Seite. Wir waren wie ein einziger fester Block, und die deutsche Armee, damals die stärkste der Welt, konnte uns weder zerbrechen noch auseinanderreißen. Und jetzt, wo die Gefahr vorbei ist, zeigen sie mir die kalte Schulter."

„Du übertreibst, Bontscheck, gib schon zu, daß du übertreibst. Du sagst das doch bloß, weil sie dich nicht zu ihren wissenschaftlichen Abenden einladen. Ich wußte gar nicht, daß Bibelstudien dich so leidenschaftlich interessieren."

„Mach du dich nicht auch noch lustig über mich. Sie beleidigen mich. Willst du das etwa auch?"

„Aber jetzt hör mal, Bontscheck ..."

„Glaubst du, ich bin verrückt? Wie erklärst du dir dann ihr konspiratives Verhalten?"

„Dafür gibt es keine Erklärung, Bontscheck. Die beiden sind Sonderlinge, das weißt du doch, das solltest gerade du wissen."

„Damals in Davarowsk, da waren sie meine besten Freunde. Sie sind es nicht mehr. Sie werfen sich jetzt zu meinen Richtern auf."

Armer Bontscheck! Er gäbe alles her, was er besitzt – und auch alles, was ich besitze –, um sich wieder mit seinen alten Kameraden zu treffen, um dadurch seine Jugend wiederzufinden. Wir treffen uns immer häufiger und machen endlose Spaziergänge. Riverside Drive, am Hudson River entlang. Über den Broadway mit seinen überfüllten Cafeterias. Und unten in der Stadt überqueren wir zu Fuß die Brooklyn Bridge. Manchmal wagen wir uns auch in die Subway, in dieses dreckige, stinkende Labyrinth, wo alle Leute krank, mürrisch und kriminell aussehen, was an der Beleuchtung liegen mag. Die Züge kommen und verschwinden mit lautem Getöse, als hörten sie nie auf. Eingedöste Arbeiter, schwarz verschleierte Witwen, lachende Pennbrüder, von zu Hause ausgerissene Halbwüchsige, verlassene Väter, denen die Last ihrer Einsamkeit den Rücken gebeugt hat, Freudenmädchen auf der Suche nach Klienten, die ihrerseits auf der Suche nach Freude sind, bummelnde Beamte, Diebe, die ihre flinken Augen überall haben, Kranke mit hoffnungslosen Gesichtern, hungrige Bettler, verschüchterte Kinder ... welch ein Elend, Herr, welch ein Elend, das du von deinen und unsern Augen fernhältst ...

Während dieser Streifzüge bin ich sein Führer, so wie er auf dem Weg in die Vergangenheit mich führt. Ein seltsames Nebeneinander, werden Sie sagen: New York und Davarowsk. Und doch besteht, was Sie mir glauben können, zwischen beiden Städten ein Zusammenhang, der Zusammenhang zwischen einem Davongekommenen und dem Sohn eines Davongekommenen nämlich. Wir haben ähnliche Ziele, die sich fast decken; denn jeder von uns beiden versucht mit Hilfe des anderen, an meinen Vater heranzukommen. Bontscheck läßt die Vergangenheit erstehen, und ich zeichne ihm dafür ein Bild der Gegenwart, von den Arbeiten meines Vaters über Paritus den Einäugigen, von den halb romantischen, halb kabbalistischen Plänen Simhas, der die Hoffnung hegt, durch den richtigen Umgang mit seinen Schatten die Schöpfung wieder in ihren ursprünglichen Zustand zu versetzen, von unseren schweigsamen Abenden vor dem Sabbat, von unseren Besuchen bei unserem Nachbarn Zwi-Hersch, von meinen schlaflosen Nächten, meinen Kopfschmerzen, von meinen Zweifeln, wo mein Platz in unserer auseinandergerissenen Familie ist, von meinem schreckhaften Erwachen.

„Du kennst doch meinen Vater. Er ist ein komplizierter Mensch. Er hat mehrere Leben gelebt und versucht nun mühsam, zwischen ihnen eine Brücke zu schlagen. Wer ist diese Brücke? Bin ich es oder die Schrift oder das Schweigen?"

„Warum zum Teufel kann er nicht sein wie alle anderen."

„Er ist nicht wie alle anderen."

„Er könnte sich doch wenigstens etwas Mühe geben, oder nicht?"

„Und wozu?"

„Was weiß ich? Um mir Freude zu machen ..."

Bontscheck ist deprimiert. Ich bitte ihn, mit mir wieder ins Getto zurückzugehen, er lehnt ab. Er hat keine Lust zu erzählen, nur Lust zu maulen. Um ihn abzulenken, erzähle ich ihm von meinen Studien, meinen Büchern, meinen Entdeckungen, von meiner Unerfahrenheit ... Eines Abends schleppt Lisa mich zu einem ihrer besten Freunde. Alle trinken und reden laut durcheinander. Plötzlich hören sie damit auf, fangen an zu rauchen und Schallplatten zu hören. Jemand reicht mir einen glimmenden Zigarettenstummel, ich lehne höflich ab, aber man gibt keine Ruhe, und auch Lisa drängt: „Seht mal, der da", sagt sie, „und der will Eindruck bei mir schinden!" Gut, ich nehme einen Zug. Das Zeug schmeckt süßlich und dreht mir den Magen um. Ich renne hinaus und erbreche mich. Als ich heimgehe, fühle ich mich wie zerschlagen. Lisas Kommentar: „Daran ist deine Mutter schuld." – „Woran ist meine Mutter schuld?" – „An deiner Schwäche, an deiner Übelkeit ..." Für sie liegt die Schuld immer bei meiner Mutter. Warum nicht bei meinem Vater? Weil sie ihn sehr gern hat.

„Ist Lisa denn mit ihm zusammengetroffen?" fragt Bontscheck ganz überrascht.

„Ja."

„Erzähle."

„Da gibt es nicht viel zu erzählen. Eines Tages äußerte sie den Wunsch, meine Eltern kennenzulernen: „Warum denn, Lisa?" – „Warum denn nicht?" Ich bemühte mich, dem Gespräch eine andere Richtung zu geben, suchte nach Ausflüchten, aber solche Versuche waren bei ihr zum Scheitern verurteilt. Eigensinnig und dickköpfig, wie sie nun einmal war, bestand sie darauf. Da mußte ich ihr die Wahrheit gestehen: Sie konnte nicht zu meinen Eltern kommen, weil meine Mutter in der Klinik war, und mein Vater, seit sie fort war, kein weibliches Wesen mehr im Haus duldete. „Du lehnst es also ab, ihn zu bitten, mich zu empfangen? Gut, dann gehe ich eben hin, ohne eingeladen zu sein." – „Tu das nicht, Lisa ... Laß mich bitte zuerst das Terrain sondieren." Am gleichen Abend noch kam ich kurz auf das Thema zu sprechen und war überrascht, wie er es aufnahm: „Liegt dir an ihr?" – „Ich weiß nicht recht ..." – „Und wenn ich sie empfange, wirst du es dann wissen? Wenn das der Fall ist, mag sie kommen. Gleich morgen schon." Und fügte noch hinzu, daß er im übrigen schon lange keine Gelegenheit mehr gehabt habe, mit einem Mädchen meiner Generation ein gescheites Gespräch zu führen. Also, Lisa und ich trafen am nächsten Tag zusammen bei ihm ein. Mein Vater empfing uns mit großer Freundlichkeit. Der Tisch war gedeckt. Tee, Gebäck und Früchte standen bereit. „Sie heißen Lisa", sagte er und schüttelte ihr die Hand. „Lisa, also Lisa", wiederholte er. Sie erwiderte, daß sie tatsächlich so heiße. Und da sie einen feinen Sinn für Humor besaß, überspielte sie die Verlegenheit, die aufkommen wollte, indem sie von ihrer Kindheit sprach und wie sie sich zum ersten Mal bewußt wurde, daß sie und ihr Name zusammengehörten, woher ihr Vorname kam, woher die Familie ihres Vaters stammte, und indem sie mich wegen meiner Schüchternheit bei den anderen Studentinnen in der Klasse aufzog. „Wissen Sie, daß Ihr Sohn in Logik beinahe eine ganz miserable Note bekommen hätte, weil der Lehrer ihn so verlegen machte, daß er außerstande war, auch nur einen zusammenhängenden Satz herauszubringen? Der Logiklehrer heißt nämlich Corinne Bergmann und macht alle Jungen verrückt..." Lisa blieb drei Stunden bei uns. An der Tür drückte mein Vater ihr mit großer Herzlichkeit die Hand und sagte: „So, so, Sie heißen Lisa." Es waren die gleichen Worte wie bei ihrer Ankunft. So schloß er den Kreis, ohne etwas anderes gesprochen zu haben.

„Das ist etwas ganz anderes", sagt Bontscheck. „Dein Vater hat Lisa gern, mich aber schiebt er beiseite, mich schließt er aus. Was habe ich denn bloß getan, daß ich das verdient habe?"

„Du bist auf dem Holzweg, glaub es mir. Mein Vater ist nicht der Mensch, der andere Leute kränkt. Er ist sehr zurückhaltend, aber das bedeutet doch nicht, daß er gegen dich oder irgendeinen anderen etwas hat."

Bontscheck ist nicht zu überzeugen. Er ist von dem Gedanken besessen, daß mein Vater ihm absichtlich die kalte Schulter zeigt.

„Geschieht es deshalb, weil ich ein Herumtreiber, ein Raufbruder, ein Schieber war? Weil er mir immer noch meine liederliche Vergangenheit übelnimmt, meine ganzen Eskapaden?"

„Du bist verrückt und ungerecht dazu. Versuch doch zu begreifen: Mein Vater liebt Stille und Einsamkeit, eben deshalb hat er sich doch dafür entschieden, Bibliothekar zu werden."

In der Bibliothek sah ich ihn eines Tages mit einer noch jungen Frau, die so vornehm aussah und eine so starke sinnliche Ausstrahlung hatte, daß ich sie nicht vergessen kann; ich werde schon ganz aufgeregt, wenn ich bloß an sie denke. Ihr schwarzes Haar fiel offen über ihre Schultern, ihre Lippen waren halbgeöffnet und hatten etwas Herausforderndes und Verlangendes an sich. Sie stand vor dem Schreibtisch meines Vaters und bat ihn um seine Meinung über die nachgelassenen Gedichte von Charles Ketter. Er antwortete: „Lesen Sie die ersten und immer wieder die letzten." Sie beugte sich über das Buch, das er gerade vor sich hatte, und fragte: „Paritus, wer ist das?" – „Ein Einäugiger, der im Exil meditierte." Sie wollte ihn herausfordern und sagte: „Gehen wir zusammen essen, ich habe Hunger." Und mein Vater erwiderte höflich, aber sehr kühl: „Wir befinden uns hier in heiligen Hallen und nicht auf einem Vergnügungsdampfer". Da brach sie in Tränen aus. Ich übrigens auch. Damals war ich zehn Jahre alt, und die Frau, die Hunger hatte, habe ich nie mehr wiedergesehen. Doch wenn ich jetzt daran zurückdenke, wird mir klar, daß sie mir seit langem fehlt, vermutlich bin ich umgänglicher als mein Vater.

„Du verstehst meinen Vater nicht, verstehst ihn nicht mehr", sage ich noch einmal zu Bontscheck. „Ich selber stoße mich dermaßen an seinem Schweigen, daß es mir weh tut. Sicher, er zieht seine Phantasiegestalten den Lebenden vor. Vielleicht hält er sich selbst für ein Phantom. Hast du einmal beobachtet, wie er durch die Straßen geht. Er schwebt, er segelt, er schlüpft zwischen den Passanten durch, ohne sie zu streifen. Ob er den Tod liebt? Ich glaube es nicht, aber er liebt die Toten. Er wird mich lieben, wenn ich tot bin. Und wird auch dich lieben, wenn du tot bist."

Da Bontscheck schweigt, spinne ich meine Gedanken weiter:

„Du denkst vielleicht, daß ich ihm gegenüber zu streng bin. Das mag stimmen, aber dennoch liebe ich ihn, voll und ganz. Mit einer Liebe ohne Wenn und Aber, wobei ich mir allerdings nicht selbst etwas vormache. Verschanzt hinter seinen Lidern, sondert er mich von seiner Vergangenheit ab. Es ist völlig klar, Bontscheck, daß ich ohne deine Hilfe nichts von dem erfahren hätte, was er im Getto von Davarowsk erlitten hat. Er gibt mir keine Antwort auf meine Fragen. Hört er sie überhaupt? Ich weiß, daß er sie aufnimmt. ‚Ich will es wissen', sage ich ihm. ‚Ein Stück Geschichte, einen Fetzen deiner Erinnerung will ich kennenlernen, ich will wissen, was du vom Leben wußtest, von der Welt, vom Geheimnis des Lebens und der Menschen.

Ich will wissen, was du erlebt hast inmitten menschlicher Bestien, die sich auf die Geschichte und auf Gott beriefen, ich will verstehen, ich will dich verstehen.' Nichts zu machen. Er mißt mich mit einem Blick, der immer düsterer und gequälter wirkt, preßt die Lippen zusammen, schluckt ein paarmal und sagt kein Wort. Er will sich nicht preisgeben, er kann es nicht.

O ja, ich weiß, man wird mir entgegenhalten, daß alle Söhne das gleiche Problem mit ihren Vätern haben. Die Kluft zwischen den Generationen und ähnliches Blabla. Das kann man nicht damit vergleichen. Die Dinge, die mein Vater mir mitzuteilen hätte, wird kein Mensch seinem Sohn mitteilen. Ich möchte aber, daß er sie mir anvertraut."

Ich erinnere mich. Es war einmal an einem Freitagabend, wir waren allein, ich hatte mich geärgert, hatte mich aufgeregt und war ihm gegenüber frech und respektlos. Zu meiner Entschuldigung kann ich anführen, daß das damals gang und gäbe war. Die Jugend schämte sich ihrer Eltern. Das war gegen Ende der sechziger Jahre. Es ging hierzulande drunter und drüber. Lautstarke Auseinandersetzungen, Geschrei, Randale, wohin man kam. Eine ohnmächtige Wut hatte meine Generation erfaßt. Man sprach nicht mehr miteinander, sondern schrie sich an. Selbst in der Liebe war man gewalttätig, man liebte die Gewalt.

Wir hatten gerade das Sabbatmahl beendet, und mein Vater erkundigte sich, ob ich zu Hause bleiben würde. Ich hatte keineswegs die Absicht auszugehen, aber ich stand wie unter einem Zwang und mußte ihm das Gegenteil sagen:

„Nein, ich werde erwartet."

„Wer erwartet dich an einem Freitagabend, wo ich dich, wie du weißt, gern zu Hause sehe?"

Ich weiß nicht, wie mir geschah, aber plötzlich lief mir die Galle über:

„Du willst mich zu Hause haben? Aus welchem Grund denn? Nur, um mir mit deinem Schweigen auf die Nerven zu gehen! Glaubst du, daß es besonders lustig ist, dich ständig griesgrämig zu sehen!"

Ich weiß nicht mehr, welcher Teufel mich damals ritt, aber nun gab es für mich kein Halten mehr:

„Du bezeichnest dich als guten Juden, du hältst dich an die

Gebote des Sabbats, du fühlst dich als meinen Vater, aber ist es nicht Pflicht eines Vaters, sein Wissen und seine Erfahrung an seinen Sohn weiterzugeben? Bin ich denn nicht dein Sohn, dein einziger Sohn? Was für ein Vater bist du bloß, wenn du dich völlig abkapselst, als seist du lebendig begraben."

Und um ihn noch tiefer zu treffen, machte ich schließlich eine sehr gemeine Bemerkung:

„Es ist überhaupt nicht verwunderlich, daß wir heute wie jeden Abend allein sind; denn meine Mutter, meine arme Mutter, die hast du doch krank gemacht!"

Mein Vater riß die Augen auf, um sie sofort wieder zu schließen. Sein Atem ging in schnellen Stößen. Brachte das die Kerze auf dem Tisch zum Flackern? Sein Gesicht erschien mir plötzlich rötlich gelb und war von schweren Schatten zerfurcht. Das Herz tat mir weh, und mein Kopf war wie leer, als ich ihn verließ, um nirgendwohin zu gehen. Ich hatte ihn beleidigt, hatte ihn verletzt. Sollte ich ihn um Verzeihung bitten? Tief bekümmert und von Gewissensbissen geplagt, irrte ich wie benommen durch Brooklyn. Ich fühlte mich wie ein Ausgestoßener. Die Lieder, die aus den hell erleuchteten Häusern drangen, der Jubel, den sie verströmten, schienen mich zu verstoßen, mich zu Schimpf und Schande zu verdammen. Das Gesetz der Bibel, wonach der Sohn, der seinen Vater beleidigt, die höchste Strafe verdient, kam mir in den Sinn. Warum hatte ich das getan? Um meine Mutter zu rächen? Um mit dem Zeitgeist konform zu gehen? Was sollte ich tun, um meinen Fehler wiedergutzumachen? Wenn ich auf der Stelle kehrt gemacht hätte, nach Hause geeilt wäre und mich meinem Vater in die Arme geworfen hätte, um mit ihm oder statt ihm zu weinen, wäre alles wieder in Ordnung gewesen. Aber etwas in mir hinderte mich daran. Ich glaube, ich wollte mich schuldig fühlen, wollte im Bewußtsein meiner Schuld bis zum Äußersten gehen. Und jeder Augenblick vergrößerte meine Schuld, setzte mich immer mehr ins Unrecht. Warum ich so handelte? Um zu leiden, natürlich. Ich ließ ihn leiden, um selber besser leiden zu können.

Weiter oben habe ich gesagt, daß ich wie alle meine Alters- und Zeitgenossen eine Krise durchmachte. Die hatte nichts mit meinem Privatleben zu tun. Amerika, Europa, Asien erlebten tiefgreifende Veränderungen, die weltweit die jungen Menschen meiner Generation schüttelten. Ob in Paris, Frankfurt, Tokio, Chikago, Delhi: auf allen Kontinenten gab es Unruhen und Tumulte, als grassiere eine schwere, mysteriöse Krankheit in allen Schichten der Bevölkerung. Man hatte den Eindruck, ein einziger großer Ekel triebe mit unergründlicher Gewalt Tausende von Jungen und Mädchen dazu, auf die lebenden und toten Götter, auf alle Idole und ihre Priester zu spucken. Ja, Ekel ist das richtige Wort, das am besten das Gefühl benennt, das meine ganzen bekannten und unbekannten Kameraden in dieser Epoche beherrschte. Ideen und Ideale, Schlagwörter, Prinzipien, Theorien und Systeme, die uns alt und starr erschienen, alles, was mit dem Früher und Gestern unseres irdischen Paradieses zu tun hatte, wurde von uns mit Hohn überschüttet und mit Wut im Bauch abgelehnt. Auf einmal bekamen die Eltern Angst vor ihren Kindern, die Lehrer vor ihren Schülern. Im Kino fand der Täter und nicht der Polizist unsere Zustimmung, die beste Rolle spielte nicht der Rächer, sondern der Verbrecher. Aus der Philosophie verschwanden Einfachheit und Klarheit, in der Literatur wurde der Stil negiert, in der Ethik der Humanismus belächelt. Es genügte, das Wort Seele zu verwenden, um die Gesprächspartner zum Lachen zu bringen. Ab und zu gingen Lisa und ich zu guten Freunden. Dort trank man, zog sich aus, liebte und rezitierte dabei die „Bhagavadgita", vermischte Zoten und Gebete, Edelmut und Grausamkeit, und das alles im Namen des Protestes und der sogenannten revolutionären Veränderung. Es war das absolute Chaos. Die Jüngeren waren bestrebt, älter zu erscheinen, die Älteren trachteten danach, jung zu bleiben. Die Mädchen kleideten sich wie Jungen, und die Jungen wie Räuber oder Wilde, und in dieser Aufmachung veranstalteten sie Parties und terrorisierten die anderen, die sich modisch kleideten ... „Wenn das so weitergeht", hatte ich eines Tages zu Lisa gesagt, „bekommen die chassidischen Meister recht mit ihrem Wort, daß der Messias sich weigern wird zu kommen." Sie machte eine verächtliche Bewegung: „Der Messias? Wer ist das eigentlich? Meinst du, ich müßte seine Bekanntschaft machen?" In ihren Augen mußte das ein Verrückter, also einer, der in Ordnung war, sein.

Lisa kämpfte in der revolutionären Linken und gab sich alle Mühe, mich mit hineinzuziehen. Großartige, bombastische Demonstrationen jeder Art und unter Teilnahme aller gesellschaftlich Unterdrückten, aller Ausgebeuteten, aller Armen, aller ethnischen Minderheiten. In Vietnam wurde gekämpft, aber die Front verlief quer durch den Campus der Hochschulen. Die Gegenwart wurde verzerrt und entstellt gezeichnet, aber in Wirklichkeit verwarf man die Vergangenheit, demaskierte die Politik und klagte die Macht an. An der Fakultät wurden nicht mehr Geisteswissenschaften und Soziologie gelehrt, sondern standen Revolution und Konterrevolution auf dem Plan, oder gar die Konter-Konterrevolution von rechts oder links oder von sonstwo her. Die Studenten waren nicht mehr imstande, einen Satz zusammenzusetzen oder einen Gedanken zu formulieren. Und waren noch stolz darauf. Wenn ein Professor einmal seine Mißbilligung zeigte, boykottierte man ihn, spielte ihm übel mit, lehnte seine akademischen Titel, seine wissenschaftlichen Arbeiten, seine überholten Vorstellungen ab und riet ihm, das nächste Mal in einer anderen Gesellschaft und zu einer anderen Zeit wieder auf die Welt zu kommen.

Wozu leugnen, daß Lisa mich beeinflußte. Wie Rosa Luxemburg, die Passionaria, wie George Sand trieb sie die Massen auf die Barrikaden, und wenn ich sie mitten im Kampfgetümmel beobachtete, liebte ich sie. Dunkel ahnte ich, daß die Aufstandsbewegung, die durch sie verkörpert wurde, mich den stummen Erinnerungen meines Vaters, den toten Erinnerungen der Opfer näherbrachte. Dabei handelte es sich nicht etwa um eine klare Vorstellung, und es gelang mir auch nicht, genügend darüber nachzudenken. Aber das störte mich nicht, und so sagte ich mir: „Was soll's, das besorge ich ein anderes Mal." Denn es gab, weiß Gott, andere Dinge, die Vorrang hatten, z. B. der Marsch nach Washington und der Zug zum Weißen Haus. Absolute Priorität hatte natürlich Lisa für mich. Ich liebte Lisa, und Lisa liebte den politischen Kampf, wir bildeten also ein modernes Paar. Ob mein Vater damit einverstanden war? Falls ja, so ließ er sich nichts anmerken, aber er sagte auch nichts Gegenteiliges. Mochten die Universitäten brennen, die Institutionen wanken, die Familien auseinanderbrechen, mein Vater vertiefte sein Wissen über Paritus. Die Menschheit rannte in ihr Verderben, die Atomwolke erreichte den Horizont, und er analysierte Sätze, die siebenmal sieben Personen – er eingeschlossen – gelesen haben dürften.

Lisa war es auch, die mich mit LSD bekannt machte. Zuerst habe ich mich dagegen gesträubt und erst, als sie das Mittel fand, das einen Zusammenhang zwischen der Droge und meinem Vater herstellte, habe ich nachgegeben. Das war keine Schwierigkeit für sie; denn sie brachte alles mit meinen Eltern in Zusammenhang.

„Du gehst auf die ‚Reise', machst einen Trip und bist frei, fühlst dich befreit", sagte sie, „befreit von deinem Vater, von deinem Vater und ebenso von allem anderen. Das versuchst du doch immer zu erreichen?"

„Möglich, aber ich bin mir dessen nicht ganz sicher. Es geht mir weniger darum, mich von meinem Vater zu befreien, als ihn zu befreien, ihn. Ihn muß man überreden, LSD zu nehmen."

Sie würde schon noch ein besseres Argument finden, und wie immer, wenn sie vor einem schwierigen Problem steht, setzte sie sich mit gekreuzten Beinen auf den Boden und dachte laut nach.

„Er und LSD, nein danke. Selbst wenn er ja sagt, wird es höchstens die Wirkung haben, daß er sich am Ende daran erinnert, daß ich Lisa heiße. Nein, dich brauche ich. Kommst du mit mir auf den Trip? Ich werde mich revanchieren, das verspreche ich dir. Oder hast du Angst?"

„Offen gestanden, ja. Ich trinke nicht, ich rauche nicht, und du möchtest, daß ich gleich mit LSD anfange. Gib dir keine Mühe ..."

„Du irrst dich", rief sie. Du lutschst einfach ein Stück Zukker, und dann schaffst du es, über dich hinauszugelangen, ein anderer zu werden, die himmlischen Höhen der anderen Welt zu erreichen. Innerhalb einer Stunde stehst du auf einer Stufe mit Buddha und Moses, und du, du wirst noch höher steigen als sie. Komm, sage ich dir. Was hast du zu verlieren? Deine irdischen Bindungen? Deine Sicherheit? Komm mit mir, und du wirst Herr über das Unbekannte sein, wirst aus dir heraustreten, um du selbst zu sein. Komm!"

Plötzlich kam mir eine Idee. Im Verlauf des Trips könnte ich mich vielleicht meinem Vater nähern, würde sein unsichtbares Universum sehen, würde seine Todesangst, seinen Tod erleben. Was er mir zu sagen sich weigerte, würde ich in einer Vision der Seele erfahren. Ich erklärte mich einverstanden.

„Unter einer Bedingung", sagte ich. „Ich begleite dich nur ein einziges Mal, und dann ist es vorbei damit. Du versprichst mir, daß du nie wieder darauf bestehen wirst?"

Sie versprach es.

„Darüber mache ich mir keine Sorgen", lachte sie. „Du wirst es mögen und wieder danach verlangen."

„Das werden wir ja sehen."

Wir setzten den Trip für die folgende Woche fest, und zwar in ihrem neuen kleinen Studio im Village. In der Zwischenzeit beschaffte ich mir einschlägige Literatur, nahm mir pro Tag drei Bücher vor, die das Thema behandelten, das Verfahren, die Wirkungen, die Gefahren. Mein Vater wunderte sich, daß ich jeden Abend Abhandlungen über halluzinogene Drogen aus der Bibliothek mit nach Hause brachte.

„Schreibst du eine Arbeit darüber?"

„Ja, für meinen Psychologieprofessor."

„Ach so ..."

Und nach einem leichten Zögern:

„Du wirst dich doch nicht verführen lassen ..."

„Mach dir keine Sorgen, Vater."

Der gefürchtete und doch ersehnte Tag kam. Ernst und gesammelt gab mir Lisa ihre Instruktionen, sagte mir, was ich zu tun hatte. Mich entspannen. Mich gehen lassen. Fliegen, mich emporschwingen.

Im Geiste stellte ich mir zuerst meinen Freund Bontscheck vor, rief mir seine Gettogeschichten ins Gedächtnis, und plötzlich, wie von einer unwiderstehlichen Macht getrieben, erblickte ich mich ganz fern und ganz klein an der Seite meines Vaters. Mitten im tiefsten Elend, zwischen ausgehungerten und verängstigten Menschenmassen. Auf unerklärliche Weise bestehe ich aus zwei Personen gleichzeitig. Ich betrachte ein zitterndes Kind und bin auch dieses Kind. Ich schmiege mich an meinen Großvater und suche gleichzeitig Zuflucht bei meinem Vater. Ich möchte weinen und doch nicht weinen, schreien und schweigen, davonlaufen und unbeweglich auf der Stelle verharren, möchte leben und aufhören zu leben, ich sehe mich doppelt und nirgendwo, sehe mich ganz klein und ganz alt, habe wahnsinnige Schmerzen und fühle, wie mein Herz vor Angst und Glück zerspringt, vor Glück, soviel Schmerz zu empfinden, fühle, wie mein Körper mit der ganzen Schöpfung und mein Geist mit dem Schöpfergeist eins wird, fühle jedes kleinste Teilchen der Erde, spüre jede Fiber meines Körpers, jede einzelne Zelle meines Seins, und sie alle, so schwer oder so leicht sie sind, machen mich beklommen, ziehen mich zum Himmel empor und reißen mich gleichzeitig nach unten. Beginnen deshalb meine Tränen zu fließen, spreche ich deshalb mit ihnen, rufe ich sie deshalb, ziehe ich sie deshalb an mich, damit sie mich durchdringen, wie eine Flamme die Nacht durchdringt, um sie zu zerreißen und zu erhellen? Das tut weh, unsagbar weh, aber es stört mich nicht, daß ich Schmerz empfinde, weil ich weiß, das es durch meinen Vater und für ihn geschieht, und daß ich seinetwegen plötzlich das Verlangen habe, mich zu verstecken, mich dort unten in einer Ecke des Zimmers, in einem Winkel des Planeten niederzukauern; seinetwegen schrumpfe ich immer mehr zusammen, um wieder klein und kleiner zu werden, das Kind in mir wiederaufleben zu lassen, sogar zu sterben an seiner Statt im Leeren, im schwarzen, brennenden Nichts ...

„Du hast mir Angst eingejagt", sagt Lisa. „Du hast geschrien, du hast geweint, du hast den Tod gebeten, seine Herrschaft zu unterbrechen, du hast das Leben gebeten, sein Leben zu erhellen. Du hast Dinge gesagt, die nicht zu dir gehören: du warst nicht du."

Völlig erschöpft und schwer atmend kam ich wieder zu mir, erwachten langsam meine schmerzenden und maßlos überreizten Sinne. Mein Vater, dachte ich. Aber mein Vater war stumm geblieben. Sogar in meiner Halluzination war es mir nicht gelungen, ihn zum Reden zu bringen. Ich hatte an seiner Stelle gesprochen, aber er hatte nichts gesagt.

Plötzlich kommt mir Bontscheck wieder in den Sinn. Kurz nachdem sie sich wiedergefunden hatten, zeigte mein Vater seinem alten Kameraden gegenüber eine überraschende Nervosität. Überraschend deshalb, weil es so etwas normalerweise bei ihm nicht gibt. Selbst wenn er auf glühenden Kohlen säße, würde er sich nichts anmerken lassen. Warum hatte er im Falle Bontscheck die Geduld verloren und sich nicht beherrscht?

Ich sehe die Szene ganz deutlich vor mir. Wir sind im Salon, und Bontscheck als unser Gast schlürft seinen Slibowitz in kleinen Schlucken. Ich beobachte ihn und denke, er ist ein komischer Mensch, eine Mischung aus gewitztem Märtyrer und gerissenem Spieler. Mit seinem schwarzen, tatsächlich schwarzen und wie verrußt wirkenden Gesicht, seiner platten Nase, seinem Stiernacken und seinen breiten Schultern könnte man ihn für einen Boxer oder einen geflohenen Fremdenlegionär halten. Doch sobald er den Mund öffnet, geht etwas Zartes von ihm aus.

Reisen, geheime Einsätze und Kämpfe, Organisation eines ganzen Netzes von Widerstandsgruppen, Abenteuer im Maquis, nach dem Krieg Palästina, die Kriege in Israel – in wenigen Stunden versucht er, Jahre zusammenzufassen.

Er macht den Eindruck, als gäbe er sich alle Mühe, zu gefallen oder sich zu rechtfertigen. Mein Vater hört ihm mit freundlicher Aufmerksamkeit zu. Er freut sich offensichtlich, ihn wiederzusehen, und das ist nur natürlich. Geheime Komplizenschaft leuchtet aus ihren Augen; und wie immer, wenn ich zwei Menschen erlebe, deren Beziehungen echt sind, bin ich tief bewegt. Diese beiden Freunde, denke ich, haben Unsagbares erlebt, eines Tages werden sie Zeugnis ablegen und nicht mehr schweigen bis zum Jüngsten Tag. In meiner Phantasie male ich mir aus, wie der Messias, den Simha beschworen hat, auf Zehenspitzen naht, um uns nicht zu stören.

Plötzlich beginnt mein Vater unruhig zu werden und schaut immer wieder heimlich auf die Wanduhr. Heute ist der letzte Donnerstag im Monat, und Simha müßte längst hier sein. Er hat offensichtlich Verspätung. Wie wird mein Vater mit dieser etwas heiklen Angelegenheit fertig werden? Warum sollte er den alten Kameraden eigentlich nicht bitten dazubleiben? Bontscheck kennt Simha, und der wird sich freuen, ihn wiederzusehen. Ich will gerade diesen Vorschlag machen, da wirft mir mein Vater einen mißbilligenden Blick zu, weil er vermutlich meine Gedanken erraten hat. Also halte ich den Mund. Die Minuten werden immer länger, und die Sekunden dehnen sich, die Situation wird immer peinlicher. Bontscheck, der etwas betrunken und völlig ahnungslos ist, ist gerade dabei, auf einer Straße in der Nähe von Bokrotai, dem Dorf meiner Großeltern, zwei deutsche Panzer anzugreifen. Inzwischen ist es acht Uhr. Die Atmosphäre wird gespannt. Ich finde Bontschecks Erzählungen ungeheuer interessant, aber mein Vater steht plötzlich auf und streckt seinem alten Freund die Hand hin: „Du mußt entschuldigen, daß ich dich unterbreche, ich erwarte noch jemand. Besuche uns doch wieder einmal." Völlig verdutzt erhebt Bontscheck sich und läßt sich mehr zur Tür schieben als begleiten. Er ging, ohne daß ich ihm guten Abend und auf Wiedersehn sagen konnte. Ich bin betroffen. Mein Vater auf einmal unhöflich, und das bei einem Jugendgefährten? Schroff und abweisend bei einem Vertriebenen? Ich verstehe das nicht und hake deshalb nach: „Weshalb konnte er nicht bleiben? Simha wäre glücklich gewesen, wenn er ihn wiedergesehen hätte, davon bin ich fest überzeugt." Mein Vater weist mich zurecht: „Die Materie, mit der Simha und ich uns seit Jahren befassen, ist nach meiner Meinung ungeeignet für einen Außenstehenden." Sein Ton ist ungewöhnlich und überraschend hart. Sollte es zwischen ihm und Bontscheck Spannungen geben, einen ungelösten Konflikt, eine latente Animosität?

An diesem Abend nehmen mein Vater und Simha sich einen Bericht aus einer israelischen Zeitung vor, den ich im folgenden nach dem Gedächtnis wiedergebe.

In einem engen Büro, irgendwo bei Tel Aviv stehen sich drei Männer gegenüber, für die, wie es so schön heißt, die Stunde der Wahrheit gekommen ist. Es geht darum, ob sie eine Grenze überschreiten oder vor ihr zurückweichen sollen. In beiden Fällen ist das Risiko groß, und nichts ist mehr rückgängig zu machen. Wie sollen sie es anstellen, einen Gefangenen, der im Nebenzimmer ist, zum Reden zu bringen?

Das ist der Alptraum eines jeden anständigen Polizisten, oder vielmehr jedes integeren Menschen, der vor der Frage steht, bis zu welchem Punkt Gewaltanwendung erlaubt ist. Wie weit kann man gehen, ohne sich selbst zur Unmenschlichkeit zu verurteilen?

Der Gefangene, Deckname Tallal, zweiundzwanzig Jahre alt und aus Jaffa stammend, ist am Abend in Galiläa aufgegriffen worden. Bei der zahlenmäßigen Überlegenheit der israelischen Soldaten hatte er sich sofort ergeben. Er hatte keine Chance zu entkommen und wußte das wohl auch. Mit erhobenen Händen hatte er die Sieger, die sich ihm näherten, erwartet. Sie ergriffen seine am Boden liegende Kalaschnikoff, nahmen ihm Granaten und Munition ab, und er ließ sie stumm gewähren. Wäre es nicht so dunkel gewesen, hätten sie in seinem hageren und von einem mehrere Tage alten Bart bedeckten Gesicht vielleicht ein ironisch-freches, wenn nicht gar triumphierendes Lächeln erblicken können.

Er war zum Hauptquartier des militärischen Abschirmdienstes gebracht und einem routinemäßigen Verhör unterzogen worden. Woher er käme, aus welchem Lager, auf welchem Wege, auf der Suche nach welchen Sabotagetrupps? Wer seine Komplizen seien, welche Kontakte er am Ort habe, wie sein genauer Auftrag laute. Die Fragen prasseln auf ihn nieder, und er schweigt. Ein Sergeant droht ihm, vergebens. Ein anderer gibt ihm ein paar Rippenstöße. Tallal zuckt nur die Schultern und sagt kein Wort. Schließlich mischt sich ein Mann in der Uniform eines Oberstleutnants, aber ohne Schulterstücke, ein. Ilan ist sein Name:

„Tallal, hör mir einmal zu. Ich heiße Ilan und bin Offizier. Ich habe den Auftrag, dich fertigzumachen und außer Gefecht zu setzen, damit ihr uns nicht mehr schaden könnt, du und die

Deinen. Bis jetzt hat noch keiner deiner Kameraden lange Widerstand geleistet? Willst du der erste sein? Ist das so?"

Auf einem Stuhl sitzend, beugt sich Tallal etwas vor, um den Offizier besser sehen zu können. Sie sind jetzt allein. Nur ein einfacher leerer Schreibtisch trennt sie. Draußen über dem Meer wird es langsam heller.

„Los, Tallal", sagt Ilan. Du willst doch bloß auf mich und meine Freunde Eindruck machen. Auf deine auch? Hältst du dich für stärker als sie, für schlauer als uns? Warum redest du nicht?"

Tallal beobachtet Ilan aufmerksam. Diese getragene, geradezu feierliche Stimme stört ihn. Kein einfacher Gegner. Er wird den Verschlossenen spielen müssen.

„Wir können dich zum Sprechen bringen. Das weißt du doch, oder? Sicher weißt du es. Jede Nation hat ihre Methoden. Wir haben unsere. Glaub mir: Du wirst es keine achtundvierzig Stunden aushalten."

Ilan spielt mit einer Pfeife, die er gerade aus seiner Innentasche gezogen hat. Er stopft und stopft sie, als werde er nie damit fertig, aber er zündet sie nicht an. Er benutzt sie nur, um die Aufmerksamkeit seines Gesprächspartners auf etwas anderes zu lenken. Hinter diesem Tallal steckt etwas. Er ist kein gewöhnlicher Terrorist, und das Geheimnis, das er nicht preisgeben will, hat nichts mit üblicher Sabotage oder Spionage zu tun. Er wirkt zu selbstsicher. Er hat keine Angst, daß er unter der Folter auspackt und seine Freunde verrät. Er hat keine Angst, weil sie nichts zu befürchten haben. Er ist sicher, daß er sie nicht verraten wird, weil er sie gar nicht kennt. Aber warum ist er dann nach Israel geschickt worden? Ilan gäbe viel darum, wenn er dahinterkommen könnte, aber das hat Zeit. Früher oder später fallen alle um.

„Was ich dir sage, Tallal, du wirst kaum achtundvierzig Stunden durchhalten, nicht einmal vierundzwanzig. Ich übrigens auch nicht. Ich bin ein Mensch und verletzbar wie du. Es gibt eine Schmerzgrenze, Tallal, und wir werden unser möglichstes tun, um nicht so weit gehen zu müssen. Aber dann gibt es nur ein Entweder-Oder. Entweder wir sterben, oder wir reden. Und da du nicht sterben willst – wir werden schon aufpassen, da kannst du sicher sein –, wirst du sprechen, ganz bestimmt, Tallal, wirst du sprechen, wirst aufgeben und uns deine Waffengefährten, deine Freunde, deine Brüder verkaufen, und du tust recht daran. Dem Tod leistet man Widerstand, der Folter nicht. Aber ..."

Ilan macht eine Pause, um zu prüfen, ob seine Pfeife richtig gestopft ist und mißt dabei seinen Gefangenen mit prüfenden Blicken. Er belauert ihn in größter Anspannung, so daß er fast das Pochen des Blutes in den Schläfen des jungen Arabers hört, und ist überrascht. Er hatte erwartet, in seinem Gesicht eine Erleichterung zu entdecken, eine rasch unterdrückte Hoffnung wegen des Aber, und nun zeichnet sich dort das Gegenteil ab. Tallal scheint enttäuscht zu sein. Fürchtet er die psychische Folter mehr als den körperlichen Schmerz? Wittert er eine Falle oder steckt etwas anderes dahinter? Eine Bresche jedenfalls ist geschlagen. Jetzt geht es darum, sie zu erweitern.

„Beruhige dich, Tallal, du wirst nicht gefoltert. Die Folter mag sehr wirksam sein, aber mir ist sie zuwider. Ich glaube nicht daran. In meinem Innern weiß ich nämlich, daß deine Schwäche dich schützt. Ich kann mir nicht denken, daß ich einen Menschen foltern könnte, der sich nicht wehren kann. Und schließlich wozu auch? Was du weißt, weiß ich auch oder werde es bald aus anderen Quellen erfahren. Ich bin nicht scharf darauf, mir die Hände schmutzig zu machen und mich in meinen eigenen Augen zu demütigen. Deshalb ..."

Er brennt ein Streichholz an, um es sofort wieder auszublasen:

„Deshalb will ich dir sagen, was ich mit dir vorhabe. Du bleibst im Gefängnis, wirst dem Gericht überstellt und in Anbetracht der Waffen, die du bei dir hattest, wird das Militärtribunal dich zu ‚lebenslänglich‘ verurteilen. Aber das ist alles nicht so schlimm. Morgen wird Friede zwischen unseren Ländern sein, und am Ende kannst du wieder nach Hause zurück."

Ilan ist jetzt überzeugt, daß die Vorstellung, die Aussicht, nicht leiden zu müssen, den Terroristen beunruhigt. Sollte er so blöde oder so ahnungslos sein? Ilan versteht es nicht, und es ärgert ihn, daß er es nicht versteht, aber er zeigt es nicht. Dann sieht er, wie ein kurzes Zittern den Körper des Gefangenen durchläuft. Blitzartig. Er zuckt mit der Wimper und preßt die Lippen aufeinander. Das hat nicht länger als den Bruchteil einer Sekunde gedauert, aber Ilan ist es nicht entgangen. Wovor hat 'er also Angst, wenn nicht vor dem Schmerz? Die Antwort ist auf einmal ganz klar. Er hat Angst davor, nicht leiden zu dürfen. Er will leiden. Er hat sich innerlich vorbereitet auf den Schmerz, auf die Folter, wahrscheinlich auch auf das Sterben und den Tod. Aus welchem Grund? Vielleicht um ein Beispiel zu geben, um die Liste der palästinensischen Märtyrer zu verlängern, der anti-israelischen Propaganda Stoff zu liefern. Und auch um die jüdischen Gegner zu zwingen, die Folter anzuwenden und sich dadurch selbst zu verraten und sich für die Unmenschlichkeit zu entscheiden. Ilan steckt in einem Dilemma ...

Aufgeregt legt mein Vater den Artikel aus der Hand und wiederholt: „Ilan steckt in einem Dilemma." Weshalb zittert seine Stimme, als er seinen Freund fragt, was dieser darüber denkt? Simha stützt die Ellenbogen auf den Tisch und gibt knurrend zurück:

„Ich sehe da kein Dilemma. Wenn Ilan denkt, was er sagt, wenn Tallals Schweigen kein Risiko mit sich bringt, darf er ihn nicht der Folter unterwerfen."

„Aber wie kann man das wissen? Wie kann man sicher sein? Nehmen wir an, daß Tallal, schlauer als Ilan, die Enttäuschung nur gespielt hat; nehmen wir einmal an, er hat einen Helfershelfer im Gefängnis, hat einen bestimmten Plan, hat sich eine Strategie zurechtgelegt, täte in diesem Fall Ilan nicht besser daran, alle Mittel anzuwenden, um ihm die Würmer aus der Nase zu ziehen?"

„Also bist du für die Folter?"

„Nein", sagt mein Vater mit großer Entschiedenheit. „Ich bin dagegen, in der Theorie wie in der Praxis bin ich dagegen. Die Folter erniedrigt, denn sie entstellt die menschliche Natur des Angreifers wie des Angegriffenen, das Opfer wird menschlicher als der Folterer."

„Aber gegen die Todesstrafe bist du nicht?"

„Doch, ich bin es. Und auch du, Simha, bist dagegen. Worin

liegt der Sinn all unserer Studien hier, wenn nicht darin, uns ganz klar und deutlich zu machen, daß wir uns dieser äußersten Erniedrigung widersetzen, die darin besteht, daß Menschen von Menschen getötet werden, die ihnen doch gleich sind."

„Ihnen gleich sind? Du gehst etwas weit."

„Angesichts des Todes sind alle Menschen gleich", sagt mein Vater. „Das Problem ist der Augenblick, der ihm vorangeht und, wenn er in der Zeit erstarrt ist, es in seiner ganzen Totalität darstellt."

Daraufhin hält mein Vater einen Diskurs über Moral und Phänomenologie, zitiert hintereinander Parmenides und Heidegger, Hegel und Husserl: die Dauer und das Wahrnehmungsvermögen, die Sprache, die Namen und ihre durch das Bewußtsein unendlich erhellten Beziehungen zueinander ... Er gerät so in Fahrt, daß Simha ihn bremsen muß, um ihn zum eigentlichen Thema zurückzuführen:

„Ilan steckt trotzdem in einem Dilemma, als Lebender stellt Tallal eine sichere, als Toter eine mögliche Gefahr dar. Gut, der Staat muß seine Verantwortung wahrnehmen und Tallal entwaffnen, ohne ihn zu töten, ihn unschädlich machen, ohne ihn zusammenzuschlagen. Bis dahin kann alles gelöst werden, aber ich bin noch nicht am Ende. Stellen wir uns vor, und die Vorstellungskraft ist ja ein Bestandteil der Folter, stellen wir uns also vor, Tallal weiß, daß am nächsten Morgen eine Bombe hochgehen und einer großen Zahl von Menschen das Leben kosten wird; und stellen wir uns vor, Ilan weiß, daß Tallal es weiß. Tallal mit seiner hohen Intelligenz ist entschlossen, aus Ilan einen Folterknecht zu machen, und kann ihn absolut dazu zwingen. Was wird Ilan tun? Wenn Tallal schweigt, gibt es eine Katastrophe. Wie soll er ihn zum Reden bringen?"

„Mit List und Tücke", sagt mein Vater. „Ist Ilan ein guter Mann, wird er seine ganze listenreiche Intelligenz einsetzen, ist er nicht gut, muß man ihn durch einen anderen ersetzen."

„Und wenn seine List nichts bewirkt? Nehmen wir an, es ist keine Zeit zu verlieren. Intelligenz, Psychologie, List – das braucht Zeit, kann Stunden dauern, Tage. In diesem Bereich gibt es nur ein Mittel, es kürzer zu machen: die Folter."

„Ich bin dagegen", beharrt mein Vater.

„Was schlägst du an ihrer Stelle vor?"

„Ilan muß etwas vorschlagen, nicht wir."

„Du befiehlst ihm zu handeln, und nachher verurteilst du ihn, das ist sehr bequem."

Mein Vater schnappt vor lauter Entrüstung nach Luft:

„Das ist falsch, und du weißt es nur zu gut, Simha. Ich lasse ihn handeln und verurteile mich."

Die stürmische und verrückte Diskussion geht weiter bis tief in die Nacht. Vor lauter Müdigkeit kann ich nur mit Gewalt die Augen offenhalten. Die Neugier läßt mich nicht einschlafen. Was hätte ich an Ilans Stelle getan? Morgens beim Frühstück frage ich meinen Vater, wie der Abend geendet hat.

„Nichts rechtfertigt die Folter", sagt er.

Ein beunruhigender Gedanke schießt mir durch den Kopf: Was hätte ich an Tallals Stelle getan?

„Und der Tod?"

„Nichts rechtfertigt den Tod", sagt mein Vater.

Ich befinde mich in vollkommener Übereinstimmung mit ihm, aber ich verstehe immer noch nicht, weshalb Bontscheck die Teilnahme an dieser Diskussion versagt wurde.

Am Vorabend des jüdischen Neujahrsfestes fahre ich mit dem Autobus nach Pokiato, einem friedlichen Städtchen hinter den Catskill-Bergen. So viele Dinge gehen mir durch den Kopf, daß ich nicht einen Blick in die Zeitung werfe, die ich mir am Hauptbahnhof gekauft habe. Noch nie habe ich diesen Weg ohne beklemmende Angst gemacht; denn an seinem Ende wartet ein Bild auf mich.

Ein Bild von bewußtlosem Schmerz.

Meine Mutter.

Sie lebt in Pokiato oder hat zumindest dort ihren Wohnsitz. Die Klinik macht einen gepflegten Eindruck. Sauber, komfortabel, gute medizinische Betreuung, reichliche Verpflegung, Fernsehen und Unterhaltungsspiele unter Aufsicht von geschultem, freundlichem Personal. Ende des Werbespots.

Meine Mutter.

Sie wird immer kleiner, immer stiller. Nach wem ruft sie wohl in ihrer Nacht? Ihre Augen, von einem verwaschenen Blau, schauen mich an, ohne mich zu sehen, gleiten, ohne an mir hängen zu bleiben, ohne mich wahrzunehmen, über mich hinweg.

Man hilft ihr beim Ankleiden, beim Zubettgehen, beim Laufen, beim Essen. Man redet mit ihr und muntert sie auf, schimpft wohl auch auf freundliche Weise mit ihr, redet ihr ins Gewissen, ermahnt sie, sich gut zu benehmen.

Ich schicke die Pflegerinnen hinaus. Ich will mit ihr allein sein, will mit ihr plaudern und sie mit etwas Glück zum Sprechen bewegen. Ich will den Schleier zerreißen, die Mauer durchbrechen, will, daß sie spürt, daß ich da bin, daß ich unbedingt ihr Geheimnis erfahren muß.

Ich streichle ihre immer noch feinen, zarten Hände, die glatt sind wie Kinderhände, lege meine Hand auf ihr zum Knoten geschlungenes Haar, berühre ihre Stirn, ihre eingefallenen Wangen, ihre Lider und rede und rede mit ihr.

Ein Sonnenstrahl dringt herein, bricht sich in ihren Pupillen und läßt sie kurz aufleuchten. Ich springe auf. Sollte das ein Zeichen sein? Enttäuscht lasse ich mich wieder zurückfallen. Trotzdem, sage ich mir, darf ich nicht aufgeben, darf die Hoffnung nicht verlieren. Morgen abend beginnt das Neujahrsfest.

Ich will für dich beten, will für uns alle beten. Für die Lebenden und für die Toten. Damit die Toten in Frieden ruhen und aufhören, die Lebenden zu quälen.

Habe ich alle diese Worte überhaupt geformt und ausgesprochen? Meine Mutter hat sie nicht gehört. Seit ich sechs bin, spreche ich mit ihr, und sie hört mich nicht.

Wenn ich in ihr Blickfeld trete, wenn ich vor ihr stehe, wie ich es jetzt tue, bevor ich sie wieder verlasse, wenn ich mich über sie beuge und ihr in die Augen sehe, erblickt sie mich, aber sieht mich nicht. Und dann scheint sie mich zu sehen. Aber wen sieht sie wirklich?

Die Rückfahrt mache ich in Begleitung von Simha, der noch finsterer aussieht als sonst. Ich wußte gar nicht, daß er immer um die Zeit der hohen jüdischen Feiertage meine Mutter besucht. Wir trafen uns an der Haltestelle und lächelten uns leicht verlegen zu. Keinem steht der Sinn nach einem Gespräch. Der Bus rast mit Höchstgeschwindigkeit über den mit Reklametafeln gesäumten Highway. Ich starre in den wolkenlosen Himmel und hänge meinen Gedanken nach. Sie sind wieder im Getto von Davarowsk, das mir vertraut ist wie ein zweites Zuhause und wo mir Simha fast gegenwärtiger ist als hier im Bus. Ob es Morgen oder Abend ist, ich vermag alle Geräusche des Gettos zu unterscheiden, höre das Stöhnen der Sterbenden, den dumpfen Gesang der Totengräber, die nie verstummenden Gebete.

Plötzlich bricht Simha das Schweigen und erzählt mir eine Geschichte aus jenen Tagen, die für ihn und meinen Vater von entscheidender Bedeutung wurde und mir eine bis dahin unbekannte Seite ihres Wesens enthüllt.

„Deinen Vater und mich verbindet eine tiefe Freundschaft, die allen Stürmen getrotzt hat. Es gab nie Meinungsverschiedenheiten zwischen uns, auch nicht, als Rabbi Aaron Ascher gegen eine von deinem Vater geforderte Tat war. Du müßtest eigentlich wissen, um welche Tat es sich handelt; denn du bist doch jeden Monat Zeuge, wenn er und ich nach Argumenten suchen, um diese Tat zu rechtfertigen, die wir gemeinsam vor vielen Jahren begangen haben."

Herbst 1942. Mit dem Neujahrsfest stürzt das Getto immer tiefer ins Unglück, als laste ein Fluch auf ihm. Die Kranken sterben dahin, die Alten verschwinden unmerklich, das Getto klagt: „Höre uns, Herr, nimm unsere Bitten an, schreibe uns ein in das Buch des Lebens." Der Militärkommandant Richard Lander maßt sich an zu entscheiden, wer leben und wer sterben wird, und auf welche Weise er es wird. Am Versöhnungstag, dem heiligsten Tag des Jahres, veranstaltet er eine regelrechte Menschenjagd: „So werden die Juden den Beweis haben, daß ihr Gott sich ihren Gebeten gegenüber taub stellt."

Am frühen Morgen sind bereits zweihundert Männer und Frauen zusammengetrieben und auf dem einzigen Platz des Gettos eingepfercht worden. Das Wetter ist strahlend, die Sonne verteilt ihren Segen im Überfluß. Gräulicher Rauch steigt aus einem Schornstein irgendwo in der Christenstadt. Schweigen, das aus dem Schoß der Zeiten steigt, umgibt die Verurteilten und trennt sie von den Lebenden. „An diesem Tag wird dort oben das Dekret ausgefertigt, darin das Schicksal jedes einzelnen und das der Nationen festgelegt ist, wer gewinnen, wer verlieren, wer essen und wer hungern wird, wer an der Pest und wer durch Lärm sterben wird." Die umstehenden Juden des Gettos von Davarowsk sprechen zitternd und weinend ihre feierlichen Gebete.

Im Augenglick geschieht nichts. Der *Engel* inspiriert die Reihen, richtet hier ein freundliches Wort an eine alte Großmutter, spricht dort mit einem ehemaligen Kriegsversehrten, und vor Fischl, dem Pelzhändler, bleibt er stehen und fragt:

„Du siehst leidend aus. Solltest du krank sein? Ach was, ich bin ja dumm! Das liegt daran, weil du fastest, nicht wahr? Oder täusche ich mich?"

„Nein, Sie täuschen sich nicht, Herr Militärkommandant", erwidert der Gefragte. „Heute ist ein Tag, an dem es uns verboten ist, zu essen, zu trinken und uns zu waschen ..."

„... und Verkehr zu haben", fährt der *Engel* fort. „Du siehst, ich kenne eure Gesetze auswendig."

Durch das lange Stehen, das Fasten, den Durst, die Ungewißheit und die Angst kippt da und dort ein Mann um. Eine Frau stößt vor lauter Schwäche einen rasch wieder unterdrückten

Schrei aus und fängt an zu schluchzen, ihr Mann flüstert ihr etwas ins Ohr, das nicht zu verstehen ist.

„Meine Damen und Herren!"

Die Menge beugt sich wie ein einziger zusammengeschweißter Block nach vorn. Der *Engel* hebt die Stimme:

„Ich danke euch für eure Aufmerksamkeit und möchte euch um einen Gefallen bitten. Ich mag die jüdischen Gebete sehr gern, deshalb würde es mir Freude machen, sie von euch gebetet und noch lieber gesungen zu hören."

Die Leute trauen ihren Ohren nicht. Er muß verrückt sein, denken sie. Beten? Singen? Hier und jetzt?

„Ihr scheint überrascht zu sein, das befremdet mich, wie ich gerne zugebe. Seid ihr denn keine Juden? Und ist heute nicht Jom Kippur? Was tätet ihr, wenn ihr jetzt in der Synagoge wärt? Stellt euch vor, ihr wohnt dem Gottesdienst bei. Und dann ..."

Er unterbricht sich einen Augenblick und holt tief Luft, bevor er fortfährt:

„... stellt euch vor, daß ich der Herr, euer Gott, bin."

Im ganzen Umkreis verfolgen Hunderte von Aberhunderte von Männern, Frauen und auch Kindern mit angehaltenem Atem die Szene.

„Ich habe Zeit", sagt der SS-Offizier. „Das ist eine Eigenschaft Gottes, daß er warten kann. Wie er habe ich viel Geduld."

Er zieht sich in den Schatten zurück und setzt sich auf einen Hocker, zündet sich eine Zigarette an, blättert in einer Zeitung und schwatzt mit seinen Untergebenen, als existierten die Juden überhaupt nicht mehr.

Am Himmel zieht eine Silberwolke langsam dahin. Sie löst sich auf und hängt sich an einen Schwarm Zugvögel. Ein Mann verfolgt sie mit den Augen und bricht ohnmächtig zusammen.

„Nun?" fragt der *Engel*. „Was ist mit den Gebeten? Haben die Vögel sie mitgenommen?"

Nichts rührt sich. Der Offizier vertieft sich wieder in seine Zeitung. Eine Stunde vergeht. Im Gottesdienst würde man jetzt normalerweise das Morgengebet beenden, um das Mussaf-Gebet anzuschließen.

Plötzlich tritt eine Frau vor:

„Herr Offizier", sagt sie.

Der steht auf und wendet ihr das Gesicht zu:

„Wer seid Ihr?"

„Hanna. Ich heiße Hanna Seligson. Ich bin die Frau von Simha Seligson."

„Ich höre dir zu. Willst du dein Anliegen vorbringen? Willst du mir deine Gebete aufsagen? Los, fang an."

Sie richtet sich auf, nimmt eine würdevolle Haltung ein, streicht mit der Hand über ihr Kleid, als wolle sie Staub wegwischen.

„Ich kann nicht", sagt sie schließlich.

„Du kannst nicht singen? Kannst nicht beten? Aber warum denn ..."

„Ich kann singen und kann auch beten, Herr Offizier. Die Frauen bei uns haben etwas gelernt. Wir wohnen dem Gottesdienst bei und können die Bibel lesen. Aber ich kann es nicht tun. Nicht hier."

Der Offizier mißt sie mit seinen Blicken:

„Und warum nicht? Ich sage dir doch, stelle dir vor, daß ich der Herr, dein Gott, bin."

„Eben deshalb, Herr Offizier. Sie sind es nicht."

„Ich verstehe deine Hemmungen nicht", sagt der *Engel* nach einer kurzen Pause. „Ich dachte, ihr Juden betet so gern. Ihr verbringt euer Leben doch mit Beten. Im Grund habt ihr doch die ganze Geschichte im Gebet durchlaufen."

„Das stimmt, Herr Offizier", sagt Hanna Seligson, immer noch ruhig und mit erhobenem Kopf. „Beten bedeutet für einen Juden die Bekräftigung des Glaubens, aber diese Bekräftigung hat nur Wert, wenn sie völlig frei geschieht. Es ist unsere Sache, den Gegenstand – oder das Subjekt – unseres Glaubens zu wählen. Glaube an Gott, ja; Glaube an unsere Vorfahren, ja auch das. Aber Glaube an den Tod, niemals."

Der Offizier macht einen Schritt vorwärts, als wolle er sie schlagen, aber er hat sich in der Gewalt. Der Schauspieler gewinnt in ihm die Oberhand.

„Ich sage doch nicht: zum Tod beten, sondern zu Gott beten. Und wenn ich dir nun sagte, daß der Tod Gott ist? Hör mir zu, Judenfrau, meine Stimme ist die Stimme deines Todes. Ersticke sie mit deinen Gebeten, vielleicht wirst du dann am Leben bleiben."

„Niemals", sagt Hanna Seligson.

„Du hast es so gewollt."

Dabei verneigt er sich höflich und zieht sich dorthin zurück, wo seine Untergebenen sich mit schußbereitem Gewehr niedergekniet haben.

Die vor Bestürzung stumm gewordene Menge kommt wieder zu sich. Dann und wann sinkt ein Körper zu Boden. Die Sonne steht im Zenit und lastet schwer wie Blei. Männer und Frauen schwanken auf ihren müden Füßen, andere nicken im Stehen ein. Mit aufgerissenen Augen starren sie vor sich hin und versuchen, nicht an den glühenden Himmel, nicht an die stechende Sonne zu denken. Wer wird leben, wer wird sterben? Diese zweihundert werden sterben. Bevor der Tag sich neigt, bevor noch der *Neila*-Gottesdienst zu Ende geht, werden alle umgebracht sein.

Und der SS-Offizier Richard Lander steht da, überragt die Leichen, die vor ihm liegen und fordert mit lauter Stimme Himmel und Erde heraus:

„Seht, ich habe recht gehabt, als ich euch erklärte: Ich bin der Tod und bin euer Gott."

Am gleichen Abend noch treffen sich vier Männer in einem unterirdischen Versteck: Reuwen Tamiroff, Simha Seligson, Tolka Friedman und Rabbi Aaron-Ascher. Sie sind immer noch nüchtern. Liegt es an der verstaubten elektrischen Funzel, daß alle bleich und krank aussehen?

„Ich fordere euch auf, einen Eid zu leisten", sagt Reuwen Tamiroff ohne Umschweife. „Wer von uns diese Heimsuchung überlebt, schwört bei seiner Ehre und bei der Heiligkeit unserer Erinnerung, alles zu unternehmen, um den Mörder zu töten, und sei es um den Preis seines Lebens."

„Wir schwören es", antworten Simha und Tolka.

„Und Ihr, Rabbi?"

„Ich möchte gern zuerst mit dir sprechen, Freund Reuwen."

Sie ziehen sich in eine Ecke zurück, wo dichte Spinnweben ihre Stimmen lediglich dämpfen. Simha sieht, wie sie miteinander diskutieren, ohne sich aufzuregen, ohne die Stimme zu erheben, ohne sich aus dem Auge zu lassen. Der Rabbi verteidigt die jüdische Tradition und das jüdische Gesetz, die den Mord verbieten. Reuwen macht sich zum Anwalt der Opfer. „Wie könnt Ihr nur ihren Henker verteidigen, Rabbi?" – „Nicht den Henker verteidige ich, sondern das Gesetz. Das Gesetz darf nicht gebrochen werden, Reuwen. Daß der Militärkommandant ein Mörder ist, weiß jeder, und daß er verurteilt werden muß, sage auch ich. Doch dann warte, bis er verurteilt wird." – „Wir haben ihn verurteilt. Betrachtet unsere Gruppe als Tribunal." – „Ein Tribunal mit nur vier Mitgliedern? Du brauchst dreiundzwanzig. Und dann hat der Angeklagte das Recht auf einen Verteidiger, hast du das vergessen?"

„Das war ihre erste Meinungsverschiedenheit", sagt Simha. „Und zugleich auch ihre letzte."

Für mich ist das der erste Durchbruch; denn auf einmal scheint es mir, daß ich so manches begreife.

Auszug aus einem Brief Reuwen Tamiroffs an seinen Sohn Ariel:

Ich weiß, Du wirst mir nicht glauben, wirst schockiert, vielleicht gar enttäuscht und niedergeschlagen sein, aber es ist die Wahrheit, und mir liegt daran, daß Du sie erfährst. Dein Vater hat tatsächlich Blut vergossen, er hat die schlimmste Gewalttat begangen. Ich habe getötet, Ariel, ich habe ein Leben ausgelöscht. Es geschah um der Toten willen; um Deinetwillen, mein Sohn, habe ich einem Menschen den Tod gegeben. Um Dich zu rächen, habe ich die Rolle und das Amt des Rächers übernommen.

Den Mann, den ich beseitigt oder bei dessen Beseitigung geholfen habe, hast Du gut gekannt, und er kannte Dich auch: Richard Lander, der Militärkommandant des Gettos und der Stadt Davarowsk. Der *Engel*. Du erinnerst Dich doch an ihn. Er hat sich an Dich erinnert.

Wir haben ihn zum Tode verurteilt. Der Prozeß wurde in aller Form durchgeführt. Ich gehörte dem Tribunal an und daneben der Gruppe, die den Urteilsspruch vollstreckte.

Ich werde Dir alles erzählen, mein Sohn. Du hast ein Recht darauf, alles zu wissen. Du bist ohnehin über alles im Bilde; denn dort, wo Du weilst, zählt einzig und allein die Wahrheit, nur sie hat Bestand.

Hör zu, Ariel.

April 1946. Deine Mutter und ich sind auf wunderbare Weise aus verschiedenen Lagern gerettet worden und gehören nun zum Stamm der Heimatlosen. Auch wenn wir nicht herumzigeunern, sind wir doch Nomaden, Kopf und Herz suchen andere, ferne, nicht existierende Orte, um sich auszuruhen.

Ich werde Dir nicht meine Erfahrungen in jenen Lagern der noch einmal Davongekommenen schildern. Das geht nicht so leicht von der Zunge. Die täglichen Demütigungen, die ständigen Depressionen, das ständige Gefühl, überzählig und überflüssig zu sein. Kein Land will uns. Es gibt keine Visa. Alles geht nach äußerst strengen Quoten. Erniedrigende medizinische Untersuchungen folgen. Wir werden wie Sklaven oder Herdenvieh behandelt. Die reichen Länder nehmen nur die

Reichen auf, d. h. solche, die reiche Verwandte haben, und nur die körperlich Gesunden und nur die Jungen. Die Alten dagegen, die Kranken, die Hoffnungslosen können nur in den Baracken bleiben und mit Hilfe internationaler milder Gaben ihr Leben fristen.

Wir schreiben also das Jahr 1946 und sind in einem Lager für DP's (displaced persons) in der Nähe von Ferenwald untergebracht. Freudlose Tage, von Alpträumen gequälte Nächte. Ich kenne mich selbst nicht mehr. Ich weiß, daß es völlig irrational, unsinnig und kindisch ist, aber ich suche Dich, ich suche Dich wirklich und ohne Unterlaß. Nicht wie Deine Mutter. Die Arme hat Dich gefunden. Sie sieht Dich. Sie spricht mit Dir. Sie pflegt Dich, sie gibt Dir zu essen. Sie wird nicht müde, mir Deine Schönheit vor Augen zu führen, Deine Frühreife. Anfangs gebe ich mir einen Ruck und sage: „Das darfst du nicht, Rahel. Du versündigst dich an der Natur und am ewigen Gott." Dann gebe ich es auf.

Eines Tages bekomme ich Besuch von Simha. Wir fallen uns in die Arme. Er lebt in Belsen. Ich beobachte ihn angstvoll. Er wird doch hier nicht seine Frau Hanna suchen wollen? Nein, er hat sie sterben sehen. Wir alle haben sie sterben sehen. Nein, er sucht mich, um mir eine wichtige Neuigkeit mitzuteilen.

Wir ziehen uns in eine Ecke zurück, damit Simha in aller Ruhe berichten kann. Es geht um den *Engel*. Er lebt noch.

„Ja", wiederholt Simha. „Er lebt. Wir haben seine Spur entdeckt."

Weißt Du, Ariel, daß Worte uns treffen können wie ein Peitschenhieb? Weißt Du, daß sie körperlich weh tun können?

Simha gibt mir nähere Erläuterungen. Ein Offizier der jüdischen Brigade aus Palästina hat den Henker von Davarowsk aufgestöbert. Seine Geheimdienstgruppe verfolgt und bestraft die großen Nazimörder.

„Der *Engel* ist in einer Provinzstadt, in Reschastadt, gesichtet worden", sagt Simha. „Unsere Freunde überwachen ihn Tag und Nacht. Sollen wir ..."

Ich errate seine Frage:

„Meine Antwort lautet ja. Wir haben einen Schwur getan. Wer gibt mir das Recht, ihn zu brechen?"

Ich brauche nicht auf Einzelheiten einzugehen, mein Sohn. Kurzum, Simha und ich sind nach Frankfurt gefahren, wo unsere Freunde von der Spezialeinheit uns Instruktionen für die folgende Woche gegeben haben. Ein anderes Mal werde ich sie Dir näher beschreiben. Wichtig ist, daß das Unternehmen gelang. Unsere Freunde waren keine Anfänger. Bei der Vorbereitung und Ausführung waren, um die Wahrheit zu sagen, Simha und ich reine Komparsen. Sie haben Zeit und Ort festgelegt, sie haben die Granate geworfen. Wie durch einen dichten Nebel, wie durch die Mauern eines fernen Gettos habe ich die Explosion gesehen und gehört. Ich sah einen Mann – den *Engel* –, der auf das Pflaster stürzte und liegenblieb. Die Mission war erfüllt. Ein Ambulanzwagen kommt, ein Polizeiauto, wir sind im Jahr 1946, und im besetzten Deutschland funktioniert noch nicht viel. Der Tod eines Menschen schockiert keinen und ist auch kein Grund zur Aufregung. Ein Vorfall für den Lokalteil der Zeitung.

Simha und ich beschäftigen uns später oft damit, und zwar regelmäßig, während unserer monatlichen Zusammenkünfte. Hätte ich an dem Unternehmen teilgenommen, wenn es nichts mit Dir zu tun gehabt hätte? Habe ich gut daran getan? Simha und ich suchen nach Beispielen und Fakten, um unser Tun im nachhinein zu rechtfertigen ...

Ich weiß, Ariel, das sind alles nur Worte. Ist die Gerechtigkeit nun wiederhergestellt? So sagt man doch, und es ist falsch, es leichthin zu sagen. Selbst wenn man den *Engel* tausendfach, sechsmillionenfach hinrichten könnte, wäre die Gerechtigkeit nicht wiederhergestellt. Die Toten sind tot, und der Tod des Mörders gibt ihnen nicht das Leben zurück.

Ich muß an meinen Freund, Rabbi Aaron Ascher, denken, der sich von Anfang an gegen unser Vorhaben ausgesprochen hatte. Und wenn er recht hatte?

„Vater", sage ich mit rauher Stimme, „wer ist Ariel?"

Mein Vater sieht so müde aus wie eh und je. Ich weiß, ich müßte ihn schonen, ihn in Ruhe lassen, daber dazu sehe ich mich außerstande. Ich bin zum Zerreißen gespannt und flehe ihn an, zu reden, mir zu erklären, denn was ich soeben entdeckt habe, erscheint mir so schwerwiegend für mich, daß es absurd wäre, hier nicht weiterzubohren.

„Ich bin kein Kind mehr", fahre ich fort. „Halte nicht länger alles von mir fern. Ich wünsche endlich, die unheilvollen Kräfte kennenzulernen, die mit uns ihr Spiel treiben."

Ich glühe vor Erregung und spüre, wie ein Feuer durch meine Adern rast. Ich schreie:

„Ganze Jahre hast du damit verbracht, an jemanden Briefe zu schreiben, der Ariel heißt. Wer ist dieser Ariel? Du bezeichnest ihn als deinen Sohn? Bin ich das? Wer bin ich eigentlich, Vater?"

Er rutscht auf seinem Stuhl hin und her, als würde er ihm die Haut versengen, er steht auf, setzt sich wieder, steht von neuem auf, öffnet eine Schublade, schiebt sie wieder zu, macht ein paar Schritte zum Fenster und kommt wieder zurück:

„Ich dachte nicht, daß du Bescheid wüßtest", sagt er leise. „Wo hast du die Briefe gefunden?"

„Rein zufällig. Eines Tages wollte ich dein Manuskript über Paritus lesen, und darin waren sie versteckt ..."

Er wagt es nicht, mir in die Augen zu sehen. Er fühlt sich offenbar schuldig. Weshalb, weiß ich nicht.

„Du hast also alles gelesen?"

„Nicht alles."

„Die Geschichte des Schwurs?"

„Ja."

„Welchen Eindruck hat es auf dich gemacht, als du erfuhrst, daß dein Vater an einer Hinrichtung beteiligt war?"

„Gar keinen."

„Du willst doch nicht sagen, daß dir das gleichgültig ist!"

Gleichgültig ist sicher übertrieben, aber nicht ganz falsch. Geschichten von Vergeltung und Rache haben mich nie sonderlich interessiert. Sicher klatsche ich manchen Jagdkommandos vor allem vom israelischen Geheimdienst Beifall, die die Nazikriegsverbrecher vom Schlage eines Eichmann oder Mengele hetzen, doch das ganze Geschehen nur darauf zu verkürzen, scheint mir kindisch zu sein. Mein Vater hat also 1946 einen Mörder bestraft! Gut und schön. Zu der Zeit war das zweifellos eine besondere Tat. Was mich dagegen magisch angezogen hat, war der Name Ariel. Mein Vater schreibt ihm mit einer zärtlichen Liebe, die mir unter die Haut geht. Ich muß wissen, wer das ist.

„Gut", sagt mein Vater, nimmt sein Manuskript, zieht ein paar kleine Blätter heraus und reicht sie mir. Ich lese sie stehend.

Draußen ist es dunkel und drinnen auch. Eine dichtgedrängte Menge wartet mit gesenkten Köpfen darauf, daß das Tor sich öffnet, damit sie den Himmel sehen oder wenigstens frische Luft schöpfen kann.

Die Menge macht einen in sich gekehrten Eindruck, als sei sie von der heiligen und über sie hinausweisenden Bedeutung des Geschehens ergriffen. Wir sind lauter Greise ohne Zukunft, haben resigniert und sind schon nicht mehr von dieser Welt. Warum sind wir für diesen ersten Transport „nach Osten" ausgesucht worden?

Eine Kinderstimme – Deine Stimme, Ariel? – rührt mich zu Tränen. Zum Glück sind wir zusammen. Zum Glück, das ist das Wort, das ich gehört habe. Ich antworte: „Wir werden zusammen verreisen." – „Ich fahre gern Zug", hat das Kind gesagt.

Ich mag das Zugfahren nicht, ich liebe bloß die Bahnhöfe.

Dort könnte ich ganze Tage verbringen, ohne mich zu langweilen. In den Reisenden, die kommen und gehen und für die ich kaum existiere, sähe ich mein ganzes Leben vorüberziehen. Aber die Bahnhöfe haben sich verändert. Sie sind zu groß und zu modern geworden, und die elektrischen Züge sind zu blitzend, zu leistungsfähig, zu sauber. Ich ziehe die Dampfloks vor. Den weißen Rauch.

Du mußt sechs Jahre, vielleicht auch etwas älter gewesen sein, als wir zum erstenmal in einem Bahnhof waren. Er war klein, ich erinnere mich genau. Er lag in der Sonne, auch daran kann ich mich erinnern. Ein sehr langer, düsterer Bau, der zu den Bahnsteigen hin offen war. Leute weinten, wie es üblich ist, wenn der Zug bald kommt und man Abschied nehmen muß.

Ruhe bewahren. Jemand sagt: Ruhe bewahren! Es hilft

nichts. Man drängt und stößt und tritt sich auf die Füße. Man flucht, betet oder starrt stumm vor sich hin. „Habe Mitleid mit uns, Herr." Jemand sagt: „Herr, habe Mitleid mit uns." Eine geistesgestörte Frau gibt lachend Antwort. Ich weiß nicht, was sie geantwortet hat, nur daß sie gelacht hat. Rufe werden laut: „Bringt sie zum Schweigen." Ach ja, sie dürfen nicht lachen, das ist weder der rechte Ort noch der rechte Augenblick hier. Und dann ist es plötzlich Abend. Das Tor öffnet sich, und ein Mann in Uniform, sehr groß und sehr kräftig, ein Riese, meldet uns, daß der Zug Verspätung hat, er wird erst morgen eintreffen. „Ein gutes Zeichen", sagt jemand. „Ein schlechtes Zeichen", entgegnet sein Nachbar. „Wie sollen wir hier bloß die Nacht verbringen", jammert eine Stimme. Es ist kein Platz, um sich auszustrecken. Gut, dann wird eben abwechselnd geschlafen. „Aber nicht die Kinder", sagt ein alter Mann; ich erinnere mich immer noch an seine Stimme, aber nicht an sein Gesicht. Die Kinder werden in einer Ecke nahe beim Fenster schlafen. Irrtum. Der Riese befiehlt, daß die Fenster geschlossen werden. „Wir werden ja ersticken", ruft eine Frau. Andere stimmen mit ein: „Wir werden ersticken, werden ersticken!" Gut. Der Riese ist gutmütig. „Zwei Luken bleiben offen, aber es ist verboten, nahe heranzutreten, verstanden?" Nein, ich habe nichts verstanden, aber das tut nichts zur Sache. Ich verstehe immer noch nicht, daß Du uns verlassen hast in dieser Nacht, Du warst sechs Jahre alt, Du wirst immer sechs Jahre alt sein.

Die toten Kinder haben Glück, sie werden nicht größer.

Am Ende stammelt mein Vater nur noch in seiner Qual, so daß ich lediglich hie und da ein paar Sätze aufschnappe, die tief aus seinem wunden Herzen kommen: „Es war einmal, es war einmal ein kleiner jüdischer Junge, hieß Ariel, Ariel ... Dieser Junge, dieser kleine jüdische Junge war so talentiert, so reizend ... Ariel war das verhätschelte und mit Liebe überschüttete Kind des Gettos von Davarowsk ... Ariel war das Licht und die Zukunft der verdammten jüdischen Gemeinde von Davarowsk ... Wenn einer mutlos werden wollte, brauchte er nur sein Lächeln zu sehen und schöpfte wieder Hoffnung ... Ariel war das Herz, von dem Rabbi Nachman von Brazlaw spricht, das Herz der Welt, das Herz jenes Herzens, das einem Menschenwesen gleicht und sich vor Sehnsucht und Schönheit verzehrt."

Ich lausche den Worten meines Vaters, und es ist mir, als hörte ich ihn ein wunderbares Märchen erzählen. Die Worte strömen von seinen Lippen und fließen ineinander, und ich habe das Gefühl, als wiederhole er sie immer wieder, um mich zu verzaubern. Seither verstehe ich viele Dinge, aber ich weiß nicht, ob Schmerz oder Friede für mich daraus entspringt. Da ist die innere Abkapselung meines Vaters und die äußere, greifbarere meiner Mutter, die beide mit ihrem toten Kind leben und in mir ihren verschwundenen Sohn, meinen Bruder Ariel, suchen.

Und ich, was tue ich in diesem Traum? Ich stürze in meine Trauer wie in einen tiefen Brunnen und vermeine in meinem tiefsten Bewußtsein zu hören, wie ich falle.

Um nicht völlig von ihr übermannt zu werden, gehe ich auf meinen Vater zu. Was ich in diesem Augenblick für ihn empfinde, ist mehr und etwas anderes als Liebe, ich möchte nichts anderes, als ihn beschützen, ihm seine Jugend, seine Lebenskraft wiedergeben, die Fähigkeit zu staunen und sich zu freuen, seine väterliche Autorität, sein Leben.

„Ariel, mein kleiner Ariel", flüstert er wie ein schuldbewußtes, unglückliches Kind.

„Ja, Vater", sage ich.

Seine Augen verschleiern sich, und sein Atem geht schwer, als er noch einmal sagt:

„Ariel."

„Ja, Vater."

Für einen Augenblick reißt er sich noch zusammen, doch dann bricht der Damm, und er, der nie geweint hat, bricht in Tränen aus. Über wen vergießt er die Tränen? Über seinen toten Sohn oder über den anderen, der sich dessen Platz angemaßt hat?

Ich fühle, wie schwer die Bürde der Jahre wiegt.

Um meine neue Ariel-Besessenheit nicht zu stark werden zu lassen, erfinde ich eine andere, ich stürze mich auf den *Engel*.

Ich setze alles daran, ihn besser kennenzulernen. Ich rase von einer Bibliothek zur anderen, von einem Dokumentationszentrum zum nächsten. Ich stöbere in den Archiven der „New York Times", bitte Lisa, die nach Washington fahren muß, die Spezialarchive der Library of Congress zu Rate zu ziehen, ich schreibe an die Historiker Trunk und Wulf, und nach und nach entdecke ich Spuren, langsam gewinnt die Person Umrisse, wirkt nicht mehr ganz so schemenhaft und verschwommen.

Sein Name wird viermal im Nürnberger Prozeß erwähnt. In Frankfurt, wo die Henker von Auschwitz verurteilt werden, kommt sein Treiben zur Sprache. Zeugen erinnern sich, ihn in Belzec und Chelmo gesehen zu haben, wohin er gegangen war, um seine Ausbildung zu vervollständigen.

Es ist mir sogar gelungen, ein Foto von ihm in die Hand zu bekommen. Es zeigt ihn in SS-Uniform und mit Reitpeitsche in der Hand, wie er irgendwo in Polen eine Rede vor SS-Offizieren hält. Das Foto fand ich in einem wenig bekannten Bildband mit dem Titel „Bilder des Todes".

Ein Hinweis auf seine Vorliebe für theatralische Auftritte findet sich im Verhörprotokoll des SS-Hauptsturmbannführers von Gleiwitz, dessen Auslieferung an Polen 1952 in der deutschen Presse Entrüstung hervorrief: „... In Davarowsk stießen wir uns an einem geradezu lächerlichen Problem. Nach Dienstschluß waren meine Männer vom Einsatzkommando gezwungen, sich die endlosen Reden des Ortskommandanten, eines gewissen Richard Lander anzuhören, damals Obersturmbannführer der SS, der seinerzeit ein ausgesprochen mittelmäßiger Schauspieler gewesen war."

Eingeschlossen in meiner kleinen Studentenbude und in einer Flut von Papieren schwimmend, versuche ich, über mich selbst ins klare zu kommen. Wer bin ich? Was soll ich tun mit einem Leben, das mir nicht gehört, und mit einem Tod, der mir durch meinen eigenen Bruder gestohlen wurde?

Tief in der Nacht habe ich manchmal das Gefühl, daß mein Verstand durcheinandergerät. Ich bin allein, und doch höre ich die Stimmen und die Geschichten von Simha und Bontscheck. Lisa äußert den Verdacht, ich nähme Betäubungsmittel, ich sähe aus, als sei ich sterbenskrank.

Wie kann ich bloß den Wunsch unterdrücken, alles zu verlassen und mich ganz den nächtlichen Phantomen auszuliefern, die mich verschlingen wollen?

Mein Verhältnis zu meinem Vater hat sich geändert; ich kann nicht mehr offen mit ihm reden. Ich mißtraue ihm. Dagegen werden mir meine Beziehungen zu Bontscheck und Simha immer wichtiger. Ich treffe sie jeweils getrennt. Ich spreche mit ihnen und lasse sie erzählen; ich beklage mich über meinen Vater; sie nehmen ihn in Schutz. Lisa will, daß ich sie heirate. „Heirate keinen Toten, Lisa!"

Ich arbeite schlecht, kann mich kaum konzentrieren. Die Metaphysik hängt mir ebenso zum Halse heraus wie die Dichtung des Mittelalters; der Mörder von Davarowsk erfüllt mein ganzes Wesen, unmöglich, ihn daraus zu verbannen.

Ich stehe auf, setze mich wieder hin, öffne ein Buch und klappe es wieder zu, ich renne hinaus und komme gleich wieder zurück, schmiere Notizblätter voll und werfe sie in den Papierkorb. Und dabei rücken meine Prüfungen immer näher. Eine Arbeit über „Dickens und die Mythologie", eine andere über Wittgenstein, eine dritte über das Thema „Ursprünge östlichen Denkens" ... Mein Kopf platzt schier vor lauter Namen, Begriffen, Formeln, die Übereinstimmungen oder Unterschiede in der Konzeption, im Verhalten, in der Erkenntnis bezeichnen. Ich muß die Wesen vergessen, die von mir Besitz ergriffen haben, die Gesichter, die mein Blickfeld verstellen, ich muß auch und erst recht Richard Lander vergessen, sonst werde ich nie mein Diplom schaffen. Ich fange allen Ernstes an, diesen Nazimörder zu hassen, der mich noch als Toter mit seiner Gehässigkeit und seinen ausgefallenen Wünschen verfolgt. Ja selbst als Toter läßt er mich nicht los, stößt mich in jene verbotene Zone, in jenes Zwielicht, wo das Gebet nicht von Blasphemie, Triumphe nicht von den Niederlagen, Schmutz der Seele nicht von der Seele der Erde zu trennen sind, er stößt mich in das Chaos, in den Wahnsinn. Je mehr er mich treibt, desto geringer wird der Abstand zwischen uns, je mehr er sich enthüllt, um so mehr ergreift er von mir Besitz.

Ich verfolge ihn und bin gleichzeitig sein Gefangener. Denn so verläuft das Leben der Überlebenden ...

Jedenfalls entdecke ich den *Engel* tatsächlich eines Tages. Diese sensationelle Entdeckung machte ich im Mai, also sechs Monate später, als ich die „Times" durcharbeitete. Ich stieß auf ein Foto mit einem Mann, der mir merkwürdig bekannt vorkam. Er trug zwar Zivil, aber diese lässige Gespanntheit, dieser beherrschte Blick, aus dem leise, mit Hochmut gepaarte Ironie sprach ... Stärker als die ihn umgebenden Personen tat dieser sicher bekannte Mann so, als stehe er auf einer unsichtbaren Bühne. Ich griff zu einer Lupe, betrachtete das Foto ganz genau, stürzte mich auf meine Unterlagen, zog wie im Fieber den Bildband heraus, und plötzlich glitt mir alles aus den Händen. Welch ein merkwürdiges Zusammentreffen, welcher Zufall: Es war der *Engel*, der mich aus jener Seite der „Times" ansah. Unter einem falschen Namen – Wolfgang Berger – bekleidete er einen hohen Posten in der deutschen und europäischen Industrie. Und sein Name erschien in dem zugehörigen Artikel ausgerechnet im Zusammenhang mit der ihm soeben verliehenen Verdienstmedaille irgendeiner philanthropischen Gesellschaft.

Ich stütze den Kopf in beide Hände. Ich kann kaum noch denken. Mein Gehirn funktioniert nicht mehr. Aus. Ich bin am Ende ... völlig leer ... kaputt. Eigentlich sollte ich in ein Gelächter ausbrechen, sollte lachen, wie ich noch nie in meinem Leben gelacht habe, aber es gelingt mir nicht. Ich fühle vielmehr, wie sich eine Last auf mich senkt, die mich bald unter sich begraben wird. Ich sehe Bontscheck vor mir, Simha, meinen Vater und versuche, mir Ariel vorzustellen. Ich sage ihnen: „Ihr wußtet also nicht, daß der *Engel* ein Philanthrop war, ein Freund des Menschengeschlechts!" Wie damals unter der Wirkung des LSD hocke ich zusammengekauert in einer Ecke meines Zimmers, bis mich eine namenlose Trauer wie ein böser Wind daraus vertreibt. Mit letzter Kraft greife ich zum Telefon und rufe Lisa an: „Er ist am Leben!" Sie begreift nicht. Ich wiederhole ihr die unerhörteste Nachricht von der Welt, und sie begreift immer noch nicht. Sie denkt, daß ich krank, überarbeitet bin, den Verstand verloren habe. Also gut! Sie läßt alles stehen und liegen und springt in ein Taxi. „Möchtest du, daß ich deinen Vater benachrichtige?" – „Nein, Lisa, auf keinen Fall. Sag nichts davon zu meinem Vater!"

Mein Vater, sage ich mir, ist imstande, alles zu verderben, wie er bis jetzt immer alles falsch gemacht hat. Ich habe Mitleid mit ihm, dieses Gefühl verdrängt mit einem Schlag alle anderen Gefühle, und ich bedaure ihn ... Wie kann man nur so ungeschickt sein? Er hat einen Kerl getötet, und es hat nicht geklappt. War es Mangel an Erfahrung, oder hatte er bloß Pech? Tatsache ist, daß seine Tat mißlungen ist. Jeder, auch der letzte Idiot ist imstande zu töten, nur er nicht. Ein Vollstrecker – er? Rächer – seine Freunde? Das ist doch ein Scherz? Wenn sie einem Profi gegenüberstehen, sind sie Versager. Mein armer Vater, du bist doch ein Amateur. Der *Engel* ist nicht tot, wie unsere Toten tot sind, er ist nicht einmal so tot wie wir. Er steht voll im Leben und macht sich lustig über dich und über uns alle, das ist auch ganz normal, er hat gewonnen, wie er immer gewonnen hat. Um töten zu können, muß man den Tod lieben. Er liebte ihn, du nicht. Er war der Verbündete des Todes, während du nur dessen Opfer, oder besser, sein Gegner warst. Also, armer Vater, weißt du denn nicht, daß nicht der Mensch, sondern der Tod tötet? Indem der Mörder tötet, feiert er den Tod! Der *Engel* verstand, sich anzupassen, der Tod und er standen auf derselben Seite, aber du, du wußtest das nicht. Und jetzt? Jetzt ist es zu spät. Du weißt sehr gut, Vater, jedesmal wenn ein Mensch sich fragt: „Und jetzt?", dann heißt das, daß es zu spät ist. Und was tue ich in dieser Geschichte? Auch für mich und für dich ist es zu spät. Wenn ich nicht wirklich dein Sohn bin, bist du dann wirklich mein Vater?

Armer Vater! Dir ist das Attentat mißlungen, wie dir alles mißlungen ist. Du hast die Welt wie eine Krankheit und das Leben als Scheitern ertragen. Paritus ist nicht dein Lehrmeister, und seine „Meditationen" sind ohne Interesse, du hast dich in deinem Idol und in deiner Beute geirrt. Du hättest besser daran getan, beide in der Vergessenheit zu lassen. Du hast die Prüfung nicht bestanden. Der alte Ruhm von Davarowsk ist wie weggeblasen.

Lisa, praktisch wie sie ist, greift zum Telefon und ruft Gott und die Welt an, die Auskunftsstellen, die Bibliotheken von Washington, Harvard, Chikago, Yale und Reschastadt, stellt ihre Fragen in allen möglichen Sprachen, bittet und fordert, schmeichelt und tobt und schafft es schließlich, als der Wirbel vorbei ist, daß ich wieder einmal zusammengekauert in meiner geliebten Zimmerecke hocke.

„Alles klar", meldet sie. „Ich weiß alles. Wolfgang Berger oder, wenn es dir lieber ist, Richard Lander hat Schwein gehabt, er wurde nur leicht verwundet. Ein Kratzer, sonst nichts ..."

Sie lacht, ich verschließe ihr den Mund mit der Hand: das ist nicht der richtige Augenblick.

„Gib schon zu, daß es komisch ist", protestiert sie.

Ihre gute Laune geht mir auf die Nerven. Die Tochter aus reichem Hause amüsiert sich über das Elend der anderen. Ich bin ihr böse. Begreift sie denn überhaupt nichts?

„Nein, Lisa, das ist überhaupt nicht komisch."

„Was ist es dann?"

„Traurig, unendlich traurig."

„Es gibt aber auch eine komische Traurigkeit."

„Hör auf!"

Zum Glück gibt sie endlich Frieden, ich kann weitersprechen:

„Da verhalten sich die Juden ein einziges Mal ganz normal wie jeder andere und sind nicht fähig, ihr Unternehmen erfolgreich zu Ende zu führen! Für ein Mal entscheiden sie sich, zu handeln statt zu meditieren, und scheitern! Wie kann das für dich ein Anlaß zum Spotten sein? Ich, ich finde es erschütternd."

Wir entschließen uns, meinen Vater und seinen Mitverschworenen Simha zu informieren. Schluß mit der Reue! Schluß mit der Buße! Sie haben für nichts und wieder nichts gelitten! Ihr ganzes Suchen, ihre ganzen Studien waren umsonst! Ihre ganze zwanghafte Vorstellung von Sühne ebenfalls umsonst! Es ist unsere Pflicht, ihnen das zu sagen.

Als mein Vater uns beide ankommen sieht, unterdrückt er eine Gebärde des Schreckens. Sollte meiner Mutter etwas zugestoßen sein? Wir versuchen vergebens, ihn zu beruhigen. Ich bitte ihn, Simha anzurufen. „Jetzt und sofort?" – „Ja, es ist dringend." – Er gehorcht. Simha wird bald kommen, noch bevor es Nacht wird.

Ich zeige ihnen die Fotos, sie prüfen sie eine ganze lange Weile. Lisa erstattet ihnen Bericht. Mein Vater ist wie zerschlagen und murmelt unaufhörlich: „Das ist unglaublich, völlig unglaublich." Simha der Finstere ist noch finsterer geworden, reibt sich das Kinn: „Unmöglich, absolut unmöglich." Im schummerigen Licht des Salons sehen die beiden aus wie bestrafte Kinder und trauen sich kaum, den Kopf zu heben. „Unmöglich? Unglaublich? Das seid ihr doch selber ... Wie kann einer auf die Idee kommen zu glauben, daß in dieser Gesellschaft das Recht wiederhergestellt werden kann durch die Opfer des Unrechts, wie kann einer die Idee haben, die Geschichte in frommen und edlen Lettern schreiben zu wollen! Hört endlich auf, rot zu werden. Ruft jetzt den Dritten im Bunde, den braven Bontscheck, an und ladet ihn ein zu euren fruchtlosen und kindischen Zusammenkünften. Fertig! Das Spiel ist aus! Es wird nicht weitergespielt."

Ich lasse sie im Salon zurück. Lisa und ich eilen die Treppe hinunter. Vor Lubawitschs Haus drängt sich eine Menschenmenge und versucht Einlaß zu bekommen, sie wollen hören, wie der Rabbi mit seinen Gläubigen singt. Drei Schritte weiter steht eine Kirche, die Hunderte von Schwarzen anzieht. Und noch weiter liegen Fixer auf dem Trottoir und wälzen sich unruhig im Schlaf.

Wir gehen zu mir zurück. Lisa strahlt. Wir lieben uns. Wenigstens das ist etwas Sicheres.

Am Morgen fühle ich mich besser. Ich widme mich wieder meinen Studien, schreibe meine Arbeiten. Der Mai geht erfolgreich zu Ende. Ich habe mein Diplom. Auf Wiedersehn, City-College. Auf Wiedersehn, ihr Herren Phänomenologen. Bontscheck, trinkst du noch ein Glas? Oder noch eins? Nein, nein, ich fange nicht schon wieder an; und von deinen Erzählungen habe ich genug. Simha, sei so lieb und schenk mir ein Lächeln, komm aus deiner Finsternis heraus, du kommst nicht in die Hölle für ein Verbrechen, das niemand begangen hat. Raff dich auf, großer Kabbalist, suche Gott in der Freude. Dort ist er auch, das garantiere ich dir. Wann fahren wir in Urlaub, Lisa? He, was meinst du? Ins Gebirge? Ich liebe die Berge. Du möchtest lieber ans Meer? Einverstanden, laß uns ein Meer in den Bergen finden. Hast du Lust? Hoch der Sommer, es lebe der Friede!

Allein, der Sommer dauert immer nur einen Sommer lang. Zurück nach New York. Die Hundstage sind unerträglich. Vater hat schlechte Laune. Das wirkt ansteckend. Soll ich ihn nicht besser allein lassen? Ich kann es nicht und will es auch nicht. Trotz allem und gerade deswegen liebe ich meinen Vater, all denen zum Trotz, die ihre Väter lieber hassen. Nebenbei bemerkt, ich bin wieder im alten Trott, nur mit dem Unterschied, daß ich eine Arbeit brauche.

Es wäre einfach, die Dinge laufen zu lassen, so weiterzumachen „als ob". Vielleicht ist es doch nicht so einfach, sondern im Gegenteil unmöglich, den Dingen ihren Lauf zu lassen. Und es ist gut, daß es unmöglich ist, sonst fehlte unserm Leben Erinnerung und Weite, es wäre kalt und leer. Das Geschehen verändern, der Phantasie Gestalt geben, den Schrecken an seiner Wurzel packen, Regungen und Wünsche im Entstehen erfassen, das alles ist nur möglich, wenn man eben nicht alles laufen läßt. Bei dir, Ariel, bleibe ich stehen, beuge mich über dich und weigere mich, weiter so zu tun, als ob ...

Den ganzen September über schreibe ich viel. Mehr als früher und mehr denn je. Nicht, um mich zu entspannen, sondern um zu verstehen. Um mich mit meinem Vater zu versöhnen, trete ich in seine Fußstapfen und schreibe Briefe an Ariel. Wenn er an seinen dahingeschwundenen Sohn schreiben kann, kann ich doch auch an meinen einzigen, meinen toten Bruder schreiben.

Briefe an Ariel

I

den 12. September

Mein lieber Ariel,

ich sehe Dich deutlich vor mir, deutlicher, als ich mich selber sehe. Weißt Du auch, daß Du mir fehlst? Nichts würde mir mehr Freude machen, als Dich wie Dein großer Bruder durch einen Tunnel zu führen, der gleichzeitig hell erleuchtet und finster, mit Schätzen angefüllt und voll wilder Bestien ist. Nichts würde mir mehr Spaß machen, als mit Dir zu spielen.

Mach nun Deine Augen zu, versuche, sie so fest zu schließen, daß Du unter Deinen gesenkten Lidern nichts mehr siehst von uns beiden. Lausche nach innen, horch, wie Du ganz still wirst und die Schreie nicht mehr hörst, die sonst in Dir aufsteigen und wie Gespenster in Dir umgehen. Versuche, Dich auszuruhen, Ariel. Versuche, Dich so zu betten, wie es Dir behagt. Frage nichts, suche nichts, versuche, Dein Schicksal anzunehmen statt es noch schlimmer zu machen. Du mußt endlich wissen, was Ruhe ist, Du hast ein Recht darauf.

Es herrscht Friede in Dir; auch Deine Augen warfen einmal ihre ersten unschuldigen Blicke in die Welt, jemand streichelte zärtlich Deine Hände und Dein Herz schlug mit leisen, zitternden Schlägen. Verwandle das alles nicht in Leid, sondern mach es zu Deiner Erinnerung. Daß diese Dinge Dir fehlen, bedeutet nicht, daß es nicht Friede und Dankbarkeit geben kann, beides gab es doch einmal. Versuche, den Frieden der Vergangenheit wie einen neuen, notwendigen Frieden zu betrachten. Versuche vor allem, daraus einen gegenwärtigen Frieden zu machen, der sich mit dem der Vergangenheit verbindet. Laß in Deinen Augen jenen ersten Blick wiederaufleben, den Du auf das Leben geworfen hast, mit dem Du Deine Mutter, unsere Mutter, angeschaut, die Sonne in den Bäumen gesehen hast und das Schattenwesen zwischen den Schatten, das ruft und Simha oder Bontscheck oder Ariel heißt. Mit diesem Blick müssen wir leben und sterben; denn der Blick, der nur leer sein will, ruft nur das Nichts hervor.

Simha und seine Schatten, Bontscheck und seine Räusche, Vater und sein Schweigen, schenke ihnen allen einen Blick des Vertrauens, schenke ihnen Deine Reinheit, besser noch deinen Hunger nach Reinheit, gib ihnen, was Deine Kindheit gewesen ist, und – besser noch – gib ihnen, was Deine Kindheit bleibt.

Versage Dich den anderen nicht. Akzeptiere Dich um Deinet-, um meinetwillen, damit Du für sie da bist. Laß Deinen Kopf sinken. Ich stelle ihn mir schön, strahlend und unruhig vor. Du magst ihn wenden, wenn es Dir gefällt. Und laß Deine Tränen fließen, wenn Dir danach zumute ist. Sei wahrhaftig, Ariel. Entspanne Deinen Blick. Bleib ganz ruhig und betrachte diesen Blick. In ihm liegt alles Streben und alle Kraft, alles, was das Bemühen von früher, vor dem Exil, widerspiegeln möchte. Hier gibt es nur Schwäche, aber gerade deshalb muß hier, in diesem Glanz und in diesen Zeichen die größte Stärke des Menschen vor dem Schicksal liegen. Weißt Du, daß es genauso viel Können erfordert, zwei Wörter miteinander zu vereinen wie zwei Leben?

Du mußt jetzt schlafen. Du bist todmüde wie ich. Versuche, trotz allem zu schlafen. Versuche, einige Kräfte zu sammeln für morgen. Weil wenigstens ein ganz ungeschicktes, ganz schiefes Bild von Frieden zu Dir bis in die Realität des Todes hinein gelangen sollte: Ein Kind läuft durch den Wald, es läuft ohne Angst und schreit, weil es Lust dazu hat, und es ruft mich, weil es mich sehr liebhat, das ist das ganze Bild, es ist eigentlich nichts, aber ich habe kein anderes.

Du mußt immer noch die Augen schließen, still sein und versuchen zu schlafen; höre nicht auf mich, sondern auf Dein Verlangen nach Schlaf; und dieses Verlangen bin ich. Höre nicht auf mich, sondern auf Deine Vergangenheit, die auf mehr als eine Art auch meine Vergangenheit ist, und weine, laß Deinen Tränen freien Lauf und dann versuche, durch ihren Schleier ein Lächeln zu entdecken, das erste Lächeln auf dem leidenden Gesicht Deiner, unserer kranken Mutter.

Dein Bruder

II

den 20. September

Kleiner Bruder Ariel,

sei mir bitte nicht böse, aber ich fühle mich unwiderstehlich angezogen von Deutschland. Ich glaube, ich werde hinfahren. Die Stellung, die ich an einer kleinen Universität in Connecticut ausfindig gemacht habe, kann warten. Ich möchte die Stelle, den Ort sehen, wo unser Vater in deinem Namen die Tat versucht hat, die er sich in den Kopf gesetzt hatte. Ich habe das unwiderstehliche Bedürfnis, denselben Weg zurückzulegen wie er.

Das kommt Dir seltsam vor, wie ich mir denken kann. Seit etlichen Wochen habe ich nicht mehr an das Getto, an die Schreie, an die Mörder gedacht. Ich glaubte, eine Insel erreicht zu haben, von der aus keine blutige Küste mehr zu erblicken wäre. Das war ein Irrtum. Gestern abend war plötzlich alles wieder da. Ich aß mit unserem Vater zu Abend. Simha war auch da. Er erklärte uns den Begriff des Zorns in der jüdischen Mystik. Es gäbe einen himmlischen Segen, der sich Zorn nennt. Auf einmal unterbrach Simha sich, senkte den Kopf auf die Brust, wie er es immer zu tun pflegt, wenn er sehr persönliche und sehr vertrauliche Dinge sagt, und fuhr fort: „Was wäre das Meer ohne die Wellen, die es peitschen? Was das Leben ohne den Zorn, der es schüttelt? Und was wäre die Schöpfung Gottes ohne den Tod, was die Liebe ohne den Haß?"

Als ich wieder zu Hause war, habe ich Lisa angerufen. Sie war nicht da. Ich habe über Simhas Worte nachgedacht und dabei festgestellt, daß ich dem Haß bisher aus dem Wege gegangen war, mich erfolgreich vor ihm gedrückt hatte, und wußte plötzlich nicht mehr, sollte ich darauf stolz sein sollte oder nicht.

Im Grunde besitzt der Haß für mich eine gewisse Anziehungskraft. Der *Engel* zieht mich magisch an. Ich habe das Bedürfnis zu hassen, ihn zu hassen. Der Haß kommt mir wie eine unmittelbare Lösung vor, er macht blind, berauscht, kurzum, er ergreift Besitz von uns.

Er bemächtigt sich meines Denkens. Wenn unser Vater recht hatte, dann ist es meine Pflicht und Schuldigkeit, sein unvollendetes Werk zu vollenden, seinen Fehler wiedergutzumachen, dort Erfolg zu haben, wo er versagt hat.

Ich habe mich also kurz entschlossen, nach Reschastadt zu gehen, um die Akten wieder auszukramen, um den schicksalhaften Augenblick von damals noch einmal zu erleben. Es wäre feige, wollte ich mich unter dem Vorwand, es sei gesetzwidrig und längst verjährt, aus der Affäre ziehen. Solange der *Engel* noch lebt und es noch Mörder seines Schlags auf dieser Erde gibt, so lange ist der menschliche Geist verfault und verdorben. Sie haben das Unvergängliche im Menschen getötet, sie haben kein Recht, glücklich zu sein. Als sie Dir Deine Zukunft nahmen, haben sie ein unbeschreibliches Verbrechen begangen; sie nicht daran zu erinnern hieße: dich zu beleidigen. Wenn ein Richard Lander glücklich ist, dann ist das Glück seit jeher korrupt gewesen. Wenn es einen Platz gibt, wo der *Engel* in Frieden schlafen kann, dann hat die Welt aufgehört, Heimstatt zu sein. Dann ist sie zum Gefängnis geworden.

Dein Bruder

III

am gleichen Abend

Mein kleiner Ariel,
 ich bin nervös und fürchte, nicht schlafen zu können. Habe deshalb eine Schlaftablette genommen. Kaum war ich einge-

schlafen, läutete das Telefon. Lisa wollte noch vorbeikommen. Ich habe nein gesagt. Heute nicht, vielleicht morgen, ich habe das Bedürfnis, allein zu sein. Sie bestand nicht mehr darauf und legte auf, und ich war ihr dankbar dafür. Zehn Minuten später klingelte sie bereits an meiner Tür: „Deine Stimme klang so krank", sagt sie. Sie ist schon eine tolle Frau, sie spürt, wenn ich Liebe brauche.

Kranke Stimme? Stimmt das überhaupt? Krankes Hirn, vielleicht kranke Phantasie. Weshalb würde ich sonst wohl nach Deutschland gehen? Sage mir keiner, um geheilt zu werden.

Dein Bruder

IV

den 25. September

Ariel,

ich beneide Dich, Brüderchen. Sie haben Dich ergriffen, als Du noch klein warst; rein und unversehrt, wie eine Opfergabe hast Du Deine Kindheit mit Dir genommen. Dein Leben haben sie nicht besudeln können, kleiner Bruder.

Für mich sind die Dinge viel schwieriger, wie Du siehst. Es gibt Versuchungen, die schwer zu überwinden und noch schwerer zu ignorieren sind, z. B. die, durch das Leiden oder im Leiden Erfüllung zu finden. Dasselbe gilt vom Bösen. Da das Gute gleich neben dem Bösen liegt, warum sollte man es dann nicht von Anfang an verwerfen? Die alten Mystiker haben sich an diesem anscheinend unlösbaren Problem die Zähne ausgebissen. Der Messias, so sagten sie, wird an dem Tag kommen, an dem die ganze Menschheit gerecht oder ungerecht ist. Warum sollte man es dann nicht gleich mit der Ungerechtigkeit versuchen?

Ich sage das nicht mir zuliebe. Ich bin zu schwach, zu leicht verletzlich. Wenn ich jemandem etwas Böses tue, leide ich furchtbar darunter. Wenn ich Leiden verursache, leide ich selber doppelt schwer.

Das bezieht sich nicht auf jene, die die Kräfte des Bösen verkörpern, die Dich aus dem Leben gerissen haben, mein kleiner Bruder. Könnte es sein, daß ihr Verbrechen einem höheren und geheimnisvollen Willen entsprach? Ich fasse diese Hypothese einmal ins Auge, obwohl ich mich ihrer schäme. Es ist, als versuchte ich, die Männer zu verstehen, die Dich den Flammen überliefert haben; es ist, als gäbe ich mir Mühe, mich an ihre Stelle zu versetzen, während ich doch aus ganzem Herzen an Deiner Stelle sein möchte.

Ich beneide Dich, Ariel; Du bist an Deinem Platz, einzig und allein Deinem Platz. Du bist schon dort, während ich noch auf dem Wege bin.

                        Dein Bruder

Lauter unnütze Gedanken jagen durch mein überreiztes Gehirn, als ich mich in dem leeren, ungemütlichen Abteil niederlasse. Aus Angst, zu spät zu kommen, bin ich wie immer zu früh da. Es hätte ein Unglück oder ein Unfall passieren, ich hätte etwas vergessen oder ein Hindernis hätte sich mir plötzlich in den Weg stellen können. Möglich ist alles. Das Resultat ist, daß ich warten muß, ungeduldig werde und allen, die genau zur rechten Zeit eintreffen, böse bin.

Was habe ich in Frankfurt gesucht? Was werde ich in Reschastadt tun? Vernünftig wäre es, mein Köfferchen zu nehmen und wieder nach Hause zurückzukehren, mit Lisa zu verreisen, durch den Sand zu laufen, auf die Berge zu klettern und zu schlafen. Schlafen nichts als schlafen.

Ich bin müde. Das Flugzeug landete mit Verspätung. Ich machte einen Spaziergang, um die Zeit totzuschlagen, hatte weiche Knie, weil ich die ganze Nacht kein Auge zugetan hatte. Ich werde im Zug schlafen.

Ich verreise lieber mit dem Zug als mit dem Flugzeug, wo man möglicherweise zwischen einem geschwätzigen Touristen und einem neurasthenischen Dinosaurier eingezwängt ist und dafür noch teures Geld bezahlen muß. Im Zug hat man Muße, kann immer wieder mal aufstehen, in den Gang hinausgehen und sich die Füße vertreten, kann das Fenster öffnen, frische Gebirgsluft atmen und, falls man Lust hat, treu und brav die Telegraphenmasten oder die Kühe auf der Weide zählen. Im Flugzeug hingegen kann man lediglich einen Blick durch das kleine Bullauge werfen, und was sieht man? Blau, Blau, nichts als Blau, das endlose blaue Nichts, zum Kotzen kitschig. Wenn ich es wenigstens eilig hätte! Aber ich habe es nicht eilig.

Schau, in Frankfurt regnet es. Wie damals ...

Damals hatte mein Vater den gleichen Zug genommen, vermutlich um die gleiche Uhrzeit und wohl auch aus Sicherheitsgründen; denn eine Fahrkarte ist wie ein Pfeil, der ins Dunkel fliegt, er hinterläßt keine Spuren. Unwillkürlich werfe ich einen Blick auf den Bahnsteig. Werde ich auch nicht verfolgt? Ich rufe mich zur Raison. Spiel bloß nicht verrückt; du hast dir nichts vorzuwerfen, hör auf, dich zu benehmen, als hättest du ein schlechtes Gewissen.

Der Bahnhof ist grau und öde. Reisende hasten und rennen, um Schutz vor dem Regen zu finden. Seltsam, durch das Fenster hindurch habe ich den Eindruck, als ob sie wie die ziehenden Wolken am Himmel nur im Zeitlupentempo vorwärtskämen. Die Dämmerung kriecht in Schwaden in die lauten Waggons. Türen werden geschlagen. Gepäckträger schreien: Hierher, hierher. Ein ängstliches Kind weint: „Mama, Mama, laß mich nicht allein, ich habe Angst!" Ich habe auch Angst. Zum Glück findet Mama ihr Kind wieder, bekommen die Träger ihr Trinkgeld; alles geht in Ordnung. Der Tag geht zu Ende, eilige Schritte nähern sich, Erinnerungen tauchen auf und verschwinden. Was soll ich tun, damit die Phantasiegestalten, die Gebete und die Schrecken mich nicht in den Wahnsinn stürzen? Ich sehe unseren Nachbarn, den chassidischen Rabbi, vor mir. Er zitiert die Bibelstelle: „Und Moses schritt zwischen den Lebenden und den Toten, und die Plage hörte auf." Und er kommentiert: „Der Mensch muß die Lebenden von den Toten zu scheiden wissen." Befinde ich mich deshalb in diesem Zug, um sie voneinander zu trennen? Und wenn es sich um einen Irrtum handelte? Was soll's, mein kleiner Bruder, du weißt so gut wie ich, daß jede Existenz das Ergebnis eines Irrtums ist.

Ich friere. Wo ist bloß mein Mantel? Sollte ich ihn auf dem

Bett gelassen haben? Ich werde mir den Tod holen. Kein schlechter Witz, wenn ich in Deutschland an einem Schnupfen sterben würde.

Ohne daß ich es zugeben will, beschleicht mich Unruhe. Ich friere nicht mehr, ich schwitze. Nein, ich friere und schwitze zugleich. Ein Glück, daß ich noch allein im Abteil bin, so muß ich wenigstens kein Theater spielen. Der Abend sinkt, es regnet immer noch, ich habe Angst vor dem Regen und habe Angst vor der Nacht. Ich befinde mich an einem Scheideweg, habe mich für einen unbekannten Weg entschieden, ich bin Jakob und werde mit dem Engel ringen; einer von uns wird sterben.

Ein Bild kommt oder kommt mir wieder in den Sinn: das weiße Zimmer, von einem unangenehmen, stechenden Weiß, im Hospital oder in der Klinik. Die leise, beruhigende Stimme eines Arztes, die mir sagt, ich solle es nicht so schwernehmen, aber ich nehme es schwer. Das Lächeln einer Krankenschwester, die freundlich über den Kopf meiner Mutter streicht, um mich zu beruhigen, aber ich werde nicht ruhig. Ein Mann streckt mir die Hand hin, um mir zu bedeuten, daß ich nicht die Nerven verlieren soll, aber ich bin wie erstarrt.

Meine Kehle ist wie zugeschnürt, ich möchte schreien, bleibe aber stumm, ich möchte fliehen, bin aber gelähmt. Ich vernehme ein Rauschen ringsumher, als ob die Flügel des Wahnsinns mich streiften, aber dazu liegt kein Grund vor; denn kein Feind lauert mir auf, keine Gefahr droht mir. Der Mörder von Davarowsk? Ich kann ihn nicht töten, weil mein Vater und seine Begleiter ihn schon getötet haben. Aber ich kann doch nicht einfach weggehen, aufgeben. Was hindert mich daran, mit dem Abenteuer Schluß zu machen? Ich kann mir die Kosten erstatten lassen, kann jederzeit aussteigen, den Bahnsteig wechseln, umkehren und den *Engel* vergessen, den mein Vater getötet, schlecht getötet hat. Mein Vater hat sich jedenfalls nichts vorzuwerfen. Er hat niemanden umgebracht. Er ist die Unschuld in Person. Die Folgerung daraus lautet, aufhören, Schluß mit dem idiotischen Spiel, bevor ich noch tiefer hineingezogen werde, bevor der Zug abfährt.

Doch ich habe bereits zu lange gezögert. Ein Zurück ist nicht mehr möglich. Der Zug setzt sich in Bewegung.

„Bitte, entschuldigen Sie."

Wer entschuldigt sich bei mir?

„Ist dieser Platz besetzt?"

Im Halbdunkel erkenne ich eine gutgekleidete Frau, ich habe sie nicht hereinkommen sehen.

„Alles frei."

Sie bedankt sich. Ich nehme ihr höflich den Koffer ab und helfe ihr aus dem Regenmantel. Sie bedankt sich abermals. Ich entschuldige mich nun meinerseits, allerdings bei Lisa; denn die neue Reisegefährtin gefällt mir. Ich schätze dankbare Frauen.

„Ich fahre bis Graustadt", sagt sie. „Und Sie?"

„Weiter."

Sie scheint freundlich und attraktiv und sicher auch intelligent zu sein, gebe Gott, daß sie nur keine Plaudertasche ist.

„Weiter? Wo ist das?" fragt die junge Frau, die wohl doch nicht mehr ganz so jung ist.

„Weiter, das bedeutet sehr weit", sage ich.

„Störe ich Sie?"

Was möchte sie jetzt von mir hören?

„Nein, keineswegs."

Ich hätte ihr gleich von Anfang an klarmachen müssen, daß ich weder Französisch noch Deutsch noch Englisch verstünde. Ein Studienfreund von mir hat es einmal so gehalten, als er eine Schiffsreise in den Orient machte. Seine Tischnachbarn gaben sich alle erdenkliche Mühe, ihn in Spiel und Unterhaltung miteinzubeziehen. Vergebens. Er zuckte bloß mit den Schultern und gab ihnen so zu verstehen, wie traurig er sei, ihnen nicht antworten zu können, weil er keine der in Frage kommenden Sprachen beherrsche. Die Armen versuchten es trotzdem nach allen Regeln der Kunst, aber es war umsonst, und mein Freund hatte seine Ruhe. Er meditierte und hing seinen Träumen nach, ohne daß ihn jemand störte. Am letzten Abend beim Abschiedsessen machten seine Mitreisenden einen letzten Versuch: „Aber Sie müssen sich doch irgendwie mitteilen, etwas reden, etwas sagen können, in welcher Sprache tun Sie es?" – „Auf karatsisch", sagte er. Karatsisch gibt es natürlich nicht, mein Freund hatte es einfach erfunden, weil es so exotisch klang. Seine Tischnachbarn zeigten sich hochbefriedigt, sie waren beruhigt, als sie hörten, daß er überhaupt eine Sprache, irgendeine Sprache, wenn auch eine nichtexistierende sprach.

„Ich heiße Therese. Und Sie?"
„Ariel", lüge ich sie an.
Ich hätte auch Friedemann oder Béla sagen können.
„Ariel", sagte sie. „Ich mag diesen Namen."
„Ich auch."
„Und Therese? Mögen Sie Therese?"
„Ich mag Therese."
Sie mußte herzlich lachen.
„Aber Sie kennen mich doch gar nicht."
„Doch, ich kenne Sie. Sogar besser, als Sie denken."
„Unmöglich. Das glaube ich Ihnen nicht."
„Ich habe eine Zeitlang meinen Lebensunterhalt als Wahrsager verdient."
„Können Sie aus den Handlinien lesen?"
„Nein, aber aus den Linien des Gesichts. Die Eingeweihten nennen das ‚Gesichtserkenntnis'. Möchten Sie, daß ich Ihnen sage, wer Sie sind?"

Ich neige mich zu ihr und sehe sie scharf an, sie bekommt Angst.

„Gut, dann wollen wir ganz still sein", sage ich.

Erschrocken hält sie den Atem an. Ich lege meine Hand auf ihre Hand.

„Sie brauchen keine Angst zu haben vor dem Schweigen, Therese. Es schadet nur dem, der es bricht."

Ihre warme Hand fühlt sich einladend an.

Einmal, in einer anderen Existenz, war das Schweigen ein ahnungsvolles Vorzeichen. Es kündigte den *Engel* an. Wenn das Getto den Atem anhielt, bedeutete das: Der Militärkommandant naht. Er kam, um das Schweigen, das Schweigen der Geschichte zu brechen, bevor er sich an der Geschichte selbst vergriff.

Und in der Klinik flehte meine Mutter ihren Arzt an, sie nicht allein zu lassen in der weißen Einsamkeit ihrer Zelle: „Ich habe Angst, Doktor, vor der Stimme ohne Stimme." Er gab ihr dann eine Spritze, damit sie einschlief, laut träumte und in einer von anderen menschlichen Wesen bewohnten Welt versank, aber ihre Angst vor der „Stimme ohne Stimme" verfolgt mich unaufhörlich.

Therese lächelt mich an; sie hat keine Angst mehr. Oder sollte sie mich anlächeln, weil sie Angst hat?

Sie hat meine Hand nicht zurückgewiesen. Unsere Hände sind nun ineinander verschlungen. Wenn das so weitergeht, erlebe ich bald mein neuestes Verhältnis mit ... mit wem eigentlich? Ob Therese Deutsche ist? Wir haben uns englisch unterhalten, und jetzt sind Worte überflüssig. Nichts schenkt uns so leicht Vergessen wie aufkeimendes sinnliches Begehren. Sünde? Laß mich in Frieden, Simha, und bleib in deiner Finsternis. Aber Lisa? Sie hat bestimmt volles Verständnis; sie ist doch so verrückt auf sogenannte „Reisen" und weiß, daß sie unserer Kontrolle entgleiten. Vor seiner Majestät dem Zufall muß man die Waffen strecken. Therese hätte den nächsten Zug nehmen, ich hätte auf dem Bahnsteig bleiben können. Also, Therese, lieben wir uns, die Trennung hernach wird nur mehr Symbolwert haben. Ich hätte große Lust, es ihr zu sagen, tue es natürlich nicht, tue überhaupt nichts, ich lasse alles geschehen. Ich höre, wie der Zug mit ohrenbetäubendem Lärm durch einen Tunnel fährt und sage kein Wort.

In meinem Gedächtnis steigt das Bild jenes düsteren Bahnhofsgebäudes auf. Der Zug kommt an, aber er wird dich nicht mitnehmen, mein kleiner Bruder. Sei still und höre zu, sagt eine Stimme. Hör gut zu, sagt meine Mutter und fährt dir übers Haar. Du verläßt uns jetzt. Wir haben alles in die Wege geleitet, dein Vater und ich, wir haben brave anständige Leute gefunden, du bleibst bei ihnen; sobald wir können, kommen wir und holen dich wieder, hast du gehört? Im Dunkeln siehst du meinen Vater an, er nimmt deine Schulter und drückt sie mit aller Kraft, es tut dir weh, aber es gefällt dir, du möchtest, daß er dir noch mehr weh tut, daß er seine Hand nicht wegnimmt, daß er sie auf deiner Schulter läßt, daß er sie immer stärker drückt, so lange, bis du uralt bist. Komm, sagt meine Mutter. Nein, sie hat nichts gesagt, das Wort, das sie auszusprechen glaubte, war nur ein Seufzer. Du hast es trotzdem gehört. Ihr habt euch zwischen den zusammengekrümmten Leibern durchgezwängt und steht vor der Tür. Meine Mutter klopft zweimal kurz und dann dreimal lang, die Tür wird halb geöffnet, du drehst dich um, suchst deinen Vater, siehst ihn nicht mehr, siehst niemand mehr in der Dunkelheit und bist draußen. Eine Frau nimmt dich bei der Hand. Das ist jetzt deine Mutter, sagt dir meine Mutter. Und vor allem nicht weinen, es ist gefährlich zu weinen, das erregt Aufmerksamkeit. Die jüdischen Kinder weinen, und auf diese Weise verraten sie sich, sie weinen nämlich anders, gib acht, mein Liebling, versprichst du mir, daß du achtgibst? Du versprichst zu versprechen, aber meine Mutter ist nicht mehr da, um dein Versprechen entgegenzunehmen. Die Tür ist bereits wieder geschlossen. Die Nacht ist kalt und undurchdringlich, der Himmel finster, mondlos. Ich weiß nicht wie, aber die Frau und du, ihr lauft rückwärts. Es ist so, daß du rückwärts gehst und die Frau dich zurückziehen will und auch rückwärts geht wie du. Ihr entfernt euch immer mehr vom Bahnhofsgebäude, von den Bahnsteigen, den weit aufgesperrten Waggons. Als der Morgennebel steigt, erreicht ihr den Waldrand und seid in einer Hütte. Du sitzt vor einer Schale heißer Milch und weigerst dich zu trinken. Du hast weder deinen Vater noch deine Mutter wiedergesehen. Die Bäuerin hat ihnen später alles erzählt. Und mir hat dein Vater alles erzählt, und seitdem kann ich keine heiße Milch mehr sehen.

„Es wird serviert", ruft der Kellner und schwingt seine Glocke.

„Haben Sie Hunger?"

Ich schüttele den Kopf.

„Das ist verdächtig", sagt sie. „Ein Mann, der nichts ißt, hat immer etwas zu verbergen. Ein Mann, der keinen Hunger hat, ist ein Simulant."

„Ich mag keine heiße Milch", sage ich zu ihr.

„Ich verstehe", lächelt sie zustimmend.

Was versteht sie? Was kann sie schon verstehen? Ach, mag

sie denken, was sie will. Ich erwidere ihr Lächeln aus purer Höflichkeit, betrachte sie und frage mich, ob Lisa an ihrer Stelle sein könnte oder meine Mutter oder die Bäuerin. Eine dunkelhaarige Dreißigerin, etwas mollig, in einem eleganten Kostüm, gut geschminkt, eine Frau, die man nicht leicht übersieht. Ob sie verheiratet ist? Sicher hat sie Familie. Kämpft für die Befreiung der Frau. Ist vielleicht gar Mitglied der RAF?

„Wohin fahren Sie?" fragt der Schaffner.

„Nach Graustadt", sagt Therese.

„Und Sie?"

Ich reiche ihm meine Fahrkarte.

„Ach, Sie fahren nach Reschastadt. Dann müssen Sie in Graustadt umsteigen."

„Das hat man mir gesagt."

Mein Vater hat diesen Zug einmal benutzt, in Gedanken tat er es wohl mehr als tausendmal. Ich habe seine Worte im Kopf. Alles kommt mir so vertraut vor, daß ich nicht mehr weiß, wer mit diesem Zug fährt, mein Vater oder ich. In meiner gereizten Phantasie bin ich nahe daran, Therese zu fragen, ob sie nicht vor zwanzig Jahren dieselbe Reise gemacht und einen gewissen Reuwen Tamiroff getroffen hat, der einen Kommentar über Paritus verfaßt hatte und ein Amateurrächer war.

„Was werden Sie tun in Reschastadt?"

„Ich weiß noch nicht, Therese."

Ist ihr Name eigentlich Therese? Mein Name ist nicht Ariel, aber ich benutze ihn. Er schützt mich vor mir selbst. Ich sage „Ariel" und werde wieder ein Kind, sehe den Abschied des Kindes und dann seinen Tod.

Eine Therese kenne ich nicht. Sie ist weder jung noch alt, weder schön noch häßlich, weder raffiniert noch harmlos, ich weiß es nicht, ich weiß nicht einmal, ob sie eine Frau oder eine Fata Morgana ist.

Ich weiß nur, daß wir zusammen reisen und uns bald trennen werden. Was mag sie von mir denken? Sicher ist, daß sie mich beobachtet. Ich spüre ihre Blicke auf meinem Körper. Schade, daß ich zu nichts Lust habe. Aber weshalb läßt sie mich nicht aus den Augen, so als sei ich bereits ihr Liebhaber oder ihr Feind?

Wenn ich ein unbehagliches Gefühl verscheuchen will, lenke ich für gewöhnlich meine ganze Aufmerksamkeit auf die Vergangenheit und suche wie immer Zuflucht bei meinen Eltern. Ob sie eines Tages wieder vereint sein werden? Ich warte, daß sie zurückkehren, wiedererscheinen ...

In der Nacht, wenn ich krampfhaft versuchte, einzuschlafen, beschlich mich oft die Angst, was ich tun müsse, um sie nicht zu vergessen. Würde ich sie am nächsten Morgen auch wiedererkennen? Sie in der Klinik, er im Zimmer nebenan, und beide so weit voneinander getrennt. Auch von mir. Ich stellte mir einen kleinen Jungen vor, der von einer Menschenmenge fortgetragen wurde. Er weiß genau, daß sein Vater und seine Mutter in der Menge sind, aber er geht an ihnen vorbei, und das ist seine Schuld, er hat sie nicht erkannt. „Nein", fängt er zu weinen an, „das wird niemals geschehen. Meine Mutter wird etwas sagen, und ich werde dann wissen, daß sie es ist, mein Vater wird mir die Hand auf die Schulter legen, und ich weiß, daß er es ist. Ich werde die Männer bitten, meine Schulter zu berühren, und die Frauen, mit mir zu sprechen."

„Schläfst du?"

Was da wie ein Murmeln von ihren Lippen kommt, hört sich an wie ein Seufzer im Schlaf, der auf deutsch ausgestoßen wurde. Daß sie mich duzt, gefällt mir nicht. Ich kann es mir nur so erklären, daß sie träumt; sie träumt von jemand und spricht in ihrer Sprache mit ihm. Um so besser. Ich muß mich unbedingt konzentrieren und mich geistig und moralisch auf den Augenblick vorbereiten, wo ich dem getöteten, aber immer noch lebenden Mörder von Davarowsk gegenüberstehen werde.

Der *Engel* und sein Theaterfimmel. Seine Reden, seine Faseleien. Seine Stimme, die Schweigen verlangt, und die Stille der zum Schweigen gebrachten Menge. Richard Lander und das Ende einer Welt. Meine deportierten Eltern und der Tod ihres Sohnes. Der Tod der Liebe und die Geburt des Hasses, des Rachedurstes.

Es ist grotesk, aber ich sehe mich plötzlich vor unserem Nachbarn, Rabbi Zwi-Hersch, stehen. Ich komme mir linkisch und blöde vor und habe allen Grund dazu; denn man tritt bei einem Mann des Glaubens, seines Zeichens Rabbiner und Schriftgelehrter dazu, nicht einfach ein und sagt: „Im Namen dessen, was Sie lehren, helfen Sie mir. Bin ich im Recht, wenn ich einen Feind, der die Unsern ermordet hat, bestrafen will? Habe ich recht, den Willen meines Vaters zu erfüllen? Habe ich recht, wenn ich seinem Schwur treu bleiben will?" Ich trete trotzdem ein, und der Rabbi empfängt mich in seinem Arbeitszimmer.

„Ja?" sagte er sichtlich überrascht von meinem Besuch.

„Ich bin der Sohn von Reuwen Tamiroff."

„Ich weiß. Der Freund von Simha. Gute Juden die beiden. Simha ... bewegt sich auf einem gefährlichen Boden. Die Kabbala ist nur den Eingeweihten vorbehalten."

„Ich mag Simha sehr gern", sagte ich.

„Ich auch. Aber lieben wir ihn aus den gleichen Gründen?"

Seine Augen und sein Blick kamen mir vor wie ein wunderbares Märchen, ich hatte Lust, darin einzutauchen und zu versinken.

„Rabbi", sagte ich. „Ich möchte Ihnen eine Frage stellen, eine Frage über Gerechtigkeit und Rache."

Er zog die Brauen hoch und wartete. Er hatte Zeit. Die zweitausend Jahre, die hinter ihm standen, hatten ihn die Kunst des Wartens gelehrt.

Des Rabbis Züge wurden ernst, und in diesem Augenblick begriff ich, daß er mehr über mich und meinen Plan wußte, als ich dachte.

„Unser Gott ist auch der Gott der Rache", erwiderte er nach langem Überlegen, beugte sich zu mir vor und stützte seinen Arm auf eine Ausgabe des Talmud: „Was bedeutet das? Es heißt, daß die Rache nur ihm allein zusteht."

Ich konnte meinen aufsteigenden Zorn nicht unterdrücken:

„Und die Mörder unseres Volkes? Muß man sie in Frieden lassen?"

„Das habe ich nicht gesagt. Ich habe das Gegenteil gesagt: Gott wird sie strafen."

„Indem er vielleicht einen Autounfall herbeiführt?"

„Hör auf", sagte er. „Du kannst mich nicht beleidigen mit deiner Ironie. Hast du Vertrauen in die göttliche Gerechtigkeit? Wenn nicht, an was – und an wen – glaubst du?"

„An den Menschen."

„An den Menschen?"

„Wer hat ihn denn so groß gemacht, so schön, so wahr, daß er soviel Ehre verdient? Waren die Mörder nicht auch Menschen?"

Betreten schweige ich. Der *Engel* hat Verbrechen gegen Gott und gegen die Menschlichkeit begangen. Welche davon sind verdammenswerter? Und kann ich überhaupt einen Unterschied machen zwischen beiden?

„Die jüdische Tradition ist gegen die Todesstrafe", nahm der Rabbi mit veränderter Stimme wieder das Wort. Das Gesetz läßt sie zu, aber es steht uns nicht zu, sie anzuwenden. Der Sanhedrin, der sie ausspricht, wird als Mörder bezeichnet. Bedenke, wenn sogar ein Gericht ermuntert wird, das Reich des Todes nicht zu erweitern, was soll man dann vom einzelnen sagen? Die Schuldigen bestrafen, sie mit dem Tode bestrafen bedeutet, sich auf ewig an sie zu binden. Wünschst du dir das?"

„Rabbi", warf ich ein.

„Die Schrift verpflichtet uns, den zu töten, der uns zu töten die Absicht hat. Doch heißt das, daß wir uns gleich auf den Erstbesten stürzen sollen, der wie ein Mörder aussieht? Im Gegenteil. Die Tora befiehlt uns, diese vorbeugende Handlung nur ins Auge zu fassen, wenn wir sicher sind, daß der Angreifer mit der Absicht gekommen ist, uns zu töten. Doch wie diese Gewißheit erlangen? Nehmen wir an, er erklärt seine Absicht, wie kann man in diesem Falle sicher sein, daß er seine Drohungen nicht bloß aus psychologischen Gründen ausspricht? Anders ausgedrückt, diese Bibelstelle untersagt jeden Mord. Ein Mord kann in der Tat niemals gerechtfertigt werden."

„Rabbi", wiederholte ich. „Hören Sie mir bitte zu."

„Ich höre."

Wie sollte ich es ihm erklären? Vielleicht erriet er es. Er war in schlechter Stimmung, und meine Anwesenheit schien ihm lästig zu sein.

„Ich verreise", sagte ich. „Wünschen Sie mir Erfog, bitte, und segnen Sie mich."

Er stand von seinem Sessel auf, und ich erhob mich ebenfalls. Er streckte mir seine Hand hin, zog sie aber sofort wieder zurück.

„Nein", sagte er und schüttelte den Kopf. „Ich will nicht, daß du diese Reise machst."

Er wußte es also. Woher wußte er es? Sollte er über geheime Kräfte verfügen? Daran glaubte ich nicht. Aber trotzdem ...

„Ich habe keine andere Wahl, Rabbi. Es geht um meine Seele, um meinen Verstand."

„Deine Seele? Dein Verstand? Sie haben nichts mit dieser Reise zu tun. Was du dort unten lösen willst, kannst du auch hier versuchen."

Wie sollte ich ihn überzeugen, daß mir keine andere Wahl blieb. Ich war verzweifelt.

„Verzeihen Sie, Rabbi, aber Ihre Verständnislosigkeit tut mir weh."

Ich streckte ihm noch einmal die Hand hin, er senkte bloß den Kopf.

„Ich kann nicht", sagte er.

Damit ließ er sich wieder in den Sessel fallen und vertiefte sich von neuem in das Studium einer Frage, die vor zweitausend Jahren irgendwo in Galiläa oder an Jahwe gestellt worden war und deren zeitlose Bedeutung mir erst später aufgehen sollte.

„Ich weiß, daß du nicht schläfst", sagt Therese.

Ich fahre zusammen.

„Wußte ich es doch", sagt sie mit triumphierender Miene. „Ich wußte, daß du nicht schliefst."

Sie wußte, sie weiß, und sie ist stolz darauf. Während ich nichts weiß.

„Ich denke an den Krieg", sage ich.

„Den Krieg", sagt Therese.

Man soll sie mit dem Krieg in Ruhe lassen. Krieg ist etwas

Häßliches. Ströme von Blut, Verwesungsgeruch, Ruinen. Daß die Leute nicht aufhören, davon zu sprechen, und daß sie nie aufhören werden, Krieg zu führen. Klug, diese Therese! Man sollte ihr die ganze Menschheit anvertrauen, sie würde sie glücklich machen.

„Auf jeden Fall betrifft mich das alles nicht", sagt sie. „Ich bin erst nach dem Krieg geboren."

Ich auch. Ich bedaure es. Man stellt sich nicht vor, erst im nachhinein auf die Welt zu kommen. Wenn die Schriften der Alten die Wahrheit sagen, wenn Gott selbst über das Schicksal jeder Menschenseele entscheidet, wenn er sie selbst individuell und mit Umsicht in die irdische Zeit stellt, dann hat er bei mir seine Sache schlecht gemacht. Erst nach dem Kriege geboren, muß ich doch unter dessen Folgen leiden. Die Kinder der Überlebenden sind fast ebenso stark gezeichnet wie die Überlebenden selbst. Ich leide unter einem Ereignis, daß ich selbst gar nicht erlebt habe. Ich habe das Gefühl, etwas versäumt zu haben; von der Vergangenheit, die die Weltgeschichte erschüttert hat, habe ich nur Worte im Kopf behalten. Für mich ist Krieg das verschlossene Gesicht meiner Mutter. Für mich ist Krieg die Gebrochenheit meines Vaters.

Natürlich habe ich unzählige Bücher über das Thema gelesen, Romane, in denen alles falsch, Essays, in denen alles zu hochgestochen ist, und ich habe Filme gesehen, in denen wegen der besseren Marktchancen alles auf schön getrimmt wird. Sie haben nichts mit der Erfahrung zu tun, die die Überlebenden mit sich herumschleppen. Für mich ist der Krieg Ariel, den ich nicht gekannt habe und den ich unbedingt kennenlernen möchte: ein falscher Tod oder ein falsches Leben, wie man es nimmt.

Ich stellte Simha einmal die Frage:
„Warum hat mein Vater die Vereinigten Staaten gewählt?"
„Nicht wir haben Amerika, Amerika hat uns gewählt. Erinnere dich an die ersten Jahre nach dem Krieg. Kein Land wollte Vertriebene und Flüchtlinge aufnehmen. Der Krieg war zu

Ende. Wir hatten ihn gewonnen, wurden aber immer noch wie Pestkranke behandelt."

„Bontscheck ist doch nach Palästina gegangen."

„Ja, illegal."

„Sag mir bloß nicht, ihr hättet es mit der Legalität immer so furchtbar genau genommen."

„Wie soll ich dir unsere damalige Verfassung beschreiben. Wir waren müde und völlig fertig. Um nach Palästina zu gehen, mußte man eine Menge Energie und Willenskraft aufbringen und körperlich gut beieinander sein. Gebirge mußten überquert, Grenzen überschritten und Flüsse durchschwommen werden. Palästina erreichen wollen, das hieß, Tag und Nacht marschieren, Hunger und Durst auf sich nehmen, hieß: sich alten Kähnen anvertrauen, die längst nicht mehr seetüchtig waren, hieß: vor den Patrouillenbooten der englischen Marine fliehen und, wenn man Pech hatte, auf Zypern eingelocht werden. Bontscheck war der richtige Mann dafür, aber nicht deine Eltern und ich auch nicht."

Trotzdem war er froh, als er das amerikanische Visum bekam, und mein Vater nicht weniger. Der amerikanische Lebensstil sagte ihnen zu. Man kann leicht in der Masse untertauchen. Amerika verschlingt die Menschen, das ist seine Stärke und seine Schwäche zugleich. „Eine Million Menschen rauchen diese Marke. Macht es wie sie!" In Europa versucht ein jeder, sich vom anderen möglichst zu unterscheiden, in Amerika möchte man das tun, was alle tun. Man folgt der jeweiligen Mode, kopiert, imitiert. Genau das Richtige für Simha und meinen Vater. Untergetaucht und am Rande der Gesellschaft lebend, hängen sie ihren Träumen und Verstiegenheiten nach: Paritus und der Erlöser. New York, die Stadt, die exhibitionistischer ist als alle Städte der Welt, ist zugleich auch das große Paradies der Einzelgänger, ideal für Käuze und Verrückte jeder Art; denn niemand stört sie.

„Manchmal fragen dein Vater und ich uns, ob alles so gekommen wäre, wenn wir damals ..."

„Wenn ihr nach Palästina gegangen wäret?"

„Wie so viele Vertriebene es getan haben. Wir wurden dazu immer wieder aufgefordert, immer wieder ermahnt, in das

Land unserer Väter zurückzukehren, in einem Kibbuz zu leben oder in Jerusalem oder in Safed in Galiläa. Es war schon eine Versuchung."

„Wärt ihr nach Palästina gegangen, hätte mein Vater sein Buch über Paritus abgeschlossen", sage ich, „und du ..."

„Ich?"

„Du hättest den Messias aus dem Schatten treten lassen."

Und ich selbst? Ich wäre nicht durch Brooklyn gebummelt, hätte nicht meine Mutter in dieser Klinik untergebracht, hätte Lisa nicht kennengelernt ... Der Talmud schreibt – vielleicht mit einem Schuß Humor – dem Schöpfer eine geheime Leidenschaft und eine geheime Beschäftigung zu: Er fädelt die Heiraten ein, sorgt für die entscheidenden Begegnungen, für die, die schließlich zählen. Lisas Kommentar dazu: Wie ist dann die Scheidung zu erklären, die Trennung? Sage mir nur nicht, daß auch Ihm Irrtümer unterlaufen!"

Lisa ... wenn sie plötzlich in diesem Zug auftauchen würde, so sollte mich das nicht wundern.

„Lisa, du bist wirklich unmöglich!"

„Aber nein, unmöglich ist das nicht, lediglich unwahrscheinlich."

Sicher wäre es nicht vorauszusehen.

Sie nimmt mir alles und gibt nichts zurück. Lisa ist wie ein Perpetuum mobile, sie muß dauernd Unruhe stiften, muß über die Stränge schlagen, muß sich verrennen, sich verlieren. Und Lisa, das bedeutet auch Rausch der Sinne und rasende Leidenschaft. Sie ist zu allem fähig. „Komm, wir gehen spazieren", sagt sie genau dann, wenn ich schlafen oder lesen möchte. „Laß uns ins Konzert gehen!", wenn ich einen Migräneanfall habe. „Los, wir besuchen jetzt deinen Vater!", wenn ich ihn nicht sehen möchte, und heftigen Groll gegen ihn habe. „Aber er schläft doch, Lisa." – „Ich werde ihm sagen, daß er nur träumt." – Natürlich schläft er dann nicht. Wir reden oder richtiger, Lisa redet und redet, sie kann bezaubernd und witzig sein, und niemand übt eine ähnlich wohltuende Wirkung auf meinen Vater aus. Bei ihr wird ihm richtig warm ums Herz. Und der Abschied ist stets streng geregelt, er verabschiedet sich immer mit den gleichen Worten: „Sie heißen also Lisa."

Mit Lisa spreche ich auch vom Krieg, mit Lisa spreche ich über alles, was mir Kummer macht. Für sie ist der Krieg mit meinem Vater, und mein Vater mit mir identisch.

„Man versteht uns nicht, man will uns auch gar nicht verstehen. Man lehnt es ab, auch einmal unsere Tragödie zu betrachten. Nur die der anderen, die analysiert man, die Tragödie der Polen, der Ukrainer, der Tschechen, der Franzosen, der Belgier, der Norweger, der Freimaurer, der Priester, der Zigeuner und vor allem natürlich der Juden. Der Juden, die von uns verfolgt, die von uns ermordet wurden, von uns, von mir!"

„Sie haben ganz recht, Therese. Es ist nicht richtig, nicht auch Mitleid, ja noch mehr Mitleid mit den armen Deutschen zu haben, die die Juden verfolgten und umbrachten, die die Priester, die Freimaurer ..."

Sie hat meine Ironie noch nicht bemerkt und fährt fort:

„Alle Deutschen sind Schweine, sind Kriegsverbrecher, ich höre nichts anderes mehr. Man braucht nur das Wort ‚Massaker' zu nennen, und schon denkt man an die deutsche Nation. Sobald einer Grausamkeit sagt, denkt man an die Deutschen, an mich ..."

„Sie haben recht, Therese. Man ist im Unrecht, wenn man die armen Mörder nicht beweint, die armen Henker nicht bedauert, die die Gettos ausrotteten, man hat unrecht, kein Mitleid mit den Folterknechten zu haben, die in den Todeslagern regierten. Ja, Sie haben recht, Therese, die Tragödie des Mörders ist letzten Endes unmenschlicher als die seiner Opfer. Die Deutschen müßten jedem mit Repressalien drohen, der es ihnen gegenüber an Einsicht fehlen läßt.

„Sie machen sich über mich lustig", sagt Therese gekränkt.

„Offen gestanden, ja."

„Sie haben mich falsch verstanden", sagt sie, „ich meine nicht die Verbrecher, sondern ihre Kinder. Ich spreche von den jungen Deutschen, die nichts verbrochen haben, und die verachtet, verdammt, beschimpft und verhöhnt werden; ihnen diese Last aufzubürden, ist ungerecht, das müssen Sie doch zugeben."

In diesem Punkt hat sie nicht unrecht. Ich bedaure die jungen Deutschen, weil sie diesen Makel tragen müssen, weil sie zu Unrecht gebrandmarkt werden. Wenn sie froh und zufrieden sind, dann heißt es, sie seien gefühllos, sind sie es nicht, nennt man sie anständig. Anders ausgedrückt, sie müssen, wenn sie als anständige Deutsche gelten wollen, sich schuldig fühlen. Ist das nicht zuviel von ihnen verlangt?

Wenn ich an der Fakultät deutschen Studenten begegnete, machte ich einen Bogen um sie. Ihre Sprache kam mir wie verseucht vor und wurde zu einer Barriere, die an Stacheldraht erinnerte.

„Therese", sage ich unvermittelt, „ich bin Jude."

Die Wirkung ist fast dramatisch. Sie verschanzt sich in ihrer Ecke am Fenster. Ihr Gesicht zuckt. Sie betrachtet mich mit ganz anderen Blicken. Es genügt offenbar, jemandem zu erklären, daß du Jude bist, und schon sieht er oder sieht sie dich mit anderen Augen an. Therese duzt mich wieder:

„Du bist also Jude, Jude bist du, Jude."

Die Situation beginnt lächerlich zu werden. Therese, offenbar von einem, ich weiß nicht welchem, Sühnebedürfnis getrieben, rutscht von ihrem Platz und setzt sich zu meiner Rechten. Sie nimmt meine Hände, drückt sie mit ungewohnter Heftigkeit und murmelt etwas Unzusammenhängendes, von dem ich nur zwei Wörter aufschnappe: ‚Liebling' und ‚Angst'. Was hat das miteinander zu tun? Ist sie eine Philosophin? Vielleicht versucht sie mir zu bedeuten, daß ihr augenblicklicher Liebling nicht die geringste Angst zu haben braucht. Abgesehen von der Angst, mit der ich hausieren gehen kann, die Angst, die mir das Herz zusammenschnürt, seit ich deutschen Boden betreten habe. Ich werde einen Menschen zu Gesicht bekommen, den ich bisher nur durch die Augen seiner Opfer gesehen habe. Therese ist meine Unruhe nicht entgangen, sie bietet mir ihre Hilfe, ihr Mitgefühl, ihre ganze Liebe an. Ich merke, wie ihr Atem schneller geht. Am liebsten würde ich meine Hand zurückziehen, aber ich lasse sie ihr. Ich bin weit weg von ihr, ich überlasse sie ihren eigenen Erlebnissen, ich schwöre mir, niemals zu vergessen und niemals zu verzeihen ...

„Weshalb weigerst du dich, auch Verständnis für unsere Tragödie aufzubringen", sagt Therese.

Ich schwöre mir zu versuchen, alle Tragödien, ihre mit eingeschlossen, zu verstehen, auch wenn sie natürlich nichts mit der Tragödie der Juden zu tun hat.

Gott sei Dank, sie ist eingeschlafen. Der bläuliche Schein der Lampe fällt auf ihren Hals und gleitet über ihre Brust. Von wem und wovon mag sie träumen? Ich träume von Lisa. In meiner Phantasie sehe ich sie vom *Engel* bedroht. Ich habe Wut auf meinen Vater und auf Simha. Ihr Fehlschlag muß einen Sinn haben, ich weiß nur nicht welchen. Vielleicht einfach den, daß der Mörder stärker ist als seine Opfer. Der *Engel* hat als einzelner Tausende und Abertausende von Juden getötet, aber alle Juden der Welt zusammen sind ohnmächtig gegen ihn. Sollten Mörder unsterblich sein? Ich sehe mich wieder zu Haus im Salon, wie ich meinem Vater und Simha das Foto zeige. Sehe die gedrückte Miene des einen, das ungläubige Gesicht des anderen. Die Wochen der Erholung am Meer sind wie weggeblasen. Ich komme in letzter Minute am Flughafen an, weil ich meinen Mantel vergessen hatte. Was habe ich sonst noch vergessen? Liegt es an meiner Übermüdung, am Nachtflug, an meinem Tag in Frankfurt, daß ich nur noch schlafen möchte? Schlafen wie einst jene in den vergitterten Waggons. Es wäre verrückt, wenn Therese mich dann entdeckte und einen Schrei des Entsetzens ausstieße. Paritus, alter Freund, hast du nicht einmal gesagt, daß jeder Schrei ein Hilferuf ist? Paritus, du gehst uns auf die Nerven.

Mir ist kalt. Ich habe das dumpfe Gefühl einer vorweggenommenen Niederlage, habe den plötzlichen Eindruck, Unglück zu bringen, und den Wunsch, meine Mutter in der Klinik zu besuchen. Durch den Nebel starre ich auf Gespenster, die langsam näherkommen. Einige sind verschleiert, andere drehen mir den Rücken zu. Sprechen sie? Ich höre nichts, obwohl ich weiß, was sie sagen. Dieser Greis dort, der auf und ab geht, als suche er einen feindlichen Bruder und grundlos zu lachen anfängt, und jene Frau, die vor Wut um sich schlägt.

Das Rütteln des Zuges ist nicht stark genug, um mich in Schlaf zu wiegen.

Therese wird unruhig. Sie ist nervös, weil ich nervös bin. Im Traum bemüht sie sich, auch mich zu verstehen. Sie schläft, und ich betrachte sie und denke dabei an Lisa, die ich gerne betrachte, wenn sie schläft. Um sie stärker zu besitzen? Um mich ihr besser hingeben zu können? Und ganz tief in meinem Innern ist ein kleiner jüdischer Junge, der entsetzt und entzückt ist und sie mit mir und durch mich betrachtet, ein kleiner Junge, den ein hochwohlgeborener deutscher Offizier erschossen hat.

„Schlafen Sie ruhig, Therese. Ich bin Ihnen deswegen keineswegs böse." Das einzige Lebewesen, für das ich einen wirklichen Zorn empfinde, eine Art Haß in mir nähre, ist der *Engel*. Die anderen zählen nicht, er allein läßt mich nicht los. Ich will ihn hassen und hasse ihn, weil er getötet hat und dem Tod entronnen ist. Mit meiner ganzen Willenskraft fordere ich von meinem Haß, daß er Tag um Tag, bei jeder neuen Erinnerung, bei jeder neuen Seite, die ich aufschlage, wächst und größer wird. Nur weil ich keinen Menschen hassen kann, will ich ihn, ihn allein hassen. Weil ich gegen jede Gewalt bin, wünsche ich seinen Untergang, sein Sterben. Weil ich keinem Menschen etwas antun kann, will ich mir vorstellen, will ich sicher wissen, daß er tot ist, um das Werk meines Vaters zu vollenden, um endlich zu kosten, wie süß die Rache ist. Danach will ich vor meinen Vater treten und ihm sagen: „Ich habe den gesehen, der den Tod Ariels auf dem Gewissen hat, ich habe den Mörder der Juden von Davarowsk gesehen." Und er wird mich fragen: „Gut, du hast ihn gesehen, aber was hast du mit ihm gemacht?" Das ist eben die Frage: „Was soll ich mit ihm machen, o Gott, was soll ich bloß tun?

Habe ich tatsächlich geschlafen? Auf einmal bricht der Morgen an. Langsam wird es hell im Abteil. Der Zug stürmt vorwärts, keucht und faucht und läßt die Nacht hinter sich, die zusehends verschwindet, als verkröche sich ein krankes Tier.

Therese blinzelt mit einem Auge und scheint erstaunt zu sein, mich neben sich zu entdecken. Aber dann dämmert es ihr, sie reckt sich und lächelt.

„Wir sind bald da."

Sie steht auf, streicht ihren Rock zurecht, ihre Hemdbluse, ihr Haar; ich blicke züchtig zur Seite.

„Noch eine halbe Stunde", sagt sie.

Anders als mir ist ihr die Strecke bekannt. Sie nimmt ihre Handtasche, geht zur Toilette und kommt gekämmt, geschminkt und etwas reserviert zurück, sie hat sich wieder ganz in der Gewalt. Wer ist sie eigentlich? Therese ist kein seltener Name. Was für eine Therese ist sie? Welchen Beruf hat sie wohl? Die folgenden Minuten dauern eine Ewigkeit und fliegen gleichzeitig dahin, jedenfalls gehen sie mir auf die Nerven. Was ich auch sage, alles klingt falsch und höflich banal. Und wenn ich sie einfach anfahren, mit ihr streiten würde, ohne langes Hin und Her? Aber das ist nicht meine Art, und sie würde höchstens sagen: „Ja natürlich, ihr Juden..." Und auch Lisa wäre mir böse. Mein Vater ebenfalls. Außerdem habe ich keine Lust dazu. Ein guter Rat unseres lieben Paritus kommt mir in den Sinn: „Der Mensch muß in seinem Leben stets zwischen Ekel und Lächeln wählen."

„Ich hoffe, daß Ihr Besuch in Deutschland erfolgreich und angenehm sein wird", sagt Therese.

Erfolgreich und angenehm, genau das hätte sie nicht sagen dürfen. Diese Worte benutzte der *Engel*, wenn er die Juden von Davarowsk zur „Weiterverwendung" fortschickte. Wenn er ihnen eine erfolgreiche Reise wünschte, hatte er sie zur Vernichtung bestimmt, wenn er ihnen eine angenehme Reise vorhersagte, schickte er sie zur Zwangsarbeit in ein Arbeitslager.

„Sie sind der erste Jude, dem ich begegnet bin", sagt Therese. „Ihr seid nicht so, wie ich euch mir vorgestellt habe. Mit ein und derselben Geste ermutigt ihr den anderen und stoßt ihn wieder zurück. Ihr habt Angst vor der Liebe, die ihr wecken möchtet. Ihr flieht vor der Gegenwart, die euch in die Zukunft und in die Vergangenheit treibt, so daß ihr im Nirgendwo seid."

Ich gebe mir den Anschein zu lächeln, zu begreifen, einverstanden zu sein, gebe mir den Anschein, als entwickelte ich mich außerhalb der Gegenwart und über die Zeit hinweg, ich gebe mir den Anschein, als ob ich lebte.

Zum Glück bremst der Zug und biegt zu den Bahnsteigen des Hauptbahnhofs Graustadt ab. Therese geht zur Tür und bleibt einen Augenblick zögernd stehen. Will sie mich küssen? Mich als Liebhaber, als Komplizen, als Yogameister betrachten? Sie entscheidet sich, mit der Schulter zu zucken und auf Wiedersehen zu sagen, das Übliche also.

Ich steige ebenfalls aus. Zwei bis drei Stunden muß ich auf meinen Anschluß warten. Der Bahnhof ist auf das modernste wiederaufgebaut worden und gleicht einem riesigen Supermarkt, wo die Reisenden alles haben können, eine Frau für den Vormittag oder ein Ziel fürs Leben.

Zwischen Ekel und Lächeln, was soll man wählen?

Habe ich den Bahnhof wirklich verlassen? Oder habe ich phantasiert. Ich habe das Gefühl, als machte ich wieder eine „Reise" in jene andere Welt, diesmal ohne Lisa. Ich bin und bin doch nicht ich. Ziellos irre ich durch Graustadt und weiß gleichwohl, daß ich erwartet werde. In einer engen Gasse, in der Nähe eines großen Platzes, an den ein Park grenzt, erblicke ich zwei Frauen – eine Mutter, die eine gewisse Ähnlichkeit mit meiner Mutter hat, und ein Mädchen, das mich an Lisa erinnert – zwei Frauen, die weinend vor einem baufälligen Gebäude stehen.

„Sie dürfen nicht weinen", sage ich. „Sie dürfen nicht weinen. Weinen ist gefährlich. Tränen erregen Aufmerksamkeit. Wollen Sie, daß Sie verhaftet werden? Wollen Sie sterben?"

Sie tun so, als ob sie nicht hören oder nicht verstehen, was ich ihnen sage, aber es kann ebensogut sein, daß ich ihnen nicht das, sondern irgend etwas anderes oder überhaupt nichts gesagt habe.

„Kommen Sie herein", sagt die Mutter. „Es ist gut, daß Sie gekommen sind", fügt sie hinzu und putzt sich die Nase.

„Ich wußte, daß Sie kommen würden", sagt die Tochter. „Sie waren sein Freund."

„Dein Vater hatte eine Menge Freunde", verbessert die Mutter sie. „Sehen Sie nur, wie sie alle kommen. Das ist wirklich sehr lieb von ihnen."

Tatsächlich nähern sich einige Männer und Frauen, alle bereits in einem gewissen Alter; sie machen ein mehr oder weniger trauriges Gesicht und sind gut gekleidet. Sie grüßen die beiden schwarz gekleideten Frauen und verschwinden in dem Haus.

„Treten Sie doch ein", sagt die Mutter zu mir. „Bitte folgen Sie uns. Es fängt gleich an."

Ich überrasche sie dabei, wie sie ihrer Tochter zuzwinkert und diese den Blick erwidert. Sollen sie! Ich öffne eine Tür und betrete eine Art Kapelle, wo ein Katafalk mit brennenden Kerzen steht. Ich werde zu einem Stuhl geschoben und setze mich. Habe auch das dringende Bedürfnis, mich zu setzen; denn meine Beine tun mir weh.

„Meine Damen und Herren", sagt ein Mann, der Ähnlichkeit mit Lenin hat, aber vorgibt, Priester zu sein, „im Namen der Familie unseres lieben Ludwig Semmel danke ich Ihnen, daß Sie so zahlreich zu unserer Trauerfeier erschienen sind. Ludwig war unser Bruder, unser durch nichts zu ersetzender Wohltäter. Groß ist der Verlust, der uns getroffen hat, und noch größer unser Schmerz."

„Er spricht gut", flüstert eine alte Dame und stößt ihren herzkranken Mann mit den Ellenbogen in die Seite, „ich hoffe, daß er auch bei dir dabei ist."

„Als vorbildlicher Vater, als treuer Gatte und als hingebungsvoller Freund hat Ludwig die Verehrung verdient, die wir ihm stets entgegengebracht haben", fährt der Priester Lenin fort. „Er war ein Heiliger, nein, mehr als ein Heiliger, er war ein Engel."

Er drückt sich sehr blumig und geschwollen aus. Seine Zuhörer sind begeistert und entzückt, manche möchten am liebsten Beifall klatschen, halten sich aber zurück.

„Niemals, meine Zuhörer, niemals werden wir ihn vergessen", kommt der Priester zu seinem Schlußwort, „nie und nimmer werden wir Ludwig Semmel vergessen, den Mann, der ..."

Die Rührung schnürt ihm die Kehle zu, er steigt vom Podium und nimmt wieder seinen Platz in der ersten Reihe ein. Die beiden Frauen holen ihre Taschentücher heraus, die übrigen folgen ihrem Beispiel bis auf jene, die keins bei sich haben und deshalb ihre Handrücken benutzen.

Der nächste Redner ist ein Kahlkopf und außerdem ein Stotterer:

„Lud.d.wig f.fehlt mir, und i.ihr k.könnt nicht ..."

Hier und da erhebt sich ärgerliches Gemurmel. Wer stottert, soll keine Rede halten wollen. Aber der Redner hat schwerwiegende Gründe auf seiner Seite, die ihm niemand absprechen kann. Der Verblichene und er waren Geschäftspartner, und der Überlebende muß doch die Wahrheit verkünden: „Im Gegensatz z.zu d.dem, was die L.leute sagen, war L.ludwig ein Ehrenmann. Man k.kann die g.ganze Welt durchs.suchen und f.findet keinen anst.ständigeren P.partner ..."

Andere Redner stoßen ins gleiche Horn. Philanthrop, Mäzen, Fürsprecher der Witwen und Waisen, Ludwig Semmel wird schon noch sein Denkmal bekommen. Ludwig Semmel, Ludwig Semmel, wer ist das eigentlich? Bin ich ihm je begegnet? Als ich mir gerade den Kopf darüber zerbrechen will, bemerke ich, daß alle Augen sich auf mich richten.

„Jetzt sind Sie dran", sagt die Witwe.

„Du mußt reden", sagt die Tochter.

Ich müßte ihnen jetzt erwidern, daß ich niemals die Ehre hatte, die Bekanntschaft ihres Vaters und Gatten gemacht zu haben, daß ich ein Jude aus Brooklyn bin, der noch nie in der Öffentlichkeit das Wort ergriffen hat, und zwar aus dem einfachen Grunde nicht, weil noch niemand ihn dazu aufgefordert hat. Doch die Leute fixieren mich so unentwegt, daß ich es nicht über mich bringe zu kneifen. Wie im Traum sehe ich mich aufstehen und auf das Rednerpult zugehen, sehe und höre mich eine zusammenhanglose Rede halten, wo sich Cicero und Paritus, Schiller und John Donne miteinander vermischen, und mit diesen Namen beende ich schließlich meine Lobrede auf den Toten. Die Tochter ist hellauf begeistert, die Mutter wartet, bis ich geendet habe, um dann selber das Wort ergreifen zu können:

„Der letzte Redner ist der einzige Freund, den mein verstorbener Mann als seinen wirklichen Freund betrachtet hat. Alle anderen sind Lügner und Gauner. Holtz, glaubst du etwa, daß ich die Geschichte mit dem falschen Schmuck vergessen habe? Und du, Fleischmann, glaubst du vielleicht, daß mein Mann nicht wußte, daß du versucht hast, unsere Tochter zu verführen?"

Die Witwe ist groß in Form und hat einen Erfolg, den man sich leicht vorstellen kann. Anfangs erheben die Leute noch etwas schüchtern Protest, aber dann drücken sie lauthals ihr Mißfallen aus. Die Witwe läßt sich durch nichts einschüchtern, sie liefert die beste Abrechnung, der beizuwohnen ich jemals die Ehre hatte. Drei Frauen fallen in Ohnmacht, zwei Männer ergreifen schleunigst die Flucht. Ich befinde mich allein außerhalb dieses Theaters, beobachte die Szene und warte, daß ich erwache, um mir das Ganze zu erklären.

„Wer sind Sie?" fragt mich da die Mutter.

„Ja, woher kommen Sie überhaupt?" Die Stimme der Tochter übertönt noch die ihrer Mutter.

„Ich heiße Ariel", sage ich.

„Sie lügen", schreien sie hysterisch.

„Ich heiße Ariel", sage ich. „Ariel und nochmals Ariel."

„Lauter Lügen. Ihr lügt, du lügst, er lügt! Er macht sich über uns lustig. Er ist aus dem einzigen Grunde hergekommen, um sich über uns lustig zu machen, um unsere Veranstaltung lächerlich zu machen, um unser Volk schuldig zu sprechen!"

„Ich heiße Ariel und bin Jude, ich komme aus Brooklyn und Davarowsk, aus Wischnitz und Lodz, aus Debreczin und Bendzin ..."

Die ohnmächtigen Frauen kommen wieder zu sich, die geflohenen Männer sind plötzlich wieder da und kläffen mit der Meute. Wenn ich bei der ganzen Geschichte dem Tode entronnen bin, so nur deshalb – und Sie mögen darüber denken, was Sie wollen –, weil mit Moses und Josua die Wunder nicht aufgehört haben.

Ariels Tagebuch

Der *Engel* und ich waren allein. Mit dem Tod sind wir immer allein. Er saß hinter seinem tadellos aufgeräumten Schreibtisch, der vor Sauberkeit blitzte, und beobachtete mich von oben herab mit einer zwar höflichen, aber merkwürdig gleichgültigen Miene. Ich war bewaffnet und hätte ihn niederstrecken können. In einem bestimmten Moment, kurz vor der Entscheidung, im Augenblick des Erkennens, stand ich noch näher bei ihm und hätte ihn erwürgen können. Ich war frei und konnte mir erlauben, jede Möglichkeit abzuwägen und alle Einflüsse von außen auszuschließen. Ich hatte die Freiheit nachzudenken, bevor ich handelte, und dann zur Tat zu schreiten und ein Blatt der Geschichte, wenn nicht die Geschichte selbst, zu korrigieren.

Frei? Das ist ein voreilig und falsch gebrauchtes Wort. Eine Tat, die ein Mensch gerade ausführen möchte, wiederholt in ihm die Gesamtheit aller Taten, denn sie ist bindend für alle Menschen. In seinem Angriff auf Homer hat Paritus nicht unrecht, wenn er sagt, daß die Last der Vergangenheit schwerer wiegt als die der Zukunft. Der Tod negiert die Zukunft, aber nicht die Stunden und Jahre, die vergangen sind. Meine Vorfahren sind in mir, sind in meinem Vorhaben anwesend, durch meinen Entschluß binde ich sie, denn durch mich haben sie ihr Teil daran. So gesehen, scheint mir individuelle Freiheit, auch eine begrenzte, undenkbar.

Ich weiß demnach nicht, ob ich wegen meines Nichthandelns Gewissensbisse oder das Gegenteil von Gewissensbissen haben sollte? War es Feigheit oder Mut? Tatsache ist, daß ich mich im letzten Augenblick, dem sogenannten Augenblick der Wahrheit, gedrückt habe. Die von meinem Vater begonnene und jetzt zu vollendende Tat bleibt unausgeführt, bleibt Torso. Ich weiß, daß ich mich entschuldigen und um Vergebung bitten müßte; denn ich fühle mich schuldig. Schuldig, weil ich mich dem Gegner zwar gestellt, ihn aber nicht besiegt habe.

Und es wäre doch so leicht gewesen ...
Dank der bis in die Einzelheiten gehenden vertraulichen Informationen meines Vaters finde ich mich leicht zurecht in dieser kleinen Stadt. Ich gehe gewissermaßen hinter meinem Vater her, gehe mit ihm zusammen die breite Birnbaumallee hinunter und gelange zum König-Friedrich-Platz. An der Seite meines Vaters entdecke ich, wie sehr Reschastadt sich verändert hat. Keine Schutthalden, keine Ruinen mehr. An die Stelle von Argwohn, Mißtrauen und kriecherischer Höflichkeit sind bei den Leuten Genußsucht, Konsumdenken und verbindliche Umgangsformen getreten. Innerhalb einer einzigen Generation ist es den Besiegten gelungen, die sichtbaren Spuren ihrer Niederlage zu tilgen.

Ein paar Banknoten, ein paar Lügen, ein paar Komplimente, und ich habe gewonnenes Spiel. Als amerikanischer Journalist, der den Auftrag hat, eine Reportage über die Stadt zu schreiben, bekomme ich das beste Zimmer im Hotel „Italia", erhalte Zugang zum Archiv der Lokalzeitung und kann mit der Abteilung Öffentlichkeitsarbeit der Unternehmensgruppe „Elektronische Werke TSI", zusammenarbeiten. Deren allmächtiger Boß ist Herr Wolfgang Berger.

Seine Sekretärin ist aufregend hübsch und tüchtig. Wie im Roman bewundert sie ihren Chef, und wie im Film schirmt sie ihn gegen jedermann ab. Ihr Lächeln ist kühl, ihr Gang fest und selbstbewußt.

„Der Herr Direktor telefoniert gerade. Er wird Sie gleich empfangen. Darf ich Ihnen inzwischen etwas zu trinken anbieten?"

Mit ihrer Gastlichkeit will sie ein günstiges Klima schaffen; denn sie tut alles, um ihren Chef ins beste Licht zu rücken, damit mein Bericht positiv ausfällt. Ich frage mich, wie weit sie wohl gehen würde, um das zu erreichen.

Links öffnet sich eine Tür, ein Mann erscheint und bittet mich einzutreten. Ein helles, geräumiges Büro, elegant eingerichtet. Nichts Überflüssiges steht herum. Perfekter Geschmack. Man sieht auf den ersten Blick, daß Wolfgang Berger ein kultivierter Mensch ist.

„Nehmen Sie doch bitte Platz. Ich habe gehört, daß Sie gerade erst angekommen sind. Ich hoffe, unsere Stadt wird dank Ihrer Arbeit berühmt werden. Sie hat es verdient, glauben Sie mir."

„Das glaube ich gern."

Um mich dahin zu bringen, wohin er möchte, stürzt er sich in einen Monolog über die Aufgaben und den Mißbrauch der Massenmedien.

„Sie haben recht", sage ich. „Bisweilen haben die Journalisten nichts zu berichten, und dann schwätzen sie irgend etwas."

„Aber Sie doch nicht!"

„Was Sie nicht sagen. Ich bin nicht besser oder schlechter als meine Kollegen."

Er erhebt lächelnd Protest. Ich beobachte ihn scharf.

„Was denken Sie über die deutsche Nation?"

„Was sagen Sie da?"

Ich habe seine Frage nicht begriffen. Er wiederholt sie mir.

„Die deutsche Nation, die deutsche Nation", sage ich und gebe mir Mühe, logisch und in einem richtigen Zusammenhang zu denken, um mich nicht verdächtig zu machen in seinen Augen. „Von welcher deutschen Nation sprechen wir? Die von gestern oder die Heutige? Die heutige deutsche Nation sieht eher schlecht aus. Der Haß, der in diesem geteilten Land wütet, kann mich nur noch an einen anderen, noch schlimmeren und tausendmal blutigeren Haß erinnern, nur daß er heute eben nach innen gerichtet ist. Diese militanten Fanatiker, diese blutdürstigen Extremisten, diese Prediger von Gewalt und Zerstörung, ob Rechtsextremisten oder RAF-Anhänger, die sich zum Richter über Leben und Tod machen. Vielleicht stellen sie sich unbewußt und ohne es sich einzugestehen in einen schrecklichen historischen und psychologischen Kontext, der entsetzlich ist. Ihre Eltern, die ältere Generation überhaupt, ihre Lehrer haben die Juden gehaßt, und jetzt sind sie es, die die ältere Generation, ihre Lehrer, alle Inhaber von Autorität ablehnen. Natürlich nicht wegen der Juden, sondern wegen der Autorität. Darin liegt die dynamische und dämonische Natur des Hasses, der alle Schranken überspringt und sich überall einfrißt. Es fängt damit an, daß man eine bestimmte soziale Gruppe haßt, und endet damit, daß man die ganze Gesellschaft verachtet. Es fängt damit an, daß man die Juden verfolgt und am Ende die ganze Menschheit bedroht. Jeder Haß wird zum Selbsthaß."

Herr Direktor Wolfgang Berger hört mir aufmerksam zu. Er hat seine Hände vor sich auf dem Schreibtisch gefaltet, seine ganze Energie liegt in seinen Augen. Wenn er sich entschließt, mir eine Frage zu stellen, tut er es mit näselnder, leicht tremolierender Stimme:

„Warum beschäftigen Sie sich so sehr mit dem Haß, Herr? Ich wäre fast geneigt zu sagen, warum studieren Sie ihn mit solcher Leidenschaft?"

Ich sehe ihn prüfend an, und merkwürdigerweise sehe ich alle Gegenstände im Zimmer besser, ich sehe sogar die Bilder an der Wand hinter mir, bemerke eine Fliege an der Decke.

„Ich bin Jude, Herr Direktor."

„Das weiß ich, ich habe es von Anfang an gewußt."

Kein Wunder, sage ich mir. Auf diesem Gebiet besitzt er ja große Erfahrung. Er kann die Juden sofort erkennen. Er spürt sie wie ein Wünschelrutengänger eine Wasserader. Wenn er einem gegenübersteht, erwacht der Instinkt des Mörders.

„Darf ich mir eine Frage erlauben?"

Statt einer Antwort nicke ich nur mit dem Kopf.

„Hassen Sie mich eigentlich, weil Sie Jude sind? Und hassen Sie deshalb alle Deutschen?"

Diese Fragen, die ganz neutral, geradezu wissenschaftlich kühl gestellt wurden, beunruhigen mich. Ahnt er etwas von meiner Identität? Eine verrückte Idee schießt mir durch den Kopf: ‚Ich habe Ähnlichkeit mit meinem Bruder.' Ich verwerfe sie; denn es gibt eine viel einfachere Erklärung: Der Mörder in ihm hat in mir ein Opfer erspäht.

„Nein, Herr Direktor", sage ich, „ich empfinde überhaupt keinen Haß gegen das deutsche Volk, ich glaube nicht an die Kollektivschuld; denn ich gehöre einem Volk an, das selbst zu lange darunter gelitten hat, als daß es nun seinerseits darauf bestehen würde, diesen Begriff wieder ins Spiel zu bringen. Ich will einen Schritt, nein sechs Millionen Schritte, weitergehen und sage Ihnen, daß sogar der Henker selber mir keinen Haß einflößt. Es wäre zu billig, ein solches Ereignis, ein ontologisches Ereignis, auf ein Wort, eine Geste, eine Regung des Hasses zu reduzieren."

„Aber, lieber Herr Journalist, was suchen Sie dann in Deutschland?"

Ich habe große Lust, ihm zu sagen: einen einzigen Menschen. Ein einziger Mörder hat mich zu dieser Reise veranlaßt, ein unheilvolles Wesen, ein Bundesgenosse des Bösen, den ich im Namen der Meinen aus dem Leben reißen muß, weil es auf dem Planeten Erde keinen Platz geben darf für ihn und für uns. Dazu ist es noch zu früh. Soll ich ihm frei heraus antworten, daß ein Drang nach Gerechtigkeit mich nach Deutschland geführt hat, was nichts mit Haß zu tun hat?

„Ich weiß, daß Ihre Zeit kostbar ist ..."

Ich hätte sagen sollen: begrenzt, aber ich habe mich wieder gefangen.

„..., doch wenn Sie gestatten, möchte ich Ihnen gern eine Geschichte erzählen."

Bei diesen Worten zuckte er mit der Wimper. Er muß einen Zusammenhang hergestellt, in Gedanken mein Alter, die seit dem Krieg verflossenen Jahre, die verschiedensten Möglichkeiten in Erwägung gezogen haben. Seine Nasenflügel beben. Seine Haltung ist unmerklich straffer geworden.

„Ganz zu Ihren Diensten", sagt er liebenswürdig.

„Es handelt sich um eine Geschichte von Leiden und Krieg", beginne ich.

„Ich mag Geschichten gern, aber Kriege finde ich schrecklich."

„Es handelt sich um eine jüdische Leidensgeschichte, sie

spielt während des Krieges gegen die Juden, in einem Getto irgendwo in Zentraleuropa..."

Seine Augen haben die Farbe gewechselt. An der Decke spaziert eine Fliege.

„Ja?" sagt er.

Jetzt weiß er, daß ich im Bilde bin. Das in die Enge getriebene Tier richtet sich auf. Ich spüre die Gefahr.

Ich stehe auf und setze mich wieder, ich gehe planlos vor, ich improvisiere.

„Irgendwo in einem Getto also", sagt er mit der gleichen näselnden Stimme, „fahren Sie doch fort."

Ich beschwöre alle Menschen, deren Schicksal mein eigenes geprägt hat, mobilisiere alle meine Kräfte, meine Energie, meine Vorstellungskraft, mein Erinnerungsvermögen, um jedem Satz und jeder Pause die Intensität und den Biß des wirklich Gelebten zu geben. Ich rede und bin wie an einem anderen Ort, ich spreche und habe das Gefühl, daß ich, um hier und mit diesem Mann zu sprechen, mehr als ein ganzes Leben durchlebt habe, daß ich nur deswegen so viele Kämpfe aufgenommen und so viele Zeichen entschlüsselt habe.

Ich schildere ihm das Getto von Davarowsk, seine hungernden Kinder, seine zerlumpten Bettler, seine heruntergekommenen Prinzen. Frühmorgens verläßt ein Mann seine Familie, um zur Arbeit zu gehen, am Abend kehrt er nicht mehr zurück. Am Abend findet eine Mutter ihre fünf Söhne, die im Wald erschossen worden waren. Ein Paar lebt in einem Zimmer, das keine Lüftung hat, und erstickt. Randerscheinungen des Elends, Fragmente der Verzweiflung, ich könnte endlos weitermachen.

„Fahren Sie fort", sagt Wolfgang Berger.

Ich fahre fort. Die Sitzungen des Judenrats. Die Deportationen. Die „Aktionen". Der Tod. Es gab Schlimmeres als ihn, die Erniedrigung, die dem Tod vorausging. Da war der Henker, der darauf bestand, daß seine Opfer vor ihm zu seinen Füßen krochen, bevor er sie zusammenschlagen oder zur Vernichtung fortschaffen ließ. Da war der Mörder, der von seinen Opfern verlangte, daß sie ihm bewundernd zuhörten, ihn andächtig verehrten, ihn wie einen Gott behandelten. Da sollten Juden auf Befehl ihre Gebete verrichten, und sie weigerten sich. Da gab es Soldaten, die nur höhnisch grinsten, wenn sterbende Greise röchelnd in ihrem Blut lagen. Da gab es Massengräber, in denen die Leichen sich zu hohen Bergen türmten und deren verkrustete Spitze sich vor den schwarz drohenden Wolken noch bewegte.

So viele Ereignisse wären zu nennen, so viele Hoffnungen und Schicksale wurden zerstört und begraben, daß ich mein Leben und das meines ganzen Volkes damit verbringen könnte, sie aufzuzählen. Selbst wenn alle Juden der Welt nichts tun würden, als Zeugnis abzulegen, gelänge es uns kaum, mehr als eine Seite zu füllen. Und das Buch zählt sechs Millionen Seiten.

Je länger ich rede, desto schärfer treten seine Züge hervor, sein Gesicht wird von einer Minute zur anderen, von einer Episode zur anderen immer hohler und bleicher. Er hat Angst, ja, der *Engel* des Schreckens ist nun selbst von Angst erfüllt, die Angst durchdringt sein ganzes Wesen, der Tod hat am Ende den *Engel* des Todes erwischt. Einen kurzen Augenblick lang spüre ich, wie dumpfer Jubel in mir aufsteigt: Bravo, Ariel. Du bist also doch imstande, Schrecken zu verbreiten, Schrecken einzujagen! Bist du zufrieden, Ariel? Bist du stolz auf meine Heldentat?

„Ich bin noch nicht am Ende", sage ich.

Mein Kopf ist so klar wie nie zuvor, noch nie habe ich soviel Klarheit in mir selber erlebt. Mit Leichtigkeit finde ich die Worte, die ich suche, es ist fast, als suchten die Worte mich.

„Eine Geschichte noch", sage ich, „die letzte. Es geht um ein jüdisches Kind von fünf, sechs Jahren. Sie haben es gekannt, Sie haben auch seinen Vater gekannt. Reuwen und Ariel Tamiroff, sagen Ihnen diese Namen etwas?"

Ich erzähle das Ende meines kleinen Bruders. Der *Engel* hatte am Bahnhof meinen Vater und meine Mutter entdeckt. Die Waggons standen schon auf den Bahnsteigen bereit. Die Deutschen hatten die Zählung des Transports schon beendet, als der Militärkommandant noch einen kurzen Befehl erteilte. „Halt, warten!" Mühsam seinen Ärger unterdrückend, pflanzte er sich vor meinen Eltern auf: „Ihr hattet doch einen Sohn, wo ist er?" Mein Vater preßte die Zähne aufeinander und gab keine Antwort. Der *Engel* gab ihm eine Ohrfeige: „Wo ist euer Sohn?" Mein Vater preßte wieder die Zähne zusammen und sagte kein Wort. Da kam meine Mutter ihm zur Hilfe: „Unser Sohn ist tot, Herr Militärkommandant. Von einem heftigen Fieber dahingerafft. Unser Sohn hat uns vor zwei Monaten für immer verlassen. Fragen Sie die anderen Leute, sie werden es Ihnen bestätigen." – „Ich glaube dir kein Wort", gab der Militärkommandant zurück. – „Sie sagt die Wahrheit", sagte eine Stimme hinter meinen Eltern. – „Wer bist du?" – „Ich heiße Simha Seligson. Ich kenne die Familie Tamiroff seit Jahren. Ich habe ihre Großeltern mütterlicherseits und die Großeltern väterlicherseits begraben. Ich habe auch den Sohn begraben. Ich schwöre es bei meinem Leben." Andere Stimmen bestätigten es. Doch der Militärkommandant gab sich damit nicht zufrieden. Er schickte auf der Stelle einen Trupp SS-Leute ins Getto. „Und wenn ihr alles auf den Kopf stellen müßt, aber bringt mir gefälligst den kleinen Tamiroff her." Die SS durchsuchte das Getto von einem Ende zum anderen und kam unverrichteterdinge wieder zurück. „Das macht nichts", sagte der *Engel* zu meinen Eltern. „Eines Tages werde ich euern kleinen Jungen schon noch erwischen, das verspreche ich euch. Ihr werdet leider nicht mehr da sein, um es noch zu erleben." Und er hielt Wort. Er ließ nichts unversucht. Bis es ihm schließlich gelang, meinen kleinen Bruder aufzustöbern und zu ergreifen. Seine Rache war schrecklich. In sämtlichen Gettos nah und fern sprach man darüber.

„Ich frage Sie nicht, warum Sie diese Verbrechen begangen haben", sagte ich. „Ich will Sie lediglich fragen, wie Sie es fertigbrachten, sie zu begehen. Wie konnten Sie so vielen Hinrichtungen beiwohnen, so viele Folterungen anordnen, ohne den Schlaf zu verlieren, ohne den Verstand zu verlieren, den Geschmack an Essen und Trinken, ohne das Gedächtnis zu verlieren? Wie konnten Sie so viele Schmerzen und Leiden zufügen, ohne daß sie Ihnen im Gesicht geschrieben stehen? Wie konnten Sie den Tod bringen, ohne ihn selbst zu erleiden? Sie waren der Tod, wie haben Sie es angestellt, nicht zu sterben?"

Mein Kopf war seinem ganz nahe, berührte ihn fast. Damit

unser Atem sich nicht vermischte, trat ich einen Zentimeter zurück.

„Ariel Tamiroff, Sie erinnern sich doch an Ariel Tamiroff, Herr Direktor? Sie haben ihn einen langsamen Tod erleiden lassen. Vor den Augen der letzten zusammengetriebenen Juden des Gettos, unter einem eisigen, eiskalten Himmel. Wie konnten Sie einen armen jüdischen Jungen so quälen, den Tausend schweigend segneten, um ihn zu ihrem Fürsprecher dort oben zu machen?"

Wenn er geantwortet hätte, hätte ich ihn getötet. Das Leben des Mörders ist nicht weniger rasch ausgelöscht als das seines Opfers. Eine einzige Geste, und es wäre aus gewesen mit Wolfgang Berger. Der *Engel* wäre ausgelöscht worden wie eine Kerze, die man ausbläst. Eine einzige Antwort, der Versuch, sich zu rechtfertigen, und ich hätte das Unwiderrufliche getan. Aber er begnügte sich damit, die Stirn nachdenklich in Falten zu legen, seine Augen bis auf einen schmalen Schlitz zu schließen, um mich besser einzuordnen und im Auge behalten zu können. Das stumme Auge in Auge dauerte nicht länger als eine Sekunde. Ich warf einen Blick auf meine Uhr. Zwei Stunden waren vergangen, seit ich sein Büro betreten hatte. Die Sekretärin klopfte alle Augenblicke an die Tür, um einen neuen Besucher zu melden, den Büroschluß anzukündigen oder das Ende der Welt.

Wie ging es nun weiter? Ich hatte soeben innerhalb von zwei Stunden ganze Jahrhunderte des Entsetzens und des Grauens durchmessen. Die Reise hatte mich ausgelaugt.

„Wer sind Sie eigentlich?"

Seine Frage, die wie ein Pfeil auf mich zuflog, verblüffte mich. Warum wollte er unbedingt meinen Namen wissen? Aber wie hieß ich denn überhaupt? Sollte ich ihm sagen, daß ich sein Richter und er mein Gefangener war?

„Wer sind Sie, Herr?" wiederholte er mit angespannter, brüchiger Stimme. „Ich verlange von Ihnen eine Antwort."

Er sprach gelassen und ohne eine Spur von Angst in seinem Gesicht. Der Komödiant in ihm war noch nicht tot. Sein Publikum war tot, aber er nicht. Seine Wortwahl, seine langsame, getragene Ausdrucksweise, die Biegsamkeit seiner rauhen

Stimme ließen mich zusammenzucken. Hatte er sich so auch an meinen kleinen Bruder und an meinen Vater gewandt?

„Wer ich bin? Ich heiße Ariel." Und nach einer Pause:

„Ariel wie mein kleiner Bruder. Ich nenne mich Ariel anstelle meines Bruders. Ich bin ein Kind. Ein Kind aus dem Getto von Davarowsk. Alle Juden des Gettos waren meine Eltern. Alle Mauern sperren mich ein. Alle Lügen verraten mich."

Und wieder nach einer Pause:

„Und alle Toten sind meine Brüder."

Er fuhr mit der Zunge über seine ausgetrockneten Lippen. Sein Atem ging schwer. Weder besiegt noch geschlagen, mußte er sich gedemütigt fühlen.

„Was gedenken Sie zu tun?"

Darüber hatte ich noch nicht recht nachgedacht.

„Mich der Polizei ausliefern? Mich der Presse vorwerfen?"

In Gedanken rief ich meinen Vater und seinen Freund Simha, meine kranke Mutter und meinen alten Freund Bontscheck zur Hilfe: Helft mir, gebt mir einen Rat! Ein altes Wort ging mir durch den Kopf: „Der Herr möge strafen, das ist sein Recht. Aber meine Sache ist es, mich zu weigern, ihm als Peitsche zu dienen." Wo hatte ich das aufgeschnappt? Bei meinem Vater? Bei Rabbi Zwi-Hersch, unserem Nachbarn? Ich sehe mich wieder beim Rabbi, wie wir über die Rache sprachen. Und plötzlich wird mir klar, daß die Person, die mir gegenübersitzt, als Person nicht mehr von Interesse für mich ist. Beide Seiten haben sich ausgesprochen. Ich könnte jetzt gehen. Der *Engel* flößte mir weder Haß noch Rachelust ein. Ich war in sein Leben eingebrochen und hatte es durcheinandergebracht, hatte sein Gedächtnis aufgefrischt, ihm seine künftigen Freuden vergällt. Das reichte mir. Er konnte nicht mehr so tun, nicht mehr so lachen, als ob das Getto von Davarowsk ihm nicht als Bühne gedient hätte, auf der sein Bild riesenhaft vergrößert erschien.

Ich aber werde erzählen. Ich werde reden. Ich will von der Einsamkeit der Überlebenden sprechen, von der Angst ihrer Kinder, ich werde vom Tod meines kleinen Bruders sprechen. Ich will reden und an die Wunden erinnern, an die Trauer, an die Tränen. Ich will von den Stimmen in der Dämmerung sprechen und von der lautlosen Gewalt der Nacht. Ich will den Kaddisch beim Anbruch des Morgens sprechen. Alles andere ist nicht mehr meine Aufgabe.

Und mein Vater? Wird er mir grollen? Und Simha der Finstere, wird er es mir nachtragen? Ich glaube nicht. Keiner von beiden sieht in der Tat des Mörders eine unabänderliche Antwort oder Wahrheit. Sie hatten, ob sie es wollten oder nicht, richtig gehandelt. Ihr Mißerfolg, der zu einem viel größeren Plan gehört, darf ihnen weder Verlegenheit noch Schande bereiten. Die Gerechtigkeit kann nur menschlich sein und wird durch die Sprache ausgedrückt, die durch die Erinnerung gerechtfertigt sein muß. Nur im Leben verwandeln sich die gerechten Worte in Akte der Gerechtigkeit, niemals im Tode.

„Sie werden nie mehr Frieden finden", sage ich und stehe auf.

Mein Kopf brennt wie Feuer, ich bin mir nicht sicher, ob ich diese Worte gesagt habe. Ich weiß sogar nicht einmal mehr mit Sicherheit, daß ich aufgestanden bin. Sollte ich dies alles nur im Traum erlebt haben?

„Sie werden überall einen ungebetenen Gast spüren, den die Toten auf Sie gehetzt haben", sage ich. „Die Menschen werden mit Abscheu an Sie denken. Sie werden Sie verfluchen wie den Krieg und die Pest. Sie werden Sie verfluchen, sooft sie den Tod verfluchen."

Wie mein Bruder im Bahnhofsgebäude gehe ich rückwärts hinaus. Habe ich Angst, daß er mir in den Rücken schießt? Daß er mir ein vergiftetes Messer nachschleudert? Ich beobachte seine abgehackten Bewegungen, seine düsteren Blicke, versuche seine Gedanken zu erraten, wühle in ihnen, in ihm. Ich spüre ihnen nach, wäge sie ab, prüfe sie. Hat er etwas Böses vor? Brütet er eine teuflische Idee hinter seiner Stirn aus? Was führt er gegen mich im Schilde. Was muß ich tun, um der Falle zu entrinnen, welches Mittel muß ich anwenden, um meinen kleinen Bruder zu retten? Ein Fieber rast durch meinen ganzen Körper, ich bin mir bewußt, daß ich den schwersten Augenblick meines ganzen Lebens erlebe und vielleicht auch den meines Bruders, und gleichzeitig weiß ich, daß das alles womöglich nur ein Traum ist, eine Halluzination, ein irrer Fieberwahn. Ich sehe, wie ich atme und ersticke, wie ich stehe und sitze, beobachte mich als Sieger und Besiegten, als Lebenden und als Toten, sehe, wie ich rückwärts hinausgehe und mir, während ich ihn nicht aus den Augen lasse, immer wieder sage: Er muß mich so lange, wie es überhaupt nur geht, ansehen. Ich bin jetzt an der Tür, meine Hand berührt bereits die Klinke, ich spüre, daß mein Herz so heftig schlägt, als ob es jeden Augenblick zerspringen will, und gleichzeitig überkommt mich eine große Ruhe, und ich höre mich langsam, ganz langsam sagen:

„Sie möchten wissen, wer ich bin? Ich will es Ihnen sagen: Ich bin ein jüdisches Kind namens Ariel, und Sie sind mein Gefangener. Sie sind der Gefangene des Gettos von Davarowsk, der Gefangene der toten Juden von Davarowsk."

Das letzte Bild, das ich von ihm mitnehme, überrascht mich. Es wird mir bewußt, daß der *Engel* sich trotz allem von den meisten menschlichen Wesen unterscheidet, und eines Tages werde ich wissen, worin dieser Unterschied besteht.

1983 las ich diese Aufzeichnungen wieder, die zehn und zwanzig Jahre zurückliegen. Die Zeiten haben sich geändert. Und ich? Ich – wer ist das?

Bis heute habe ich kein leidenschaftsloses und eindeutiges Verhältnis zu meinem Namen. Ariel Tamiroff bezeichnet einen anderen als mich, einen kleinen jüdischen Jungen, den Sohn von Rahel und Reuwen Tamiroff von Davarowsk, den die rohe Gewalt der Geschichte in einem Sturm von Asche weggeweht hat. Schritt für Schritt beobachtete ich, wie sich mein inneres Wesen verdoppelte. Ariel war und war doch nicht tot; ich war und war doch nicht lebendig. Ariel lebte in mir und durch mich; ich sprach mit ihm, um mich von seiner Existenz zu überzeugen, ich hörte ihm zu, um mich meiner eigenen zu vergewissern. Im Anfang hieß es: Er, Ariel, dann: du, Ariel, und schließlich: Ich, Ariel.

Wenn Ariel noch lebte, wäre er jetzt sechsundvierzig Jahre alt, wäre Familienvater, Literatur- oder Philosophieprofessor und aktives Mitglied einer jüdischen Gruppierung, die links, liberal und humanistisch wäre. Ich bin nun vierunddreißig Jahre alt. Lisa hat mich verlassen. Sie fehlt mir.

Mein Vater schließt bald seinen Kommentar zu den „Meditationen" seines geliebten Paritus ab. Meine Mutter ist nicht mehr in der Klinik. Sie starb kurz nach meiner Rückkehr aus Deutschland. Wir waren nicht an ihrem Sterbebett, nur Simha. Er erzählte uns, daß sie eine Stunde, bevor sie ihren letzten Atemzug tat, bei klarem Bewußtsein war und völlig verjüngt wirkte. Sie fragte nach uns, nach den neuesten Ereignissen, nach den Ärzten, die sie behandelten. Sie starb mitten in einer Frage nach meinen Beziehungen zu Lisa. Merkwürdig, daß sie nicht ein einziges Mal Ariel erwähnte.

Simha ist alt geworden. Das Kommen des Messias hat er noch nicht beschleunigen können, aber er wird es schaffen, ich habe Vertrauen zu ihm. Seine Berechnungen nach der geheimen Zahlenlehre, der Gematrie, waren bis jetzt falsch, aber das besagt nicht, daß er damit aufhören sollte. Er denkt auch gar nicht daran und auch nicht an die Aufgabe seines Geschäfts, den Handel mit Schatten. Ich glaube, er kommt gut zurecht.

Bontscheck ebenfalls. Seit mein Vater ihn als auf gleicher Stufe mit Simha stehend behandelt, ist er zufrieden, manchmal sogar glücklich, auch ohne Slibowitz.

Und ich bin Lehrer an einer Provinzuniversität des Staates Connecticut. Ich liebe meine Studenten und bin traurig, wenn sie nicht dasselbe für mich empfinden.

Im Anschluß an meine Reise nach Reschastadt habe ich zahlreiche Länder besucht als – ja, Sie können ruhig lachen – als Korrespondent amerikanischer Zeitungen. Ich habe mich für kürzer oder länger in Frankreich, Indien und Israel aufgehalten. Als in der Diaspora lebender Jude fühle ich mich mit jeder Faser meines Wesens mit Israel verbunden. Jerusalem ist der einzige Ort, an dem ich mich zu Hause fühle. Ich darf hier S. J. Agnon zitieren: „Wie jeder Jude bin ich in Jerusalem geboren, aber die Römer haben meine Stadt überfallen und meine Wiege bis nach Galizien geschoben."

Ich habe bewußt alles getan, um nicht zu vergessen, und unbewußt ebensoviel, um zu vergessen. Ein Weiser des Ostens hat mich eines Tages folgendes gelehrt: „Wenn du ein Wort aussprichst, verdrängst du ein anderes. Wenn du dir ein Bild vor Augen führst, schiebst du ein anderes beiseite. Ebenso ist es mit den Erinnerungen. Wenn du dich an bestimmte Ereignisse erinnern willst, mußt du bestimmte andere vergessen." Oft mißlingt mir das. Zu sehr sind sie miteinander verflochten.

Jedoch wozu soll ich mich selbst belügen? Ich betrachte mein Leben nicht als Fehlschlag, sondern als Niederlage. Als Sohn Überlebender ist mir nicht wohl in einer allzu glatten und oberflächlichen Welt, die mich, um besser schlafen zu können, bereits vor meiner Geburt verleugnet hat. Alles erscheint mir gekünstelt und unnatürlich, das Reden und das Schweigen, die Liebe und der Mangel an Liebe. Was ich aussprechen möchte, werde ich niemals sagen, und was ich verstehen möchte, wird mir nie erklärt werden.

Die Zeit, in der wir leben, bringt uns der vom Propheten – nicht vom Schriftsteller – Orwell vorausgesagten Katastrophe immer näher. Was er vorausgesagt hat, wird eintreten oder ist bereits eingetreten. Wir leben außerhalb unseres eigentlichen

Ichs, wir leben neben uns her. Um einen modernen Philosophen abzuwandeln: Meine Zeitgenossen schaffen kleine Anlässe, die große Ereignisse nach sich ziehen. Was wird im Jahre 2000 sein? Wie Simha sehe ich am Horizont Schatten aufsteigen, und in der Ferne bemerke ich den riesigen Schatten, der einem ungeheuer großen und hohen Pilz gleicht, der Himmel und Erde wieder miteinander verbindet, um sie zu verdammen und zu vernichten. Sollte das die letzte Katastrophe sein? Der Kabbalist Simha behauptet, daß nach der Strafe die Erlösung kommt. Aber welche? Ein chassidischer Meister sieht es richtiger: Der Messias läuft Gefahr, zu spät zu erscheinen, er wird kommen, wenn es niemand mehr gibt, der noch zu retten ist. Sei's drum: Ich werde trotzdem warten.

Seit Jahren oder Jahrhunderten warte ich schon. Um meinen Vater zu finden, um meinem Bruder zu begegnen. Ich habe versucht, ihrer beider Leben auf mich zu laden und zu leben. Ich habe an ihrer Stelle „ich" gesagt. Nacheinander habe ich mich als den einen und als den anderen betrachtet. Sicher haben wir unsere Differenzen, unsere Streitereien und Konflikte gehabt, aber was uns trennte, hat sich in ein neues Band verwandelt. Jetzt ist mehr als vorher die Liebe zu meinem Vater etwas Ganzes: Als wäre er mein und ich sein Sohn, jener Sohn, den er dort unten, weit fern von hier verloren hat.

Eine traurige Bilanz: Ich habe Himmel und Erde in Bewegung gesetzt, habe Untergang und Wahnsinn riskiert, indem ich die Erinnerungen der Lebenden und die Träume der Toten befragte, um das Leben der Menschen zu leben, die mir, ob sie mir nun nahe oder fern sind, auch weiterhin nicht aus dem Sinn gehen. Aber wann, ja wann endlich werde ich anfangen, mein eigenes Leben zu leben?

Das Judentum lebt – ich bin ihm begegnet
Erfahrungen von Christen. Hrsg. von Rudolf Walter

Jeder Dialog lebt von Begegnungen. Er hat Gesichter, ist geprägt von ganz persönlichen Erfahrungen mit Menschen. Beim Dialog zwischen den Religionen ist das nicht anders. Die Geschichten dieses Bandes erzählen auf faszinierende Weise von solchen ganz persönlichen Erfahrungen. Den Autoren ist das Judentum nicht abstrakt begegnet, sondern unverwechselbar, konkret und anschaulich: in Begegnungen, die ihr Leben geprägt und verändert haben. Diese Geschichten lassen aufleuchten, was im Judentum an Hoffnungspotential an Lebensmöglichkeiten und an Glaubenskraft wirksam ist, auch heute noch. Das eigene Leben der Christen kann davon nicht unberührt bleiben. So kommen diese Erfahrungsberichte immer wieder auf die Frage zurück: Was geht uns, Juden wie Christen, heute gemeinsam an? Der Band ist dem großen Wegbereiter des christlich-jüdischen Gesprächs, Jakob J. Petuchowski, gewidmet.
Die Autoren: W. Dirks, G. Luckner, A. Goes, J. Blank, Ch. Graf von Krockow, H. H. Henrix, H. Küng, W. Kampe, E. u. R. Hank, D. Sölle u. v. a.

168 Seiten, Paperback. ISBN 3-451-20455-X

Yaffa Eliach
Träume vom Überleben
Chassidische Geschichten aus dem 20. Jahrhundert

Das erste Buch, das Schicksale von Juden, die dem Tod und dem Schrecken entkamen, in der Form der Legenden erzählt: Legenden vom Glauben an Wunder und vom Wunder der Erlösung.
Menschen entrinnen der nationalsozialistischen Gewaltherrschaft. Ihre Rettung, die in den kurzen Geschichten jeweils blitzartig und zugleich wundersam geschieht, verdanken sie nicht einem Eingriff von oben, sondern der Güte der Menschen. Die Träume vom Überleben sind „der Sprung über die Mauer": Eben noch dem Tode nahe, plötzlich von einer unsichtbaren Hand gepackt und von der drohenden Schattenseite des Todes auf die grüne Wiese des Lebens geführt.
Was dieses Buch mit den über 80 Geschichten „aus der Flut von KZ-Berichten heraushebt, ist der märchenartige Erzählton, der eine versunkene literarische Form wiederbelebt, die chassidische Geschichte" (Die Zeit).

2. Auflage. 208 Seiten, gebunden. ISBN 3-451-20330-8

Verlag Herder Freiburg · Basel · Wien